Queen's Heart

Queen's heart 5
정원용 판타지 장편 소설

초판 1쇄 찍은 날 § 2004년 9월 10일
초판 1쇄 펴낸 날 § 2004년 9월 20일

지은이 § 정원용
펴낸이 § 서경석

편집장 § 문혜영
편집책임 § 권민정
편집 § 김민정 · 최하나
마케팅 § 정필 · 강양원 · 이선구 · 김규진 · 홍현경

펴낸곳 § 도서출판 청어람
등록번호 § 제1081-1-89호
등록일자 § 1999. 5. 31
어람번호 § 제1-0540호

주소 § 경기도 부천시 원미구 심곡1동 350-1 남성B/D 3F (우) 420-011
전화 § 032-656-4452 팩스 § 032-656-4453
http://www.chungeoram.com
E-mail § eoram99@chollian.net

ⓒ 정원용, 2004

ISBN 89-5831-242-4 04810
ISBN 89-5505-988-4 (SET)

※ 파본은 본사나 구입하신 서점에서 교환하여 드립니다.
※ 저자와 협의하여 인지를 붙이지 않습니다.

정원용 판타지 장편소설

Total War

5

FANTASY FRONTIER SPIRIT

Queen's Heart
퀸즈하트

도서출판
청어람

CONTENTS

Total War

Chapter 17 Tournament — 7
Chapter 18 Knight's Winter — 79
Chapter 19 Total War — 181
Chapter 20 공성전 — 263

Chapter 17

Tournament

나라를 잘 다스리는 법? 흐음… 글쎄. 그건 워낙에 복잡하고 방대한 일이라 어떻게 한마디 말로 정의하기가 힘들겠군. 하지만 쉽고 편하게 국민들의 마음을 사로잡는 법이라면 잘 알고 있지. 빵과 놀이. 백성들이 굶주리지 않게 해주고 지루한 일상을 깨부숴 줄 놀잇감을 던져 주면 돼. 그거면 못 배우고 생각하기 싫어하는 보통의 백성들을 아주 쉽게 통제할 수 있지. 물론 이게 정석인 것은 아니야. 무엇보다… 돈이 많이 들거든, 후후후.

—제2대 황실 서기관이자 궁중 역사학자인
후렌 경이 집필한 '황실 비사' 중.
—크레센트 제국의 미래를 양어깨에 짊어지신
Jr. 로이드 황태자 전하와의 대담 중.
—주: 진정한 군주의 길이란? 글쎄… 그건 나도 모르겠다.

―대륙력 999년 늦여름. 크레센트 왕국 남부 셔우드 자작령.

쿵.쿵.쿵.

사람들이 발을 구른다.

"와아아아아아!!"

거대한 함성. 지금 내가 서 있는 지면이 요동치는 듯한 느낌이다. 수백, 아니, 수천은 될 법한 사람들이 나를 보며 손을 흔들고 발을 구르며 함성을 질러댔다. 뜨거운 열기가 아지랑이처럼 피어오르며 내 몸을 후끈 달아오르게 만든다. 이건… 승부 직전의 긴장감일까? 아니면 더운 날씨 덕분에 체온이 올라간 걸까? 후후.

"아아~"

쿵쿵. 따닥. 따닥. 딱.

발 구르는 소리와 함께 회장 바로 앞까지 나온 시민들이 나무 막대로 펜스를 리듬감있게 두들기고 있었다.

"네엘~"

따라락, 따라락.

"리이~"

쿵쿵. 쿵쿵. 두두두두두.

발소리에 맞춰서 북소리가 울려 퍼진다.

"아아안!!"

채애앵, 빠암. 빠라밤.

요란한 금속음과 함께 긴 나팔 소리가 함성 속에 파묻힌 채 울려 퍼졌다. 그리고 난… 토너먼트 회장 중앙에 서서 손을 들었다.

"와아아아!!"

"언니, 사랑해요!"

"휘이익~"

"이쪽을 봐주세요!"

거의 광적으로 소리 지르며 나를 향해 손을 흔드는 소녀들, 그리고 그녀들에게 질 수 없다는 듯이 악을 써대면서 내 이름을 부르는 사내들. 완전 혼돈의 도가니였다. 그 한가운데 난 당당히 서 있다.

잠시 뒤 장내가 조용해지자 내가 서 있는 반대편에 말을 타고 들어온 세 명의 기사가 모습을 드러낸다. 토너먼트용 플레이트 아머를 껴입고 말에도 두터운 마갑을 입힌 기사들은 회장 안으로 들어오자마자 '우우우' 하는 야유 소리와 야채 조각, 썩은 사과세례를 받아야 했다. 쯧쯧.

"조용! 조용! 경기장 안으로 쓰레기를 던지지 마시오! 적발되면 법에 따라 처벌할 것이오! 조용!"

토너먼트 회장 중앙 단상에서 비단인 게 분명한 고급 옷을 입은 사내가 나와 악을 써대며 소리쳤다. 꽤나 목소리가 큰 사내였는데도 불구하고, 토너먼트 회장 주위를 발 디딜 틈도 없이 빽빽하게 들어선 시민들의 야유 소리에는 미치지 못했다. 불쌍하기도 해라, 쯧쯧. 난 슬며시 내렸던 손을 다시 올렸다. 그러자 주변은 단번에 조용해졌다. 이에 난 고개를 돌려 행사 진행을 맡은 그 사내를 바라보았고, 그는 '험험' 하고 헛기침을 두어 번 한 뒤에 말을 이었다.

"지금부터 우리 영지의 주인이신 윈폴드 폰 셔우드 자작님이 주최하신 축제의 하이라이트! 왕국 챔피언인 아넬리안 경과 본 영지의 기사이신 크로넬 경, 그리고 특별히 초대에 응해준 두 기사 분 하이네켄 경, 에레홈트 경……."

"에거문드요!"

"와하하하!"

피식, 말 위에 탄 채 날 노려보던 세 기사 중 한 기사가 자기 이름이 틀리자 인상을 쓰면서 소리쳤다. 덕분에 진행관은 손수건으로 이마의 땀을 닦으며 말을 해야 했다.

"에또… 죄송합니다, 에거문드 경. 하여간! 지금부터 우리 영주님의 작위 수여식을 축하하는 축제의 마지막! 챔피언과 도전자의 토너먼트를 시작하겠습니다!"

"와아아아아아!!"

"빨리 시작해!"

"언니 사랑해요!!"

그놈의 사랑 타령은… 쯧. 난 여자한테 사랑받고 싶은 생각은 없다고.

"에또… 진행 방식은 각 도전자가 한 번씩 챔피언에게 도전하는 것으로 1:1 대전을……."

불쌍한 진행관은 자신의 임무에 충실하려 했다. 하지만 시민들도… 그리고 나나 도전해 온 세 기사도 그의 말에는 관심이 없었다. 거기다 영주의 자리에 앉아 회장 아래를 내려다보고 있는 셔우드 자작과 그의 딸 유리아 역시 진행관이 말하는 것에는 별로 관심이 없는 듯한 눈치였다. 진행관은 영광스러운 크레센트 왕국의 영주, 셔우드 자작의 업적에 대해 찬양하는 글귀를 읽어 나가고 있었지만, 이미 나와 상대 기사들에겐 관심 밖의 일이었다.

내 시중을 들고 있는 종자들이 달려나와 내가 서 있는 바로 앞에 세 개의 깃발을 꽂았다. 각각 다른 문양이 들어가 있는 3미터 높이의 긴 장대가 내 앞에서 펄럭였고, 맞은편에 서 있는 세 기사도 어느새 바닥에 내려와 나를 노려보고 있었다. 그들의 앞에도 나처럼 각각 한 개씩의 깃발이 꽂혀 있었다. 서로를 바라보고 있는 쌍두 독수리 문장, 한 몸에 네 개의 다리와 네 개의 날개를 가진 독수리 문장이다. 저건 바로 내 문장. 그리고 내 앞에 휘날리고 있는 깃발들은 바로 저 기사들의 문장. 사방은 고요했다.

진행관의 떠듬거리는 말소리를 무시한 세 기사는 각자 자신 앞에 놓인 깃발을 양손으로 움켜쥐었다. 그리고는 힘을 주어 깃대를 부러뜨렸다. 빠직. 하늘 높이 펄럭이던 나의 문장이 바닥으로 떨어진다.

"기사 크로넬."

"하이네켄."

"에거문드. 우리 셋은 그대 아넬리안 경에게 도전을 하는 바이오!"

그들은 나를 바닥에 내동댕이치겠다는 듯 도전적인 어투로 소리쳤다. 특히 자기 이름을 틀리게 말해 망신을 당한 저 에거문드라는 기사는 더욱더 전의에 불타고 있다. 홋, 난 천천히 몸을 움직였다. 온몸을 감싸고 있는 육중한 플레이트 아머가 철그렁거리면서 비명을 질러댄다. 쿠웅. 발을 내딛을 때마다 고요한 토너먼트 회장—진행관은 아직도 떠들고 있지만 모두에게 잊혀진 지 오래다—에 둔중한 음향이 울려 퍼진다. 두어 발짝 정도 걸어간 난 내 앞에 놓인 세 개의 깃발을 가볍게 뽑아 들었다. 그리고 그것을 한 손에 쥔 뒤 힘껏 바닥에 꽂았다. 쿠웅. 힘 좋은 종자들이 달려들어 간신히 박아 넣은 깃발이 아주 가볍게 땅속으로 파고든다. 그리고 난 왼손을 들어 세 개의 깃대를 움켜쥔 뒤 오른 손등으로 후려쳤다. 빠지직. 내 수도에 세 개의 깃대가 단번에 부러져 나갔다. 각각의 깃발이 펄럭이면서 바닥에 굴렀고, 이런 나의 무력에 질렸는지 기사들은 믿기 힘들다는 표정으로 나를 바라보고 있다. 난 오른손을 들어 올렸다. 그리고 엄지 손가락을 땅으로 향하게 했다. 덤빌 테면 덤벼봐. 네놈을 바닥에 눕혀주지, 라는 의미. 효과는 단번에 나왔다. 기사들은 화를 내면서 각자의 말 위로 올라갔으니까.

새까만 눈동자에 털 색도 새까만 큰 체구의 전마가 내 앞으로 다가오고 있었다. 마갑은 입히지 않았다. 단지 새하얀 천을 덮어씌울 뿐이다. 내 몸무게야 얼마 나가지 않는다지만 근 100kg에 가까운… 내 몸무게의 두 배가 넘는 갑옷을 입고 내가 올라타면 달리기조차 힘들 테니까. 거기다 마갑까지 씌웠다간 진짜 달리다가 바닥에 주저앉을 거야.

푸르릉.

"워워. 착하지? 로이드."

고개를 흔들며 투레질하는 애마의 목을 쓰다듬어 주었다. 힘 좋고 잘 달리지만 성깔 하나는 인간 로이드만큼이나 더러운 이 녀석은 정확히 말하면 로이드 3세다. 그전의 두 마리는 너무 혹사시켜 한 녀석은 폐사당했고 다른 녀석은 경기 중 목재 랜스의 파편 조각에 뒷다리를 찔려 더 이상 달릴 수 없게 되었다. 그나마 이 녀석은 근 1년간 타고 경기를 치룰 만큼 튼튼했는데, 특히 더러운 성깔하고 새까만 검은 눈동자가 마음에 들어 내 사랑을 듬뿍 받았다. 지금도 내가 올라타려 하자 고개를 저으면서 올라타기만 하면 떨궈 버릴 거라고 협박한다. 훗, 이 녀석 이번 대회 끝나고 나면 같이 레슬링 좀 해야겠군. 이 말대가리를 여물통에 다시 한 번 처박아줘야 기가 꺾일 테니까 말이야. 난 종자가 미리 얹어놓은 안장 위로 뛰어올라 갔다.

털썩. 출렁.

이 힘 좋은 녀석도 내가 안장에 엉덩이를 걸치고 앉으면 다리를 후들거란다. 그러면서 신경질이 난다는 듯 연신 투레질을 한다. 후훗, 하긴 근 180kg에 달하는 무거운 인간과 갑옷을 등에 얹었으니 신경질이 날 만도 하겠지.

"자자, 오늘도 잘해보자고, 로이드. 하지만 저번처럼 펜스를 넘어가서 상대 말 가슴을 들이박으면 훈제 말고기로 만들어 버릴 테다. 알았냐?"

푸르릉. 히히힝~

웃차! 이 녀석! 갑자기 앞발을 들다니! 하여간 제 이름의 주인하고 하는 짓이 똑같다니까!

종자에게서 목재 랜스를 받아 들고 자체 무게만 15kg에 달하는 완전 철제 카이트 실드를 왼쪽 팔목에 단단히 고정한 난 랜스를 허공으로 들어 올린 채 말을 몰았다. 내가 준비를 끝마치고 토너먼트 회장 끝단에 서자 상대 기사는 나를 노려보다가 투구의 바이져를 내렸다. 그리곤 랜스 자루를 겨드랑이에 꽉 낀 채 철제 건틀랫으로 자신의 카이트 실드를 퉁퉁 쳤다. 그래, 나도 준비가 끝났다고, 어디 한판 놀아볼까나?

곧 이어 토너먼트 회장 중앙에 사람 키만큼 커다란 깃발을 든 병사가 뛰어나와 우리 앞에 섰다. 그리고 잠시 뒤 그 병사는 그 큰 깃발을 좌우로 크게 휘둘렀다. 펄럭펄럭.

빠라빠라밤.

긴 나팔 소리가 울려 퍼진다. 난 말의 배를 걷어차며 소리쳤다.

"끼럇!"

히히히히힝.

망할 로이드! 또 앞발을 치켜들다니! 저쪽은 이미 출발했다고! 이놈의 말 자식! 시합 끝나고 보자! 당장에 여물통에 대가리를 처박아 넣을 테다!

출발은 상대보다 늦었지만 이 빌어먹을 로이드—말이다—녀석이 제대로 달리기 시작하자 어마어마한 가속력이 몸을 휘감았다. 육중한 무게인데도 불구하고 몸이 뒤로 젖혀질 정도로 말이다. 난 상체를 앞으로 세우며 카이트 실드로 왼쪽 가슴 주변을 감싸고 오른손에 들린 랜스 끝을 나를 향해 달려오는 상대 기사에게 겨누었다. 자그맣던 저쪽 기사가 단숨에 거대한 모습으로 변하며 내게 다가오고 있었다. 난 그 자의 가슴을 향해 랜스 끝을 겨누며 더욱 빨리 말을 몰았다.

"하아아압!!"

나를 향해 다가오는 상대의 랜스가 점점 커졌다. 난 방패 끝을 경사

지게 하면서 내가 들고 있는 긴 랜스를 약간 아래로 늘어뜨렸다.

가가각.

쾅!

거의 동시에 그의 랜스와 내 랜스가 서로의 방패에 부딪쳤다. 중간 부분이 약하게 만들어진 목재 랜스는 단번에 부러져 나갔고 눈 깜짝 할 새에 그 기사 옆을 통과하여 지나쳤다. 큼… 비스듬하게 비꼈는데도 제대로 충격이 들어왔어. 상당히 실력있는 기사인걸? 부러진 랜스를 바닥에 집어 던지고 천천히 말을 몰았다. 그러면서 뒤를 돌아보자 상대 기사가 고개를 하늘로 치켜든 채 두 손을 늘어뜨리고 있는 게 보였다. 죽었냐? 기절한 거냐? 응?

종자들과 병사들이 그 기사에게 달려갔다. 그리고는 이내 한 종자가 손을 흔들면서 의사를 불렀고, 다른 이들은 그 기사를 조심스럽게 끌어 내리느라 정신이 없었다. 곧 이어 기사는 들것에 실려 대회장 밖으로 나갔고 이내 토너먼트 회장 중앙에서 내 깃발이 펄럭이기 시작했다.

"와아아아아아!!"

거대한 함성 소리가 울려 퍼졌다. 같은 말들 중에서도 성깔 더럽기로 유명한 로이드조차 깜짝 놀랄 정도로 말이다. 후훗, 난 방금 전 그 기사가 지나간 길을 통해서 내 자리로 돌아왔다. 물론 오면서 손을 흔들어주는 것은 잊지 않았다.

두두두두두.

토너먼트 회장의 모랫바닥이 제멋대로 파인다. 그리고 작은 먼지와 함께 달려오는 상대 기사가 보였다. 단번에 급격히 가까워진 거리는 이런 저런 생각할 겨를도 주지 않았다.

콰아앙!

내가 들고 있는 랜스의 중간이 여지없이 박살났다. 하지만 상대의 랜스는 멀쩡한 모습이었고, 그 기사가 작게 비명을 지르면서 말등에서 떨어져 나가는 것이 보였다. 가슴을 제대로 얻어맞아 그대로 뒤로 밀려난 채 바닥에 털썩 쓰러졌던 것이다. 다행히 떨어질 때 제대로 떨어져 죽거나 하지는 않았지만, 아마 당분간 정신 차리기는 힘들 거다. 다시금 내 깃발이 펄럭였다. 이제 두 개째.

마지막 기사는 에거문드라는 기사였다. 원래 케센의 기사였다고 하는데 어떻게 흘러흘러 이곳까지 온 기사란다. 외국의 기사인 만큼 입지가 좁을 텐데도 한 지역의 챔피언이 될 정도라면 실력은 출중하다고 봐야겠지?

"말을 가져와! 당장! 그리고 방패도!"

난 지쳐서 거품을 물기 직전인 로이드에서 내린 뒤 가죽끈으로 몇 겹이나 단단하게 묶어놓은 카이트 실드—이미 우그러져 상대 랜스를 미끄러뜨리기는 불가능하다. 잘못하다간 팔이 날아간다—를 풀어서 바닥에 내던져 버렸다. 토너먼트 행사에 참가하는 기사도 웬만한 재력으로는 힘들지. 여분의 갑옷, 여분의 방패, 여분의 말, 웬만한 기사 두셋을 충분히 무장시킬 장비가 필요하니까 말이야. 내 밑에 들어와 있는 두 명의 종자들과 하인들이 잽싸게 뛰어나와 내게 무기와 말을 가져다 주었다.

새 말은 갈색 점박이 말이었는데, 내가 싫어하는 놈이다. 힘이 약하거든. 쳇, 순하기만 하면 뭐 하나고. 전마가 성깔 좀 있어야 겁도 안 먹고 죽자고 달리지. 하여간 난 말 위에 올라탔다. 확실히 이놈은 약하다. 내가 올라타는 것만으로도 몸을 바르르 떤다. 이런 놈을 타고 어떻게 싸우라는 거야? 쳇.

"이제! 마지막 경기! 2연승의 아넬리안 경과 도전자 에거문드 경의 시합이 있겠습니다!"

"와아아아아아아!!"

거대한 함성. 시민들은 열광한다, 광분한다. 10년에 한 번 볼까 말까한 아주 재미있는 광경이 눈앞에 펼쳐져 있으니까 말이야. 거기다 나라는 특이한 기사가 있으니 앞으로 안주로 오랫동안 써먹을 수 있겠지. 훗, 대륙 역사상 최초의 여기사가 바로 나니까 말이야.

말 위에 올라탄 뒤 라인 앞으로 나섰다. 응? 에거문드라는 저 기사… 랜스와 방패가 반대잖아! 왼손잡이? 이거… 위험하겠는걸? 하지만… 그만큼 공격은 강해도 방어는 안 되는 게 왼손잡이니 제대로만 맞추면 한방에 끝나겠군. 온몸이 땀에 절어서 찜찜해. 어서 빨리 끝내고 돌아가서 시원하게 씻고, 푸욱 자고 싶어.

피가 끓어오른다. 호흡이 거칠어지고 심장이 제멋대로 마구 요동친다. 마치 달아오른 내 육체가 자아를 가지고 꿈틀대는 듯한 기분이다. 하지만 그럼에도 불구하고 머리는 차갑다. 뜨거운 볕을 하루 종일 받아 후끈하게 달아올라 있을 게 분명한데도 머리는 차가웠으며 마음은 침착했다. 이렇게 단련된 내 육체는 흔들리는 깃발에 자동으로 반응한다. 말의 배를 걷어찬 내 다리는 단번에 앞으로 질주해 나가는 말의 몸에 찰싹 달라붙어서 육체를 지탱해 주었고, 작은 십자 구멍으로 내다보는 내 두 눈은 앞에서 달려오는 상대 기사의 몸을 뒤쫓았다. 그리고 내 왼팔의 방패가 상대의 랜스 끝을 뒤쫓았고, 오른손의 랜스는 상대의 가슴을 노리고 고정되었다.

두두두두두…….

사방은 조용했다. 아니, 시끄럽게 환호성을 질러대지만 내 귀에 안 들리는 건지도 모르겠다. 하여간 내겐 마치 침묵의 바다 속에 빠진 듯한 기분이 든다. 에거문드라는 기사의 투구 끝에 걸린 붉은 술이 눈에 들어왔다. 지금 랜스 끝을 조금 앞쪽으로 당겼다. 막 내 랜스 끝이 부딪치기 직전.

콰아앙!

크아앗, 나무 파편들이 내 어깨를 후려갈기고 지나갔다. 왼쪽 어깨가 떨어져 나가는 것 같아! 으으윽…….

"큭……."

고통으로 뿌옇게 변했던 시야가 다시 정상으로 돌아온다. 덕분에 난 내가 들고 있는 랜스가 밑으로 꺾인 채 덜렁거리는 몰골을 봐야 했다. 크으으… 저쪽이 나보다 몇 센티미터 앞섰어. 덕분에 충격을 먹은 난 오른손 컨트롤이 늦었고, 내 랜스는 상대를 제대로 타격하지 못한 채 중간이 그자의 랜스에 부딪쳐서 부러졌던 것이다. 꽤나 끔찍한 충격이었지만 다행히 무거운 갑옷의 무게 덕분에 말 위에서 추락하는 추태는 보이지 않았다. 하지만… 한 번 더 이런 타격을 입으면 어떻게 될지 나조차도 예상하기 힘들다.

따각따각.

간신히 몸을 추스른 뒤 젖혀진 내 몸을 다시 일으켜 세우고는 내 자리로 돌아가는 동안 그 에거문드라는 기사와 팬스를 사이에 두고 스쳐 지나갔다. 그의 눈은 날 비웃고 있었다. 큭, 그래, 내가 여자라 우습게 보인다 이거지? 두고 보자!

제자리로 돌아온 난 지쳐 버린 말에서 뛰어내린 뒤 소리쳤다.

"물! 그리고 말!"

종자 하나가 목이 길게 늘어진 물주머니를 들고 뛰어왔다. 난 투구를 반쯤 올린 채 단숨에 대여섯 모금을 들이킨 뒤 물주머니를 바닥에 내팽개쳤다. 짜증나! 덜컥, 투구를 다시 고쳐 쓴 난 하인 하나가 급히 끌고 온 말 쪽으로 걸어간 뒤 말에 올라탔다. 젠장, 차라리 지쳐 빠진 로이드 쪽이 낫겠어. 폐사시키고 싶은 마음이 없기에 억지로 끌어내지는 않았지만… 이런 힘없는 나약한 말들은 진짜 마음에 안 들어. 쳇.

다시 준비를 갖추고 라인 앞으로 나서자 말 위에 서서 여유로운 작태를 보이고 있던 상대가 바이저를 내린 뒤 내 맞은편에 섰다. 그러자 앞에서 커다란 깃발이 펄럭였다.

"끼랴!"

다각. 다각. 두두두두두…….

가속을 시작한 말이 당장이라도 쓰러질듯 요동치면서 앞으로 내달리기 시작했다. 쏜살같이 나아간 말과 나는 금세 상대 기사가 달려오고 있는 토너먼트 회장의 중간까지 나아갔다.

그자의 랜스 끝이 나를 향해 찔러 들어온다. 대충 보기에도 내 랜스 끝이 부딪치기 전에 그자의 랜스가 나를 후려갈길 것이 뻔하다. 겨우 몇 센티미터 차. 그 차이는 결코 작은 게 아니었다. 거기다 왼손잡이여서 그런지 랜스 끝을 조작하는 그의 실력도 만만치 않다. 난 말 위에서 몸을 한껏 굽히면서 방패를 치켜들었다.

가가각… 파직.

그자의 랜스 끝이 내 방패에 튕겨 나간다. 지금 왼쪽으로 쳐져 있던 랜스 끝을 내 쪽으로 끌어당긴다. 말과 기사 사이에 파고든 랜스는 상대의 방패를 후려쳤다. 찌른 게 아니라 후려친 것이다.

빠각!

단번에 목재 랜스 끝 부분이 산산조각나면서 나뭇조각이 사방으로 흩어지기 시작했다.

"크아아악!"

상대의 비명 소리를 귓가로 들으면서 난 그자를 스쳐 지나갔다. 말 고삐를 잡아당겨 천천히 말을 감속시킨 난 랜스 중간뿐만 아니라 거의 손잡이 부분까지 박살난 랜스를 시합장 밖으로 내던져 버린 뒤 몸을 돌려 뒤를 바라보았다. 빈 안장을 얹은 채 미친듯 달리는 말과 중간쯤에 떨어진 채 바닥에서 꿈틀대는 상대가 보였다. 난 완전히 말을 멈추었다. 그리고 천천히 바닥에 내려섰다.

에거문드는 바닥에 누운 채 꿈틀거리고 있었다. 대략 10m쯤? 그 정도 거리에서 그는 아직도 바닥에 누운 채 심한 충격을 받은 듯 팔다리를 허우적거렸다. 난 천천히 그에게 다가갔다. 그러면서 왼팔에 묶어놓은 카이트 실드를 풀어 바닥에 내던진 뒤 허리춤에 걸어놓은 롱 소드를 뽑아 들었다.

스릉—

토너먼트용이라 날이 별로 서 있지 않은 육중한 롱 소드다. 다른 검보다 배는 두꺼운 검날과 근 5kg에 가까운 무게. 로이드에게 떼를 써서 얻어낸 물건이다. 검막이 중간에는 왕실 문장이 새겨져 있는 물건이다.

"크으으… 제기랄! 겨우 계집 따위가!"

라인 중간에 있는 펜스를 짚고서야 겨우 일어선 그는 욕지거리를 내뱉으면서 머리에 쓰고 있는 투구를 벗어 바닥에 집어 던졌다. 그와 나 사이의 거리는 겨우 3미터 내외. 목재 팬스만 넘어가면 당장이라도 검을 휘두를 수 있는 거리다. 하지만 난 잠시간 기다려 주었다. 얼마 뒤 그의 종자로 보이는 어린 소년이 긴 바스타드 소드를 품에 안은 채 뛰어왔다.

그자의 손에 검이 쥐어진 걸 확인한 난 왼손으로 목재 펜스를 쥐고 뛰어올랐다.

휘익… 쿠우웅…….

바닥의 모래가 작게 폭발하면서 좌우로 튀어 올랐다. 그러면서 바닥이 작게 울렸다. 그런 내 모습을 본 상대는 인상을 찡그렸다. 훗, 이 갑옷의 무게가 어느 정도인지 짐작도 못할걸? 그와 같은 위치에 선 나는 오른손에 들린 롱 소드를 바닥에 늘어뜨린 뒤 왼손을 들었다. 그리고 왼손 검지손가락을 까딱거리면서 그에게 오라고 신호했다.

"크으윽! 죽엇!"

마치 미친 괴물처럼 내게 뛰어든다. 양손으로 바스타드 소드를 움켜 쥔 그는 내게 달려들면서 양손을 머리 위로 치켜들었다.

부우웅—

바람을 가르며 날아오는 번쩍이는 검날. 난 오른손의 롱 소드를 머리 위로 들어 올렸다.

카앙!

한 손이 두 손을 이겨낸다.

가가가각.

온 체중을 다 실어서 나를 밀어붙이려는 듯 안간힘을 쓰는 에거문드. 하지만 난 두 다리로 바닥을 지지한 채 전혀 밀리지 않았고 오히려 손쉽게 상대를 밀어붙였다.

"으으윽… 이건……."

그는 인상을 팍 쓰면서 나를 밀어붙이기 위해 얼굴이 빨개지도록 안간힘을 썼지만 여전히 난 버티고 서서 움직이지 않았다. 그러다가 오른손의 팔 힘을 살짝 빼면서 왼쪽으로 살짝 비켜섰다. 그러자 그는 당황하면서 앞으로 몇 발짝 껑충거리며 뛴다.

"와하하하!"

"오리다! 오리!"

단번에 그를 비웃는 목소리가 사방에서 터져 나왔다. 무릎을 꿇은 채 두 손으로 바닥을 짚은 그는 이런 비웃음이 치욕적인지 내가 알아듣기 힘든 작은 욕지거리를 내뱉으며 다시 일어섰다.

"죽여 버린다! 크아앗!"

상대가 악을 쓰며 내 오른 가슴을 향해 베어 들어온다. 난 뒤로 살짝 물러섰고, 쿵 소리와 함께 그는 두 손으로 쥔 바스타드 소드를 높이 치켜든 채 허공을 베었다. 이제… 끝내야겠다. 땀 때문에 속옷까지 젖었거든. 이거 무지하게 찜찜해. 난 롱 소드를 왼손으로 옮겨 쥔 뒤 오른손을 들었다. 그리고 엄지손가락을 밑으로 향했다.

"와아아아아!!"

"눌러 버려!"

"죽여 버려!"

"언니! 박살 내버려요!"

사방에서 나를 향해 환호성을 터뜨렸다. 덕분에 에거문드의 표정은 완전히 죽상이 되었다. 난 그를 향해 뛰어들었다. 최대한 몸을 낮춘 채 검끝이 바닥에 닿아 모랫자락들을 튀어 올릴 정도로 낮게 검을 쥔 난, 그의 앞에서 강하게 왼발을 찍으면서 검을 위로 올려쳤다.

"어엇?"

무의식 중에 내 롱 소드를 막기 위해 바스타드 소드를 밑으로 내린 그였지만, 불행히도 내 힘은 보통 인간 수준이 아니라고.

카아아앙!

그의 양손이 저절로 허공을 향해 들어 올려졌다. 완전 무방비.

"이잇!"

그는 인정할 수 없다는 듯이 악을 쓰면서 공중에 들려진 바스타드 소드를 양손으로 꽉 쥔 채 나를 향해 밑으로 내리그었다. 아니, 그으려 했다. 그전에 내 롱 소드가 다시 한 번 그의 검날을 위로 쳐 올렸고 이번엔 그 힘을 완전히 해소하지 못했는지 그는 두어 걸음 물러섰다. 난 그가 물러선 만큼 앞으로 나아가면서 가슴께로 내려온 그의 바스타드 소드를 다시 한 번 옆으로 후려쳤다. 파앙! 그의 손에서 1.3미터 길이의 긴 바스타드 소드가 튀어나와 허공으로 날아올랐다.

투욱.

바닥에 긴 검날의 일부가 꽂히면서 손잡이 부분이 부르르 떨렸다. 난 빈손이 된 에거문드의 목 근처에 검을 들이밀었다.

"져, 졌다."

"후우……."

그는 그 말을 끝으로 그 자리에 무릎을 꿇은 채 무너져 내렸다. 난 그런 그 기사를 내려다보다가 롱 소드를 다시 검집에 집어넣은 채 돌아섰다.

"와아아아아아아!!"

시끄러워! 귀먹겠네! 소리 좀 그만 지르라고! 우이씨!

"스… 승자는 아넬리안 경!"

빠아아암… 빰빠라밤!

"우아아아아아!!"

쾅쾅! 거의 미친 녀석들처럼 열광하는 시민들. 앞 열에 서 있는 자들은 허리께까지 몸을 앞으로 내민 채 내게 손을 흔들어댔고 뒷열의 시민들은 벌떡 일어선 채 서로를 껴안고 악을 써대면서 뛰어댄다. 후우… 어쨌든 손은 흔들어주어야겠지? 난 거대한 함성이 울려 퍼지는 토너먼트 회장을 한 바퀴 돌면서 손을 흔들어주었고, 가끔 내 앞까지 손을 뻗은 남자나 여자들의 손을 살짝 쳐주었다.

그렇게 열광하는 시민들 앞을 한 바퀴 돈 난 토너먼트 회장 중앙에 앉아 있는 셔우드 자작의 앞에 섰다. 거기서 지금껏 머리에 쓰고 있던 투구를 벗어젖혔다. 위로 말아 올린 두터운 머리 중간을 잡고 머리핀을 벗겨내자 허리까지 내려오는 긴 백금색 머리카락이 등 뒤로 주르륵 흘러내린다. 덕분에 환호성이 배는 커졌다. 난 고개를 좌우로 두어 번 흔들어 땀에 푹 절은 머리카락이 갑옷에 찰싹 달라붙는 걸 막은 뒤, 오른손을 가슴에 댄 채 고개를 깊이 숙였다. 그리고 고개를 드니 셔우드 자작과 그의 딸인 유리아가 자리에서 일어선 채 내게 박수를 보내고 있는 게 보였다. 기립박수라… 기분은 좋군. 후후후.

짝짝짝!

토너먼트 회장을 떠나 보낼 듯한 거대한 함성을 들으면서 난 회장을 빠져나왔다.

난 종자들과 하인들을 등 뒤에 떼로 거느린 채 내 막사로 돌아왔다. 토너먼트 회장 바로 옆에 만들어진 내 전용 막사 주위에는 여덟 명의 기사와 수십에 달하는 병사들이 토너먼트 회장을 빠져나와 내게 다가오려는 시민들을 가로막았다. 환호하는 시민들에게 손을 들어 답례를 해주고 바로 휘장을 걷어붙이면서 안으로 들어갔다. 무지무지 피곤해…….

"아! 돌아오셨군요, 마마."

"아앙."

에린이다. 이 녀석도 나와 같이 왕국 내의 크고 작은 토너먼트 회장을 돌아다니고 있는 중이다. 내가 자리에 앉자 에린은 내 등 뒤로 다가와서는 갑옷의 이음새를 벗겨내었다.

"저기… 언제 돌아가실 거예요?"

"또냐? 도대체 말이야. 하루가 멀다 하고 집에 가고 싶다고 징징거릴 거였으면 애초에 왜 따라온 거야? 응?"

"하지만… 예니가 보고 싶단 말이에요, 마마. 흑."

우웅! 빌어먹을. 이 멍청하고 맹한 바보 녀석은 꼭 자기 딸 이야기만 나오면 내가 눈에 뵈지도 않는지 할 말 안 할 말 다 해댄다. 덕분에 나만 피곤해. 쥐어 팰 수도 없고 말이야. 에린이 양쪽 겨드랑이에 달린 열다섯 개의 단단히 묶인 고리를 풀어주었다. 난 건틀렛을 벗어 던진 뒤 상체를 덮고 있는 갑옷을 벗었다.

쿠웅—

두터운 강철판 갑옷이 둔중한 소리를 내며 바닥에 떨어졌다. 저건 에린 녀석 힘으로는 어림도 없지. 입으로는 연신 돌아가고 싶다고 징징거리는 에린이었지만 그래도 최선을 다해 갑옷을 벗는 걸 도와주었다.

"…해서요. 이제 다 끝났으니까 이만 돌아가는 게 어떨까요? 네? 마마."

"이 망할 녀석아! 너만 예니 놔두고 나왔냐? 나도 우리 로렌을 두고 왔다고!"

"하… 하지마안……."

"애초에 네가 날 따라온다고 한 것도 다 덴 자식 때문이잖아! 그래서

흠씬 두들겨 패줬잖아! 한번 고생해 보라고 뛰쳐 나온거잖아! 그리고 이제 겨우 일주일밖에 안 지났다고!"

"흐윽……."

으휴… 운다. 열아홉이나 된, 이젠 성숙미를 풍기는 여인이 된 주제에 하는 짓은 아직도 열대여섯짜리 소녀 같다. 이런 녀석을 곁에 두고 있는 나도 바보지. 진짜 로세니아 출신만 아니었으면 당장에 내쫓아 버렸을 텐데… 쯧.

"질질 짜지마! 짜증나!"

"네… 네에……."

"목욕 물은?"

"옆 막사에 준비해 뒀어요, 마마."

"그래, 우선 나 씻고 올 테니까 그건 있다가 이야기하자. 갑옷은 아이들 시켜서 깨끗하게 닦아놓으라고 해. 괜히 너 혼자 한다고 난리 피우다 저번처럼 엉망으로 만들지 말고. 알았지?"

"네에……."

에휴. 정말이지… 나도 마음이 너무 약해서 탈이라니까. 저런 바보 같고 쓸모없는 녀석은 당장에 내쳐 버려야 하는데. 쯧.

강철판이나 다름없는 갑옷을 벗고 나니 몸이 날아갈 듯 가뿐하다. 아무리 힘이 좋은 나라도 저런 무겁고 둔중한 것을 입고 있으면 피곤한 건 어쩔 수 없으니까 말이야. 무엇보다… 저 쇳덩어리가 열을 받으면 정말 죽을 것 같다. 거기다 온몸에 갑옷 눌린 자국이 생기고 피부도 까지고……. 으휴, 내가 사서 하는 고생이라지만 정말 후회된다.

내 천막과 이어져 있는 막사 안으로 들어간 나는 따뜻한 물속에 몸을 담그었다. 조금은 살 것 같네.

"후우……."

촤아악. 찰랑.

찝찝하고 짜증나던 기분이 많이 누그러진다. 난 욕조 안에 길게 누운 채 천장을 올려다보았다. 벌써 일주일이나 지났구나. 요즘 부쩍 호기심이 늘어 늘상 사고만 치고 다니는 로렌을 못 본 지도 일주일이나 되었다. 그리고 만날 내가 하는 일을 탐탁지 않게 생각하는 로이드와 헤어진지도…….

처음엔… 그저 별다른 생각 없이 시작한 일이었다. 과거의 그 늑대 괴물—아르케네스의 말로는 라이칸슬로프 중 웨어울프였을 거라 한다—과의 싸움에서 갑옷이 얼마나 중요한 물건인지 알게 된 나는 갖은 아양을 떨어가면서 로이드에게 내 전용 갑옷을 만들어야 하는 이유를 피력했다. 처음엔 죽어도 안 된다면서 안전하고 편안한 왕성 안에 콕 박혀 있으라고 엄포를 놓던 로이드였지만 그것도 한두 달. 결국 로이드는 두 손 두 발 다 들고 항복했다. 로이드마저도 날 요조숙녀로 만드는 걸 포기했으니 그 뒤부터는 내 맘대로! 난 당장에 왕실 소속 대장장이들을 모조리 불러 모았다.

나이가 지긋한 마이스터부터 이제 갓 들어와 잡일을 하는 견습공까지 모조리 끌어 모은 난 무조건 최대한 두껍고 단단한 갑옷을 만들라고 명령했다. 그로부터 석 달 뒤 무겁고 단단한 갑옷이 내게 돌아왔다. 아니, 그건 갑옷이 아니라 그저 속이 빈 강철 동상이었다. 덕분에 나보다 최소 세 배는 더 오래 살았을 마스터급 마이스터들은 내게 수염을 모조리 쥐어 뜯길 뻔했다. 진짜로 수염을 몽창 뽑아버리려다 말았지. 음… 정말이지… 난 갑옷을 주문한 건데 내게 돌아온 건 공성추에 달아서 쓸 만한 물건이었으니 내가 화가 안 났겠어? 크흠흠…….

그 다음에 내가 입을 갑옷을 제작해서 가져오라고 했더니 이번엔 무슨 종잇장같은 갑옷을 들고 왔다. 로세니아 산의 질 좋은 흑철광을 사용해서 만들어온 것까지는 좋았다. 풀 플레이트 메일 주제에 무게도 겨우 15㎏ 정도밖에 안 나가는 것도 좋다. 대장장이 마이스터가 어떤 존재인지도 너무나 잘 알 수 있었다. 종잇장보다 얇은 철판이 존재할 수 있다는 걸 그때 처음 알았으니까 말이야. 하지만… 내가 손가락으로 꾹 누르면 뻥 하고 뚫리는 종이 갑옷을 만들어오라고 시켰던가?! 검은색에 기름을 잔뜩 먹여서 반짝거리는 것까지는 좋았지만, 이건 어느 모로 봐도 단연코 '의장용'이었다. 실전에서! 바로 이 내가 입을! 그런 갑옷을 만들어오랬더니 이 따위 장난을 쳐놓은 거다! 크앗! 그때는 진짜로 세 명의 늙은 마이스터 중 둘이 내게 붙잡혀서 길고 흰 수염 절반이 잘렸다. 날이 시퍼렇게 선 단검으로 잘라 버렸거든.

진짜 성질이 난 나는 당장에 마이스터들과 그 조수들을 몽땅 왕궁 한 켠에 불러 모은 뒤 손꼽히는 실력을 가진 궁수 다섯을 불렀다. 그리고 그들에게 50미터 밖에 세워놓은 통나무에 활을 쏘게 하였다. 울퉁불퉁한 근육에 근 1.5미터에 달하는 커다란 롱보우는 단단한 통나무를 간단하게 뚫어버렸고, 대장장이들에게 그 모습을 보여주어 저 거리에서도 화살을 막아낼 수 있는 '진짜' 갑옷을 만들어오라고 시켰다. 덤으로 제작된 물건을 그들에게 입혀서 실제로 시험해 볼 것이라고 엄포를 놓으면서 말이다.

실력있는, 그리고 노련한 마이스터들은 단번에 내가 원하는 걸 알아챘다. 그들은 내가 원하는 물건이 무조건 단단하고 무거우며 입을 수 있는 갑옷을 원한다는 걸 알아낸 것이다. 물론 그중 가장 나이가 많은 마이스터는 대번에 그런 갑옷은 아무도 못 입을 것이라고 내게 말했지만 난 가볍게 무시해 줬다. 내 힘이 어디 보통 힘인가? 겨드랑이에 낄 수 있는 통나무 하나만 있으면 나 혼자서도 걸어다니는 공성병기가 될 수 있는 게 바로 나다! 협박과 회유―전에 만든 흑철색 플레이트 메일은 로이드가 쓰고 있다. 그에게 딱 맞는 물건이다―를 통해서 그들을 달랜 난 기쁜 마음으로 기다렸다.

 그 다음에 만들어져 온 갑옷은 다 좋았는데… 진짜 무거웠다. 나조차도 버겁다고 생각될 정도로 말이야. 대략 갑옷 자체 무게만 800kg에 달했다. 보통의 갑옷 수십 개를 만들 수 있는 양의 강철이 소요된 물건이었다. 당연히 화살 따위론 그저 작은 흠집만 낼 뿐이고, 이런 물건을 작살 내려면 발라스타나 캐터펄트가 필요할 거다. 어찌어찌 입기는 했다. 온몸에 무시무시한 무게가 얹혀졌지만 그럭저럭 입고 걸을 만했다. 검을 휘두를 만했고 또 느리지만 어느 정도는 뛰어다닐 수도 있었다. 문제는… 아무리 혈통 좋고 힘 좋고 체구가 건장한 말도 갑옷을 입은 나를 태워 걷지 못하는 것이다. 거기다 일반 사두 마차로도 힘들었고 바퀴 축을 배로 보강한 팔두 마차는 되어야만 그럭저럭 나를 태우고 움직일 수 있었다. 이런 내 모습을 보고 마이스터들이 입을 쩍 벌린 채 놀라워했지만 난 조금의 용서도 없이 카렌을 시켜서 백발의 노인들 뿐만 아니고 중년의 사내들까지 모.조.리 수염을 밀어버렸다. 그리고 그 갑옷은 용광로 속으로 들어갔다.

 다음엔 온몸의 털을 모조리 밀어버린다고 협박했더니, 그 다음엔 그럭저럭 쓸 만한 갑옷이 돌아왔다. 관절 부위가 마음에 안 들어서 되돌리긴 했지만 그래도 조금은 마음에 들었기에 오히려 포상금을 쥐어주었고, 그렇게 해서 마지막으로 돌아온 갑옷이 바로 지금 내가 쓰고 있는 헤비 슈트 아머(Heavy Suit Armor)이다. 흉갑 부분의 두께가 5cm, 각

부위의 평균 두께가 2cm에 달하는 육중한 괴물 갑옷이다. 나 외엔 그 누구도 못 입는, 아니, 입고서 움직이지 못하는 갑옷이다. 그도 그럴 것이 기본 무게만 120kg에 달하는 물건이니까 말이야. 팔꿈치나 무릎 등의 관절 부위에는 열두 겹의 강철판을 비늘처럼 교차해 붙여놓았기에 움직이는 데도 거추장스럽지 않다. 조금 불만이라면 쇳덩어리라 그런지 한낮에 입고 있으면 쪄 죽을 만큼 덥다는 것과—열기와 수증기가 머리의 투구로 몰린다—아무리 주의해서 걸어도 수십 미터 밖에서도 들릴 만큼 시끄럽다는 것 정도일까?

    이렇게 해서 만족스러운 갑옷을 만드는 것까지는 좋았는데, 문제는 거기에 들어간 제작 비용이 엄청났다는 것이다. 무려 30만 골드 이상이 투입되었는데, 나온 것은 달랑 나밖에 못 쓰는 무지막지한—무식한이란 표현을 썼던 덴은 내게 건틀렛으로 얻어맞고 신전 신세를 졌다—갑옷 다섯 벌, 평범한 기사들이 쓰는 플레이트 메일 세트와 말, 마구, 그리고 랜스와 롱 소드까지 모두 합쳐 5000골드 내외인 걸 감안해 보면 어마어마한 자금을 쏟아 붓고 아무 쓸데없는 물건을 만들어낸 것이다. 덕분에 난 한동안 아르케네스와 그 아래서 우리 조직 회계 일을 거들고 있는 랭스턴 자작을 피해 다녀야 했다.

    정말이지 개인적 취미 하나에 이렇게 돈을 물 쓰듯 써버렸으니 그렇지 않아도 가뜩이나 재정 상태가 안 좋은 우리 조직에 타격이 클 수밖에. 그래서 생각해 낸 것이 토너먼트였다. 전 국왕이 암살, 그리고 형제 싸움인 내전, 그것도 모자라 타국과의 불편한 관계. 거기다 작년인 998년엔 다른 해보다 가뭄이 심하고 서리가 일찍 와서 수확량도 많이 떨어졌다. 이런 저런 사건들이 해마다 연달아 일어나고 치안 정리를 위해 군대까지 파견하고는 있지만 그래도 잊을 만하면 일어나는 브리츠 광신도들의 테러까지 합쳐져 당장 내일 폭동이 일어나도 전혀 이상할 게 없을 정도로 민심은 불안했다. 그래서 단행한 것이 대대적인 시선 돌리기였다.

그렇지 않아도 적자인 재정을 돌리기 위해 세금을 올리고 귀족들에게까지 세금을 물리는 초강수를 둔 로이드였지만 그 혼자의 힘만으로는 힘에 부쳤고 거기다 주 무역 상품인 밀 수출마저도 힘들어져 평민들의 생활은 엉망이 되었다. 또한 자신들 재산을 세금이라는 명목으로 바쳐야 하는 귀족들의 불만도 만만치 않았다. 이런 상황이었기에 내가 나선 것이다. 뭐, 솔직히 말하자면 내 갑옷과 힘을 시험해 보고 싶은 생각도 있었지만 말이야.

크레센트 왕실 역사상 최초로 국가 단위의 기사 토너먼트 전이 치뤄졌다. 기존의 귀족은 물론이고 일반 평기사와 재력과 실력이 있는 평민들까지 누구나 참가할 수 있는 수천명 단위의 토너먼트 전이 치루어진 것이다. 이런 생각의 기틀을 만든 건 코넬리아다. 아마 제 딴에는 그저 힘들 때이니까 축제라도 열어 잠깐 동안이라도 힘든 일상을 잊어보자는 생각으로 말한 것 같은데, 그걸 들은 에린이 덴에게 전했고 어떻게 흘러가다 보니 대대적인 토너먼트 전을 벌이게 된 것이다.

원래 토너먼트 전은 금기시 되고 있었다. 워낙에 격렬한 시합인지라 부상자 및 사망자가 심심치 않게 나오기 때문이다. 일반적인 쓸 만한 기사 한 명을 키워내는 데 필요한 시간이 무려 20년이다. 일곱 살 때 귀족가나 이름있는 기사의 시종이 되어 예법과 교양을 배우고 13세부터 종자가 되어서 육체를 단련하고 검술과 기마술 등을 배운다. 그리고 20세쯤 되었을 때까지 버틴 소수의 종자들만이 견습기사가 되어 실전 훈련과 전쟁을 통해 경험을 쌓는다. 그렇게 5~7년을 수행하면서 실력을 갈고닦아야만 겨우 기사의 칭호를 받을 수 있는 것이다. 기사란 단순히 싸움만 잘하는 무식한 건달패가 아니다. 전장의 맨 앞에서 용맹을 과시하며 창칼의 숲으로 뛰어들 수 있어야 하고 필요할 때는 수백 수천의 병사들을 효과적으로 운용하는 장교도 되어야 한다. 거기다 예법과 법도를 통하여 재판관이 되어주기도 해야 하며 또한 행정 업무도 처리해야 한다. 한마디로 만능 괴물들이라고 할까? 그런 기사들을 단지 시합 때문에 잃는다는 건 손실이 너무나도 크다. 그렇기에 이 나라에서는 각 지방의 영주들이 치루는 소규모의 토너먼트 외에는 대규모 시합을 치루지 않았다. 그런 소규모 토너먼트 역시도 영주 휘하의 기사들을 모집하기 위한 등용문과 같은 성격이었기에 축제라 할 수도 없다. 그저 귀족들의 작은 흥밋거리라고나 할까?

그런 것을 귀족은 물론이고 일반 평민들까지 모조리 끌어들일 수 있었던 것은 근 4개월에 걸쳐 공사한—물론 지금도 계속 중, 개축 중이다—거대한 토너먼트 회장과 일반 평민들 사이에 퍼진 소문 덕분이었다. 평범한 평민도 참가할 수 있다! 이것은 신분 상승을 꿈꾸는 대다수의 평민들에게 어마어마한 기회로 다가온 것이다. 실제로 기사들 중 일부는 귀족의 작위를 받기도 하는 이들도 있고, 그렇게 작위와 영지를 받은 기사가 몇 대 뒤에는 그 지역에서 인정받는 귀족이 되기도 하기 때문에 평민들은 열광했다. 물론 수도에 거주하는 대부분의 평민들은 그저 축제를 즐겼을 뿐이지만 제1회 토너먼트 대회에서 우수한 성적을 거둔 기사들 중 몇 명은 부유한 평민들이었다. 그렇기에 토너먼트의 열기는 더욱더 커져 갔다.

물론 당연히 나 역시 왕실 주최 토너먼트 대회에 나갔는데, 초기엔 많은 반대가 있었다. 특히 보수적인 노기사들은 여자가 격렬하고 위험한 대회에 나가 실제 전투에 가까운 시합을 한다는 것에 극구 반대했다. 하지만 난 밀어붙였고 필요할 때는 로이드의 이름까지 빌려다가 협박과 회유를 통해 결국 시합장에 설 수 있었다. 여자라는 특이점과 보통의 기사들보다 무거워 보이는 육중한 갑옷—이 덕분에 겉보기엔 내가 남자인지 여자인지 알아보기 힘들단다—을 입고도 잘도 뛰어다니자 난 단번에 수도 시민들 중 모르는 사람이 없는 유명인이 되었다. 그리고 난 제1회 토너먼트 대회에서 3위에 입상했다.

왕실 주최의 토너먼트 대회에서 실력을 뽐낸 기사들은 본인이 원할 경우 로이드를 근접 경호하는 로얄 가드에 입단할 수 있었고 많은 기사들이 신청을 한 덕분에 내전 이후 맥이 끊겼던 로얄 가드가 다시 부활했다. 그리고 나 역시도 명예직이기는 하지만 로얄 가드에 당당하게 내 이름을 올렸고—물론 성은 뺐다—한 여자가 아닌 기사로서 인정을 받았다. 그렇다고 나를 바라보는 시선이 단번에 바뀐 것은 아니었지만…….

그 뒤로 일곱 번의 크고 작은 토너먼트에 참가했고 여섯 번 우승했다. 첫 우승을 했을 때는 주변 사람들이 그저 특이한 여자 정도로 취급했지만, 네 번째 우승을 했을 때는 '실력있는!'이라는 수사가 따라붙었고 프로센 후작이 주최한 대규모 토너먼트 대회에서 우승 후보라 불리는 기사들을 물리치고 우승했을 때는 '최고의!'라는 수식을 받아내었다. 그 이후로 노기사들도, 그리고 나를 고깝게 보던 젊은 기사들도 모두 내 앞에서 입을 다물 수밖에 없었다. 후후후, 그리고 개인적인 친분 덕분에 나오게 된 이번 여덟 번째 토너먼트에서도 승리를 거두었기에 나는 자타 공인 크레센트 최고 기사가 되었다. 물론 토너먼트 시합에서만 말이지만.

덕분에 요즘 수도에서는 여자들도 바지를 입고 롱 소드를 차고 다니는 게 유행이란다. 흠… 그들 중에서 극소수—대략 1만 명에 한 명쯤?—는 나와 같이 남자들과 동등한 위치에 설지도 모르겠군. 하지만 대부분의 여자들은 힘들 거야. 무엇보다 피를 봐야 하니까. 나 역시도 나름대로 피나는 고통을 통해 지금의 위치까지 올라왔다. 누구의 손도 빌리지 않고 내 힘으로 말이야. 남자들 중에서도 극소수만이 거머쥐는 기사의 자리에 여자가 끼어들긴 힘들겠지. 뭐, 나중에 한 2~300년 뒤라면 어떻게 될지 모르지만 말이야. 하긴 그때는 나와 상관없으니까. 하여간 내게 있어서 이 토너먼트란 대회는 단순히 축제와 여흥과는 거리가 멀다. 무엇보다 음지에 숨어 있던 내가 세상 모든 이들에게 당당히 나서서 보란 듯이 나를 알리는 기회가 되어주었으니까.

좌아악.
따뜻했던 욕조 물이 차갑게 식어 있었다. 이런, 너무 정신을 놓고 있었나 보다.
"에린."
"네에~ 마마."
밖에서 기다리고 있었는지 내가 부르자마자 에린이 쏜살같이 달려왔다. 에휴… 저렇게 시녀 근성에 물들어 있으니 남들이 귀족가 귀부인으로 안 보는 게지. 쯧쯧. 하지만… 뭐, 저러는 게 또 에린다워 좋긴 하다. 나 역시도 모르는 꼬맹이를 교육시켜서 부려먹는 것보다는 오랫동안 같이 지내온 에린에게 시중을 받는 편이 훨씬 편하고 기분도 좋으니까. 단지…….
"이 바보야! 속옷만 가져와서 어쩌겠다는 거야?"

"아앗! 죄송합니다, 마마. 당장 겉옷을······."
맹하고 바보 같다는 건 저 녀석의 천성이니 포기할까? 크으······.

대충 씻고 나와보니 별로 반갑지 않은 얼굴들이 대거 몰려와 있다. 난 사냥꾼들이나 입을 만한 두터운 긴 팔 셔츠와 가죽 조끼를 껴입은 뒤 나를 기다리고 있는 이들 사이를 헤치고 지나갔다.
"우승하신 것을 축하드립니다, 마마."
"고마워요, 제이크 경."
내가 자리에 앉자마자 노기사 제이크 경이 내게 말을 건넸다. 난 간단히 답변해 주고 앞에 모인 이들을 한번 쓰윽 바라보았다. 언제나 꼬장꼬장한 노기사 제이크 경. 올해로 무려 60살이나 되었다는데, 아직도 젊은 기사들과 훈련을 하고 검술을 나누는 노장이다. 그리고 그의 뒤에 모여 있는 열두 명의 기사. 이들 대부분은 제이크 경의 종자였던 기사들이거나 그 기사들의 종자였던 기사들이다. 한마디로 3대에 걸쳐 모인 사제지간이랄까?
"그런데… 무슨 일인가요? 전 조금 피곤한데요."
"기사들을 대표해서… 우승하신 것을 축하드리려고 왔습니다, 마마. 그리고 이제 시합도 끝났으니 이만 돌아가시는 것이······."
"아아, 그 이야기인가요? 물론 돌아가야죠."
그걸 말이라고 하나? 이제 폴짝폴짝 뛰어다니는 귀여운 로렌도 봐야 하고 또 만날 심통만 부리는 우리 로이드도 달래줘야 하고 정상적인 인간의 사고방식으로는 도저히 따라갈 수 없는 코넬리아 그 계집애도 경계해야 하니까 말이야. 하지만 아직은 아니다.
"그럼 당장 준비를······."

"이 토너먼트 대회는 개인적으로 친분이 있는 셔우드 자작님의 작위 승급 축제를 축하하기 위해서 출전한 거예요. 축제가 끝나기 전에 돌아가 버리는 예의가 아니죠. 안 그런가요?"

"그렇긴 합니다만……."

홍. 정말 고리타분한 가치관을 가진 꽉 막힌 노친네라니까. 지금까지 내가 세운 전적을 보고서도 늘 한다는 말이 여자는 위험한 일을 해서는 안 된다라니, 피곤한 노인네다. 일전에 다섯 번째인가 여섯 번째 토너먼트 대회에서 하도 잔소리를 해대는 통에 고개를 절레절레 젓고 그의 말에 따라 왕실로 돌아간 게 문제였다. 그 뒤로 내가 어디만 가려고 하면 로이드는 꼭 그를 붙여준다. 크으… 아무래도 난 나이 든 사람이랑 잔소리에 약한 거 같아.

"그럼 그렇게 알도록 하시고 가보세요. 그리고… 그래도 명색이 축제이니 여러분도 같이 즐겨주시면 고맙겠군요."

"호의는 감사드립니다. 하지만 근무는 그대로 행할 것입니다. 그럼."

이제는 희끗희끗한 긴 수염을 기른 노기사는 끝까지 꼬장꼬장한 태도로 말한 뒤 부하—이자 제자—기사들을 데리고 밖으로 나갔다. 그제야 찻잔과 홍차를 가지고 들어오는 에린. 늦어! 바보! 하여간 저 녀석은 어디다 던져놔도 눈곱만큼도 써먹을 데가 없다니까!

밖이 시끄럽다. 아마도 셔우드 자작이 맥주와 빵을 무료로 나눠 준다고 하던데 그 때문인 듯하다. 거기다 아직 해도 지지 않았는데도 불구하고 사방에서 피운 많은 모닥불과 이 근방의 유랑 시인들과 악단을 모두 끌어 모은 셔우드 자작의 노력 덕분에 내 천막 근처는 완전히 광란 분위기이다. 밖에서 경비를 서고 있는 병사들이 고생 좀 하겠군.

쯧쯧.

저녁때가 되자 성에서 시종과 마차를 보내왔다. 음… 저녁을 같이 하자는 이야기인데……. 뭐, 그 정도쯤이야. 어차피 여기 있어도 저 시민들 사이에 섞여 놀 것도 아니고 말이야. 물론 그런 짓을 했다간 당장 제이크에게 붙잡혀 왕실로 압송될 게 뻔하지만……. 하여간 심심했던 난 그대로 마차에 올라탔다. 사실은 말을 타고 가고 싶었는데, 그놈의 유명세가 뭔지… 흑.

셔우드 자작의 성에 돌아와 보니 여기는 연회 분위기다. 바글바글한 주변의 귀족들, 귀부인들과 기사들까지. 개중에는 부유한 상인들로 보이는 이들도 있다. 이거야 원, 그저 가족끼리 조용히 식사나 하자는 이야기인 줄 알았는데 완전히 틀린 듯한걸? 이런 귀찮은 일은 질색이야. 무엇보다 내 얼굴을 알고 있는 귀족들이 많단 말이야. 난 귀족들 사이를 지나쳐 셔우드 자작에게 다가갔다. 많은 귀족 사내들에게 둘러싸여 있던 셔우드 자작은 나를 보자 반갑게 웃으면서 다가왔다.

"우승을 축하드립니다, 마마."
"고맙습니다, 자작님."
"실로 대단한 무용이더군요. 감탄했습니다."
"과찬이세요. 그런데 전 조금 피곤해서…….."
"아! 이거 제가 실례한 것 같습니다. 얘야, 유리아?"
"네, 아버님."
"마마께 방을 안내해 드리거라. 그럼 편히 쉬십시오, 마마."
"호의에 감사드립니다, 자작님."

난 살짝 고개 숙여 답례를 한 뒤 유리아에게 다가갔다. 이 진청색 머리카락을 가진 아가씨는 못 본 사이에 굉장히 아름다운 미녀가 되어 있었다. 그녀의 손길에 이끌려 연회장을 빠져나온 난 성안 3층에 있는 손님방으로 안내되었다. 에린 녀석이 조금 걱정되기는 하지만 그 녀석도 바보는 아니니까, 아니, 바보 맞지. 으음……

"무슨 생각을 하세요, 마마?"

"음? 아… 별거 아니에요."

"호호. 이렇게 가까이서 보니까 아까 전에 토너먼트 우승하실 때의 모습과는 너무 차이가 나네요."

"헤… 뭐, 좀 그렇죠."

혀를 살짝 내밀면서 머리를 긁적였다. 응? 이건… 사내들이나 하는 짓거리인데. 어느 사이엔가 옮은 듯한걸?

"이쪽이에요, 마마."

앞서 나를 안내하는 유리아의 모습이 왠지 조금 부러웠다. 보통 사람들에겐 아마도 저런 모습이 진짜 현숙하고 기품있는 귀족가의 영애라고 생각되겠지? 내 손을 잡고 있는 유리아의 손바닥도 부드럽다. 손에는 신경 쓴다고 썼는데도 어쩔 수 없이 자리잡은 굳은살이 박혀 있으니 말이야.

왕성의 내 방에 비할 바는 못 되지만 나름대로 크고 화려한 방으로 배정되었다. 시녀들뿐만 아니고 호위 기사와 종자들을 위한 방까지 딸린 커다란 손님용 방이다. 베개도 푹신푹신, 침대도 푹신푹신. 오늘은 오랜만에 편안한 침대에서 잘 수 있겠는걸?

"잠깐만 기다리세요, 마마. 아마 페이핀도 성에 와 있을 거예요. 제가 바로 가서 불러올게요."

"아, 괜찮은데……"

"아니에요! 그 애도 마마를 뵈면 좋아할 거예요."

"똑똑."

응? 어라? 벌써 와 있네? 우리가 들어온 문가에는 페이핀이 서 있었다. 그동안 가끔 보기는 했지만 근 6개월간 못 만났는데 오랜만에 봐서 그런지 많이 변했는걸? 입으로 노크를 한 페이핀은 방 안으로 들어오면서 말했다.

"서운해, 유리아. 나만 쏙 빼놓고 말이야."

"지금 부르러 가려 했단 말이야. 너무 그러지 마."

"흥흥."

"아하하……."

웃어야지 뭐. 나와 페이핀 사이에 서서 어쩔 줄 몰라 하던 유리아는 이 상황에서 어떻게 벗어날지 잠시 고민하더니만 이내 손뼉을 짝 하고 치면서 말했다.

"아! 마마, 제가 차를 내올게요. 잠시만 기다리세요."

"그런 거라면 그냥 시녀를 시켜도 되잖아요."

"안 돼요! 헤헤. 아버지가 아끼시는 차를 살짝 가져올 생각인걸요. 이번에 남방에서 비싼 홍차가 들어왔다고 했어. 아삼이라던가?"

"나중에 혼날걸? 유리아."

"헹이네요. 아무리 목숨만큼 차를 아끼는 우리 아버지라 해도 아넬리안님에게 대접한 거라고 하면 그냥 잘 넘어갈 거야. 그럼 바로 다녀올게요."

뭐, 말리고 자시고 할 새도 없이 휭 하고 나가 버렸다. 그리고 나자 방 안에는 나와 페이핀 단둘만이 남게 되었다. 음… 페이핀도 사내들처럼 긴 팔 셔츠와 바지를 입고 있다. 마치 승마용 바지같이 생긴 듯한

데, 그렇다고 보기엔 너무 헐렁해 보여. 거기다 허리에는 남자들처럼 검집을 매달 수 있는 허리 벨트를 차고 있었고, 왼쪽 허리춤에는 일반적인 롱 소드보다 짧아 보이는 검집이 매달려 있다. 그리고 이전에 보았을 때 거의 엉덩이까지 내려올 만큼 길고 긴 검은 머리가 싹둑 잘려져 있었다.

"이상해요?"

"아… 아니요. 그게…….''

검은 머리인 데다가 눈동자 색도 검은색이라 그런지 꼭 로이드를 보고 있는 것 같단 말이야. 이런 말을 할 수야 없겠지? 푸우… 이런 내 생각을 아는지 모르는지 페이핀은 의미심장한 미소를 지어 보이면서 내 옆에 앉았다. 그리고 갑자기 사무적인 어투로 말을 꺼냈다.

"이번 달에도 지원금을 신청했더군요. 아무리 재력이 넘치는 우리 아렌시아 상회라도 좀 무리라고 생각되지 않으세요?"

"으음… 이쪽도 자금 문제가 심각해요. 돈이라는 건 아무리 끌어다 써도 모자라더군요."

"우리 쪽 역시 재정 압박을 받고 있는 건 마찬가지라는 걸 아실 텐데요, 마마? 너무 이렇게 쥐어짜려고만 하시면 손 떼는 수밖에 없답니다."

"…그에 대해서는 방법을 찾아보도록 하죠."

"그냥 워렌 자작령 산 암염 판매권을 넘겨주시는 건 어때요? 네?"

"그건 좀……."

요 근래에 가장 큰 사건이라 하면 그 뺀질이 덴 녀석의 영지에 있는 암염광이 근래에 유래없는 큰 호황을 누리고 있다는 것이다. 맛이 순하고 단단하며 불순물이 거의 끼어 있지 않은 이 돌소금은 장거리 여행을 하는 여행자들은 물론이고 군인, 귀족 할 것 없이 모두 선호하는 고가의 물건이 된 것이다. 거기다 아주 단단한 결정을 이루고 있어 물에 잘 녹지도 않는다. 보관이 용이하고 다량으로 옮길 때도 편하다. 물에 젖어도 어느 정도는 버텨주는 데다가 소금 특유의 짠맛도 연한 편이니 인기가 없으면 이상할 것이다. 물론 그 소금광의 가장 큰 수요자는 당연히 국가이지만―대부분 군 비축 분으로 들어갔다―왕실에 납품하는 양을 제하고도 많은 양의 암염이 지금도 채굴되고 있고, 또 보통 소금의 두세 배에 해당되는 가격에 팔리고 있다. 특히 내륙 지방인 크레센트 동부나 아넬 공국 같은 내륙 국가들은 물량이 부족해서 못 팔 정도라고 한다. 그런 이권을 달라는 것인데… 으음… 솔직히 곤란하다. 언제나 무뚝뚝하고 무표정한 아르케네스가 이 사실을 알게 되면 날 잡아먹으려고 으르렁거릴 게 뻔하다. 그렇다고 우리를 지지하는 남부 귀족 연합 내에서 실세나 다름없는 아렌시아 상회의 원조가 끊기는 것도 문제이고…….

"물론 모두 달라는 건 아니에요! 단지 이곳 남부 지방이랑 남쪽 국가 연합에 팔 수 있는 일부 교역권을 달라는 것이죠. 그래야 저희도 채산이 조금 맞을 테니까요. 어차피 우리 쪽에서 벌어도 결국 마마에게 돌아가잖아요. 안 그런가요? 네?"

"그렇기야 하지만… 음… 이건 담당관들과 협의해서 나중에 통보해 드리죠."

"네에~ 좋은 답변 기대할게요."

어이어이, 난 그저 협의만 한다고 했을 뿐이라고. 때마침 유리아가 들어왔다. 직접 찻잔과 뜨거운 물이 들어 있는 찻주전자를 들고 말이다.

"어머, 저 빼고 무슨 이야기 중이셨어요?"

"유리아 욕하고 있었지롱."

"뭐? 정말이에요? 마마?"

"아하하!"

"못됐어. 페이핀, 넌 차 안 줄 거야."

"아앙~ 유리아앙~"

식은땀이 절로 난다. 지금 내 앞에서 삐친 척 볼을 부풀리는 여인과 어깨를 흔들면서 애교를 떨고 있는 여인. 저 둘이 나보다 두 살이나 많은 '언니'들이 맞는 걸까? 열대여섯쯤 된 소녀들이라면 나 역시도 고개를 끄덕이겠지만… 으윽. 쇼크야.

부산스러운 여인들이 알아서 물러간 뒤에 내 종자들이 방 안에 들어왔다. 내 종자는 두 명이었는데, 로얄 가드에 이름이 오르면서 배정받은 아이들이었다. 이제 겨우 열네 살인 연갈색의 머리가 잘 어울리는 귀여운 얼굴의 레실과 천성이 그런 건지 아니면 일부러 그러는 것인지는 몰라도 왠지 나를 싫어하는 듯하는 노엘. 이제 열세 살밖에 안 된 아이가 뭘 알겠느냐만은… 아마도 제이크 등의 주입식 교육에 의한 것 같다. 저 노엘 역시도 내가 기사 노릇을 하는 걸 싫어하는 듯하다. 거기다 그런 내 종자가 된 것도 싫은 듯한 느낌이고 말이야.

"무슨 일들이야?"

"에린님이……"

"에린이? 왜?"

"사라지셨습니다."

"어디에도 없어요, 마마."

"끄응."

그 바보 또 어디서 헤매고 있는 거야? 에휴… 하여간 말이지 절로 이마에 손이 간다. 그 바보는 하루라도 사고를 안 치면 잠을 못 자는 거냐? 에휴… 가끔은 뺀질이 덴이 불쌍할 때도 있다.

"그리고 손님이 찾아오셨습니다."

"크렌 경과 닐크 경이라는데 성과 소속을 밝히지 않았습니다. 돌려보낼까요?"

"크렌이? 아니야. 둘 다 들여보내. 그리고 그 녀석들이 찾아온 건 함구하도록 하고, 너희는 나가서 제이크 경과 상의해서 에린 얼굴을 알고 있는 기사들과 병사들을 데리고 성안을 샅샅이 수색하도록 해. 분명히 어딘가 엉뚱한 데서 헤매고 있을 게 뻔하니까."

하여간 결혼까지 한데다 아이까지 있는 애 엄마 주제에 너무 맹하고 멍청하다니까. 보나마나 또 어딘가 엉뚱한 장소에서 나를 애타게 찾으면서 헤매고 있겠지. 쯧쯧.

곧 이어 크렌과 닐크가 방 안으로 들어왔다. 한때 기사였던 크렌은 이제 완숙한 요원으로 변해 있었고 용사 지망생이던 닐크는 몽크라는 직업을 내팽개친 채 크렌과는 달리 기사가 되었다. 물론 닐크는 자신이 원해서 그렇게 된 것이고, 크렌은 나와 덴의 강압에 의해 어쩔 수 없이 직업을 바꾼 것이기는 하지만… 하여간 우리 조직에 있어서 이 둘은 이제 만만치 않은 자리에 있다. 특히 열 개 중대 1,000명을 지휘하는 대대장으로 진급한 닐크는 주변의 불만과 질투마저 날려 버릴 정도로 뛰어난 실력을 보여주어 카라덴 요새 내에서도 손 꼽히는 유망주가 되어주었다. 겨우 2년 만에 말이야. 후후.

"오랜만이군, 둘 다. 마지막으로 본 게 언제였지?"

"전 작년 겨울이었죠. 그리고 이 닐크 녀석은 아마 1년 만이실 겁니다."

"그래, 무슨 일이지?"

"아크레닌 왕국에 파견 나가 있는 요원들로부터 긴급 첩보가 입수되었습니다."

긴급이라… 그건 각 요원이 자신들의 신분이 노출되는 것도 감수하면서 전하는 최고급 정보라는 뜻인데……. 아크레닌? 그 조그마한 왕국에서 무슨 큰일이 있으려나? 나는 두 사내에게 우선 앉으라고 손짓한 뒤에 기다렸다. 에린 녀석이 없어서 차 한잔 내오라고 시킬 사람도 없네. 아르케네스라도 있으면 그에게 부탁이라도 할 텐데 말이야.

"어디 들어볼까? 말해 봐."

"브리츠의 암살자들을 찾았다고 합니다. 그리고 일전에 마마께서 처리하셨던 그 괴물 무리가 있는 지역도 알아냈다고 합니다."

"아크레닌 내부에서 군사들의 움직임이 빈번하다고 합니다, 마마."

"그 나라는 지금 집안 싸움에 정신없지 않던가?"

"아닙니다. 얼마 전까지만 해도 왕위 계승권자가 셋이나 나와 서로 치고 박느라 정신없었습니다. 하지만 요 일주일 사이에 두 명이 암살당했고 정국이 빠르게 안정되고 있다고 합니다."

"흠… 누구야?"

"저희 측에서 뒤를 봐주던 론델 공작은 가장 먼저 암살당했고, 로세니아 쪽에서 공공연하게 지원하던 피츠 왕자도 죽었습니다. 지금은 이전 아크래닌 국왕의 먼 친척인 셰필 후작이 왕위 계승권을 획득한 상태입니다. 조만간 대관식을 치루고 공식적으로 국왕으로 등극한다고 합니다."

"내 기억으로는… 그 무슨 후작인가 하는 녀석은 아무런 지지기반도 없던 별 볼일 없는 녀석 아니야?"

"맞습니다. 아마도 그 뒤에 브리츠 놈들이 있는 것 같습니다. 그자들이 갑작스럽게 일을 처리한 덕분에 이런 정보가 저희 쪽에 흘러 들어올 수 있었습니다. 그리고 우선 크레센트 남부에서 활동하는 스토커들과 스파이, 어쎄신들을 모두 아크래넌으로 보내놓았습니다. 자세한 경과는 며칠 뒤에 보고하겠습니다, 마마."

"응. 그래… 아크래넌이라 이거지? 닐크!"

"예, 마마."

"그쪽에 우리 측 병사들이 얼마나 되지?"

"화격단을 말씀하시는 것이라면… 대략 두 개 중대 정도입니다. 다른 중대보다 수가 조금 부족하긴 하지만 대충 180명 내외로 보시면 될 것입니다."

"그래, 그 녀석들을 당장 움직일 수 있어?"

"물론입니… 설마!"

"후후. 그 설마다! 당장 카렌 불러와. 그 녀석이 그 암살자 놈들을 추적하고 처리하는 데는 가장 쓸 만하니까. 그리고 주변 지역에 퍼져 있는 화격단 병사들도 끌어 모아 이동시켜 놔."

"하나… 잘못하면 국제 문제로 번질 수 있습니다. 아크레넌 국이 남부 연합 국가 중에서 저희 크레센트의 발언력이 강한 나라라고는 하지만 그래도 엄연히 타국입니다."

"상관없어. 짖을 테면 짖으라고 해. 안 무서우니까. 그리고 크렌은 전에 내 대역을 했던 그 요원 데려다가 곁에서 뒤를 봐주도록 하고, 닐크는 나와 같이 남부 연합으로 가도록 하지. 크렌은 덴을 도와서 그쪽 정보를 취합하고 병사들을 이동시켜. 두 개 중대로도 모자랄 수 있으니까 이 근방의 병력들도 모두 이동시키도록 하고."

"하지만……."

"하지만이고 저지만이고, 우리 크레센트에 반하는 자들은 대륙 끝에 있다 해도 추격해서 모조리 뿌리 뽑는다. 그러기 위한 화격대가 아니던가? 안 그래?"

"그렇긴 합니다만, 마마, 역시 사정이……."

"로이드 국왕 폐하를 위해서다. 반대는 인정하지 않겠어. 그렇게 알고 나가보도록. 아, 닐크는 당장 밖에 나가 여행에 필요한 물건들을 사두도록 해. 크렌이 내 대역을 데려오면 바로 바꿔치기 할 테니까."

"예, 마마."

그 말을 끝으로 난 두 사내를 내보냈다. 아크래닌이라……. 흠.

로이드를 비롯한 나를 아는 사람들은 모두 내게 독단적이고 독선적이라고 한다. 그 점에 관해서는 나 역시도 인정한다. 하지만 그만큼 효율적이고 효과적이라는 점에서는 모두 인정한다. 그렇기에 내가 제멋대로 일을 처리해도 다들 순순히 따르는 것이지. 불평은 할지언정 반대는 하지 않는다. 왜냐하면 내가 옳으니까, 아직까지는 말이야.

바보 에린 녀석이 붙잡혀 왔다. 녀석은… 성의 시녀들과 함께 빨래를 하고 있다 내 종자인 레실에게 붙잡혔다. 덕분에 에린 녀석이 좋아했는지 슬퍼했는지는 내 알 바가 아니지만……. 그래, 자작 부인씩이나 되는 녀석이 그것도 이 서우드 자작령만큼이나 부유하고 큰 영지의 안주인씩이나 되는 주제에, 이 성의 시녀장이 일손이 부족하다고 붙잡아 가는데 그대로 끌려가 일이나 거들고 있냐? 에휴휴휴. 바보 천치 수준도 이 정도면 국왕 감이다. 국왕 감이야.

"다녀왔습니다. 마마… 저어……."

"가서 차나 내와."

꼴도 보기 싫어, 저 바보. 내 위신을 떨구는 것에도 정도가 있지 말이야. 저 녀석은 죽어도 귀족은 못 될 것 같다. 완전히 시녀 근성이 뼛속까지 박혀 있다니까.

잠시 뒤 에린이 찻잔을 들고 방 안으로 들어왔다. 내 앞에 차를 내려놓는 에린을 노려보던 난 찻잔을 들면서 말했다.

"후룩, 역시 에린이 끓여온 홍차는 별로 떫지도 않으면서 부드럽게 넘어간다. 좋군. 그건 그렇고. 에린, 너 왕실로 돌아가."

"네에?"

"내 말 못 들었어? 왕실로 돌아가라고. 가서 우리 로렌이랑 네 딸 예니랑 놀아. 너한텐 그게 딱 맞아. 괜히 여기저기 돌아다니면서 남의 집 허드렛일이나 하면서 내 위신 깎아먹지 말고."

에린이라면 우리 로렌도 잘 따르는데다가 그 애의 유모이기도 했으니까 나도 안심할 수 있지.

"네에… 하지만… 마마께서는……."

"난 지금은 안 돌아간다. 그리고 가서 그 코넬리아 망할 계집애가 로렌에게 못 달라붙도록 알아서 잘해. 전처럼 같이 놀다가 나한테 걸리면 예쁜 상자를 구해놓을 테니까 알아서 처신 잘해."

분홍색으로 칠해진 튼튼하고 단단한 나무 상자에 리본과 레이스로 치장한 뒤 그 안에 에린 녀석을 집어넣고 로세니아로 돌려보낼 거다. 에린과 맞먹는 맹하고 멍청한 코넬리아 계집애는 도저히 내 손에서 처리가 불가능하니 이렇게라도 해야지. 바보는 바보로 상대하는 법!

"알았어?"

"네? 네에……."

"갈 때는 나 대신 내 대역을 모시고 가야 할 테니. 그렇게 알고 잘 처신해."

"하지만 마마… 이제 그만 돌아가셔야……."

"시끄러워. 시키는 대로 해. 알았어?"

"네……."

에린 녀석은 혼자 가는 것이 마음에 안 드는지 고개를 숙이면서 작게 중얼거린다. 지까짓 게 구시렁대 봐야 에린이지. 뭐, 난 녀석에게서 신경을 끊고 차를 마셨다.

가끔 생각하는 거지만 덴은 어쩌면 나를 처음 만난 4년 전부터 이미 이런 준비를 하고 있었는지도 모른다는 생각이 들었다. 내 대역이 필요하다고 말하니까 겨우 일주일 만에 척 하고 대령한다. 그것도 한두 해 동안 단련한 것이 아닌 숙련된 여암살자로 말이다. 카렌처럼 아주 어릴 때부터 교육과 훈련을 시킨 것이 분명하다. 혹시… 내가 이 나라에 오기 전부터 준비한 게 아닐까 하는 그런 생각도 든다. 거기다 말은 안 하지만 덴 만의 사설 조직이 따로 있는 듯한 기분도 들고 말이야. 그가 맡고 있는 정보부와는 별도로 말이다. 남부 지방 귀족들을 단시간에 규합하는 것도 그렇고 시기 적절하게 필요할 때마다 원조가 들어오는 것도 그렇고 너무 아귀가 딱 맞아 떨어져 오히려 의심이 간다.

하지만 뭐… 상관없겠지. 어쨌든 덴과 나의 목적은 일치하니까 말이야. 나중에 어떻게 된다 해도 지금 당장 덴은 나의 부하이고, 그것도 충실한 심복이다. 그렇게 믿도록 해야지 별수있나? 의심이 간다고 가서 꼬투리 잡고 패대기칠 수도 없는 법이니까. 그리고 부하란 역시 야망이 있어야 쓸 만하지 않겠어? 아무런 야망도, 의욕도 없는 적당주의에 빠진 머저리들 따윈 한 무더기가 있어도 쓸모가 없으니까. 부하의 야망을 적당히 조절해 주어서 자신에게 이득이 되도록 만드는 것도 군주의 자질 중 하나이니까 말이야.

에린과 덴 요원들에게 뒤를 맡긴 난 셔우드 자작의 성을 빠져나와 남쪽으로 말을 몰았다. 셔우드 자작령은 남부 도시 연합과의 무역을 위해 길을 잘 정비해 놨기 때문에 나와 닐크는 빠르게 남쪽으로 남하할 수 있었다. 중간에 닐크가 나에게 반쯤 죽을 정도로 얻어맞은 작고 사소한 사건이 있었는데 그 이유는 간단했다. 빌어먹을 자식이 돈을 안 챙겨 온 거다. 덕분에 닐크 놈은 나한테 진짜 죽도록 얻어맞았. 내가 언제 돈을 싸들고 다닌 적이 있나? 당연히 수행원인 녀석이 알아서 준비해야지 그걸 깜빡해? 콱! 정말이지… 죽여서 묻어버린 다음에 강도 짓이나 할까 했지만 참았다. 귀찮았거든.

돈이 없는 관계로 크레센트 최남단에 있는 작은 마을은 그냥 지나쳤다. 그리고 두어 시간 뒤 해가 질 무렵 우리는 크레센트의 국경선을 지났다. 드문드문 서 있는 국경의 작은 초소들을 피해 황무지를 지나친 우리는 국경 주변 지역을 순찰하는 순찰 기병 무리를 만나지 않은 것을 하늘에 감사하며 아리츠반의 국경 지역까지 마차를 몰아갔다. 중간의 작은 황무지를 지나쳐 도착한 곳은 아리츠반의 국경 검문소. 검문소라고 해봐야 달랑 병사 네 명이 교대로 서서 지나가는 상인이나 여행자, 혹은 순례자들을 쳐다보고 있는 게 다이다. 가끔 그들에게 걸리는 이들은 전염병이나 문둥병을 가진 이들 혹은 난민으로 보이는 이들뿐이었다.

"통과."

"수고하십시오."

마차까지 몰고 다니는 우리는 곧바로 국경을 통과하여 아리츠반 국내로 들어섰다. 이쪽도 나름대로 긴 국경선에 병사들을 투입하여 순찰하고 있지만 내가 보기엔 허점투성이야. 여기서 근무하고 있는 경계병 역시 별로 열의가 없는 것 같고 말이야. 하긴 그 덕분에 산적 떼나 다름없는 화격단 무리가 이 나라에 쉽게 들어갈 수 있기는 했지만 말이다.

따각따각.

마차를 끌고 있는 짐 말의 편자가 귀에 거슬리는 소리를 낸다. 종일 말을 몰아온 우리는 밤에도 쉬지 않고 마차를 달렸다. 다행히 닐크가 얼마간 먹을 식량과 물을 마부석에 구해놓은 덕에 배를 굶을 정도는 아니었지만, 밤이슬이 내리는 시각에 마차를 몰며 가도를 달리는 건 역시 마음에 안 든다. 더군다나 도로도 엉망인 아리츠반의 가도를 달리는 건 더욱더 사양이다. 끄으으응… 지겨워라.

별의별 잡다한 생각을 하면서 밤새도록 마차를 몰고 나가던 우리 앞에 널따란 황무지 위에 세워진 목책이 나타났다. 난 나와 교대해서 자고 있는 닐크를 억지로 깨웠고, 눈을 비비며 몸을 일으킨 그는 작게 하품을 하면서 내 옆으로 건너왔다.

"하아암… 이제 다 왔군요."

"응. 이제 어쩔 거지?"

"하루 더 노숙하는 건 어떻습니까? 아직 먹을 건 모자라지 않으니……."

"전에 맞은 데는 벌써 다 나았나 보지?"

내가 웃으면서 주먹을 주물럭거리자 찔끔한 닐크는 슬그머니 시선을 내게서 돌리면서 말했다.

"…우선 도시로 들어가죠."

난 좀 더 노숙해도 상관없는데 말이야. 훗.

내가 양팔을 뻗어야 간신히 안을 수 있을 만큼 두터운 통나무들이 즐비하게 늘어선 목책 앞에 도달한 우리는 병사들의 간단한 검문을 거친 뒤 도시 안으로 들어설 수 있었다. 그리고 안으로 들어선 나와 닐크는 단숨에 셔우드 자작가의 상단 지부가 있는 건물을 물어서 찾아갔다. 난 안으로 들어가려는 닐크의 어깨를 붙잡은 뒤 그를 옆으로 제치고 문을 활짝 열어젖히면서 안으로 들어갔다.

"지부장, 당장 나와. 다섯까지 세겠다. 하나, 둘……."

"누… 누구십니까?"

쾅! 내 주먹이 나무문을 꿰뚫었다. 그리고 지부장으로 보이는 중년의 사내가 허겁지겁 책상을 뛰어넘으며 내게로 달려왔다. 역시 이쪽이 빠르고 편하다니까.

주먹질 한 방에 금화가 가득 든 주머니를 얻어낼 수 있었다. 닐크 녀석은 행복한 얼굴로 금화 주머니를 만지작거리면서 헤실대고 있었고, 그런 우리 뒤로 얼굴이 퉁퉁 부은 지부장이 손을 흔들고 있었다. 아마 속으로 다시는 오지 말라고 욕을 하고 있겠지? 훗. 하긴 다시는 볼 일이 없기도 할 거다. 나 같은 귀한 분을 저런 지부장 정도 되는 자가 언제 또 보겠어? 뭐, 내게 얻어맞은 저 남자가 출세한다면 모르겠지만…….

하여간 나와 닐크는 상단 지부에서 나와 곧바로 고급 여관을 찾았다. 마차 여행이라는 거 생각 외로 할 만한 게 못 되더라고. 차라리 말이라면 모를까. 물론 말을 타고 여행하는 것도 힘들기는 마찬가지지만 그쪽은 그런대로 익숙하니까. 짐마차 뒤에 타고 먼지를 먹어가면서 여행하는 건 될 수 있으면 피하고 싶어.

다각다각.

이제는 버려도 되는 마차를 몰고 도시 중앙에 위치한 고급 여관을 향해 나아가고 있을 때였다. 갑자기 앞에서 새까만 색을 칠해놓은 마차가 우리 앞에서 멈춰 섰다.

"워워~ 야 임마! 위험하잖아! 무슨 짓이야?!"

근 서른 시간 정도를 교대로 마차를 몰았기에 피로에 절어 있는 우리 앞에 갑자기 시비를 거는 간 큰 자식들이 나타났다. 반쯤 졸면서 마차를 몰던 닐크 녀석은 고삐를 당기면서 대번에 큰 소리로 외쳤다. 그러자 우리 앞에 있던 마차 쪽에서 열댓 명의 사내가 우르르 뛰어나와서는 우리 마부석 주변을 둘러쌌다.

"뭐… 뭐야? 너희!"

"……."

아무런 문양도 표식도 없는 서코트를 입은 사내들은 그 속에 체인메일을 입고 있는지 움직일 때마다 챠르륵 하는 소리가 났고 허리에는 롱 소드의 손잡이와 검집이 매달려 있었다. 척 보기에도 귀족가의 호위병이라는 소리다. 으음… 안 좋은 예감이…….

"두 분을 만나고 싶다는 분이 계십니다. 조용히 모시라는 명령입니다."

"뭐? 누구 맘… 읍."

난 시끄럽게 떠드는 닐크 녀석의 입을 막아버렸다.

"조용히해, 닐크. 그래, 누가 날 찾는 거지?"

두 분이라고 표현하기는 했지만 짐마차 주위를 둘러싼 이들은 모두 날 바라보고 있다. 보나마나 날 노리고 있다는 건데……. 문제는 나를 찾는 상대가 호의적인지, 적의를 가지고 잇는지 알 수가 없다는 것이지.

"그건 금방 아시게 될 것입니다. 저쪽 마차로 오르시지요."

"……"

"여기서 이러시면 주변인들의 눈에 많이 띕니다."

"좋아. 간다. 닐크, 따라와."

"하나 아… 가씨."

"됐어. 감히 이 몸을 부르는 놈이 누군지 그 면상이 궁금해졌거든. 가자."

그렇게 말하면서 짐마차에서 뛰어내린 난 그 병사들을 헤치고 검은 마차 쪽으로 다가갔다. 과연 누가 이 아넬리안님을 친히 부르시는지 두 눈으로 똑똑히 봐주겠어.

…망할.

"폐… 폐하?"

크레센트 왕국의 국왕 폐하이신 로이드 폐하시다. 그분이 지금 내 눈앞에 앉아 나를 위아래로 흘겨보고 있다. 오오~ 신이여, 이 망할 남편 녀석이 이 곳에는 웬일이란 말입니까?

"그렇게 말하는 걸 보니 아직 내 얼굴을 잊지는 않았나 보군, 아넬리안."

"어… 어떻게?"

"그대도 나오는데 나라고 못 나올 줄 알았어? 흥."

"폐하를 뵙습니다."

나와 함께 마차로 들어온 닐크 녀석이 황급히 고개를 숙이면서 예를 표했다. 그러자 로이드는 그런 닐크에게 손을 내저으면서 말했다.

"됐어. 나도 공식적으로 빠져나온 건 아니니 그런 호칭을 삼가하도록. 음… 이제 도련님이라는 호칭은 별로 안 맞을 것 같으니 주인님으로 하도록. 아니면 여보라고 부르던지. 어느 쪽이든 상관없지."

검은색으로 머리부터 발끝까지 치장한―어느 시녀의 센스인지 참… 어울린다. 의외로―로이드는 그렇게 나를 보며 이죽거렸다.

눈에 띌 정도로 화려하지는 않지만 그렇다고 그렇게 수수하지도 않은 마차에 올라탄 나는 팔짱을 낀 채 고개를 돌리고 있는 로이드의 눈치를 살펴야 했다. 닐크야 당연히 눈치만 보다가 슬그머니 나가 버렸으니 마차 안에는 나와 로이드 뿐이었다. 그의 눈치를 보면서 여기저기 훑어봤지만 역시 진짜 로이드가 맞다. 저 고고하다 못해 건방져 보이는 태도나―물론 왕족에다 국왕이니 당연한 건지도 모르겠지만―늘 퉁명스럽고 뚱한 표정이니 어디 하나 내가 아는 로이드가 아니라는 증거는 나오지 않았다. 덕분에 더욱더 혼란스럽다.

"저어……."

"왜?"

"지, 진짜 폐하가 맞으시죠?"

"흥. 그럼 가짜 내가 있나? 아니군. 있긴 있지. 지금 왕성 안에서 내 대역을 하고 있는 녀석이 있으니까. 당신처럼!"

으… 왠지 말 속에 가시가 있는 것 같아. 다 알고 있었던 건가? 으으음…….

"아하하… 설마요. 제가 뭘……."

"다 알고 있다고. 지금 기사 아넬리안은 크레센트 전국을 순회하면서 토너먼트 대회나 파티에 참석하고 있겠지? 그리고 당신은 지금 여기서 또 뭔가를 꾸미고 있고 말이야. 당신도 대역을 쓰는데 나라고 못 할 줄 알았어?"

"그런 건 아니지만… 그런데 어떻게……."

"어떻게 나왔냐고? 밤낮없이 밖으로만 싸돌아 다니는 부인을 꽁꽁 묶어서 성 탑에 처넣으려고 손수 뛰쳐나왔지. 아니, 어떻게 찾았냐고 묻고 싶은 건가? 그런 거라면 워렌 자작이 결국 고문에 못 이겨서 항복했다고 해두지."

"고… 고문이요?"

"그래. 당신의 시중인인 에린 양과 예니를 일주일 동안 못 만나도록 했더니 단번에 다 불더군."

그… 그런 것도 고문이 될 수 있냐? 바보 같은 덴 자식! 돌아가서 두고 보자! 죽여 버릴 테다!

어색하고 불안한 짧은 마차 여행은 로이드가 묵고 있던 숙소 앞에서 끝났다. 로이드는 이미 모든 걸 보고받았던 것 같다. 아주 자연스럽고 익숙한 동작으로 나보다 먼저 고급 여관의 정문을 열고 안으로 들어가 버렸으니까. 으으… 이런 경우는 처음이란 말이야! 이럴 땐 어떻게 해야 하는 거지? 난 몰라.

"에휴……."

"괜찮으시겠습니까? 마, 아니, 아가씨."

"나라고 별수있냐. 이럴 땐 그저 조용히 비위를 맞춰줘야지 뭐. 아 참, 닐크, 작전은 우선 연기다. 일은 로이드부터 어떻게 처리한 뒤에 하도록 하자고."

"예."

그 말을 끝으로 닐크 녀석은 앞으로 나와 로이드가 펼칠 대접전을 피하려는 건지 슬그머니 눈앞에서 사라져 버렸다. 그렇기에 난 어쩔 수 없이 끝없는 던전의 입구처럼 보이는 여관 문을 향해 터덜터덜 걸어갔다. 오늘은 또 얼마나 잔소리를 들으려나. 으음……

로이드의 뒤를 따라 2층으로 올라간 난 종종걸음으로 그를 좇아갔다. 그렇게 내가 묵고 있는 방문 앞까지 뒤좇아간 난 마치 자기 방인 양 노크도 안 하고 문을 벌컥 열고 안으로 들어가는 로이드를 따라 방 안으로 들어갔다. 하고 싶은 말이 많았거든. 한데 방 안에는 허연 머리카락과 턱밑까지 흰 수염을 길게 기른 늙은이가 테이블에 앉아 차를 마시고 있는 것이 눈에 들어왔다.

"오다가 만났지. 헤쉬케린 경이라고 했던가? 대단한 마법사더군."

"후후. 폐하께서는 역시 사람 보는 눈이 뛰어나십니다. 그 뒤에 있는 건방진 여인네와는 다르게 말이죠."

어이어이, 둘이 죽이 맞아 이 연약한 나에게 이죽거리는 거야? 확 성질 뒤틀리면 뒤엎어 버린다.

"난 피곤하니 좀 쉬고 있도록 하지. 아넬리안, 어디 도망갈 생각 하지 말고 여기 있어. 이번에도 아무 말 없이 도망간다면 정말 가만 두지 않을 거야."

타악. 탕!

침실로 들어가 버렸다. 거기다 문도 닫아버렸다. 우우우… 아무리 남편이라지만 말이야. 너무하잖아? 자기 할 말만 다해 버리고 혼자 방 안으로 들어가 버리다니.

"헹. 천방지축 말괄량이 계집도 제 남편 앞에서는 별수없군."

"뭐… 뭐라고요?!"

"왜? 내가 틀린 말 했나, 응? 보니까 아주 설설 기던데? 클클클."

"이이잇! 에이! 여긴 왜 온 거예요? 네? 말해 두지만 전 지금 돈 없어요."

"아아, 그거야 내가 아르케네스 녀석한테 알아서 받아갈 테니 걱정 말라고. 그건 그거고, 이번엔 다른 짐덩이도 가져와서 말이지."

"짐?"

"그래. 영광으로 알라고 계집아이야. 이 대마법사께서 직접 왕림하실 정도로 가치있는 짐덩이니까."

"……."

그렇게 말한 헤쉬케린 노인네는 의자 옆에 놓여 있는 커다란—높이가 60㎝ 넓이만 1.5m가 될 만큼 커다란, 마치 관 같은 크기의—나무 상자를 툭툭 치면서 말했다. 그리고는 끄응~ 하고 신음 소리를 내면서 일어선 노인네는 늘 들고 다니는 나무 지팡이로 나무 상자의 뚜껑을 열어젖혔다. 호기심이 인 나는 슬금슬금 다가가 안을 들여다보았다.

"우우웁… 웁웁……."

"카… 카레엔?"

지금 내 표정이 어떠려나? 아마도 상당히 기괴할 것이 뻔하다. 그도 그럴 것이 상자 안에는 온몸이 밧줄로 돌돌 말린, 아니, 둥글게 말아놓은 밧줄 속에 카렌을 집어넣은 게 더 적당한 표현이라 생각되는 그 애의 모습이 눈에 들어왔기 때문이다. 그것도 축 늘어진 몰골로 눈물만 줄줄 흘리고 있는 모습이었다.

"클클클. 또 덤벼들기에 로프 트릭(Rope Trick)으로 꽁꽁 묶어놨지. 어차피 나도, 이 녀석도 네가 목적인지라 오는 김에 같이 가져왔다."

그렇게 말하는 노인네는 마치 나 잘했지? 하는 표정으로 나를 바라보고 있다. 하지만 말이야 보통의 둔감한 사내 놈도 이런 짐덩이 취급을 하면 화낼 텐데, 한창 감수성이 예민한 열여덟 살의 소녀를 이 꼴로 만들어놓으면……. 음… 카렌은 보통의 꽃다운 나이의 소녀로 취급할 수 없기는 하지만… 어쨌든! 이 애의 성격으로 볼 때 그냥 넘어가지는 않을 거다. 그래도 저렇게 눈물을 줄줄 흘리며 나를 바라보고 있는데 그냥 있을 수는 없겠지? 난 양팔을 허리에 올려놓고는 노인네를 노려보면서 소리쳤다.

"당장! 풀어줘요!"
"뭐, 그러라면 하겠지만… 난 뒷일은 책임 못 져."
"풀어줘욧!"
"그러지 뭐."

내 외침에 잠깐 망설이던 노인네는 할 수 없다는 듯이 지팡이 끝으로 카렌을, 아니, 카렌을 묶고 있는 밧줄을 몇 번 툭툭 찌르면서 나지막하게 중얼거렸다. 그러자 그 애의 몸을 단단히 묶고 있는 밧줄이 마치 살아 있는 뱀처럼 스르르 움직이면서 허공으로 떠올랐다. 그리고 노인네가 작은 가방을 꺼내 들자 그 안으로 미끄러져 들어갔다. 거참, 마법이라는 거 몇 번을 봐도 신기하다니까.

"자, 됐지? 뒷일은 네가 책임지라고."
"왜 내가……."
"네가 풀어주라고 했잖아. 그러니까 네가 책임지라고. 그리고 이 봄날의 망아지처럼 날뛰는 꼬맹이 녀석도 따지고 보면 다 네 부하잖아! 안 그래?"
"그… 그거야 그렇지만……."
"그러니까! 네가 책임져."

"우아아아아아아아아앙!!"

어… 얼레? 카… 카렌이 눈물을 줄줄 흘리면서 뛰어간다. 언제 상자에서 뛰어나온 거지? 거참.

쾅장창.

창문이 카렌의 발길질에 박살난 채 날아간다. 그리고 이제 내 키와 비슷한 체구를 가진 카렌이 날아가는 창문 쪼가리와 함께 밖으로 튕겨나간다. 뭐, 저래도 명색이 암살자이니 떨어져 죽거나 하지는 않겠지.

여관에서 일하는 시녀와 시종들을 시켜서 부서진 창문을 대충 막도록 시킨 나는 헤쉬케린 늙은이의 맞은편에 앉았다. 따로 다과와 차를 가져오도록 명령한 덕에 노엘을 부를 필요는 없었다. 음… 물론 생각난 김에 방 안에 들어가 있는 로이드 몫도 주문하는 걸 잊지 않았다. 그렇게 사태가 조금 진정된 뒤에 난 내 앞에 놓인 홍차를 한 모금 마신 뒤 물었다.

"이제 솔직히 말해 봐요. 여긴 왜 온 거죠?"

"응? 아아~ 뭐, 그냥… 이라고 하면 안 될까?"

"될 리가 있어요? 솔직히 불어요! 당장!"

로이드에 이어서 헤쉬케린 늙은이, 거기다 카렌까지. 이 정도면 구제 불능일 정도로 둔감한 인간이 아니라면 뭔가 작위적이라는 냄새를 지울 수가 없다. 덴인가? 아니면 크렌? 아르케네스? 혹은 다른 누구?

"뭐, 자금이 또 떨어져서 말이야. 물건 팔러 왔지."

"또요? 바로 두 달 전에 가뜩이나 자금 압박에 시달리는 우리 조직에서 아르케네스의 이름으로 5만 골드를 차용해 간 걸로 아는데요?"

"그랬지. 음음."

"벌써 물건 대금은 오래전에 다 치뤘다고요! 거기다 이 드로워즈를 빼면 죄다 쓸모없는 잡동사니였잖아요!"

"그건! 돈 주고도 못 산다고! 그런 걸 협박에 넘겼으니 이 정도는 되야 하는 게지! 암! 이 대마법사가 만든 마법 도구가 그 정도 가치밖에 없을 것 같냐? 엉?"

"하지만! 저번에 가져온 3연발 마법 석궁이라는 거! 그거! 한 번 쏘고 나면 시위가 끊기는 불량품이잖아요! 거기다 위력도 별로더만. 그리고 그 뭐더라… 플라이(Fly)마법 걸린 부츠던가? 그것도 내 발에 너무 작다고요! 어린애도 못 신는 부츠를 가져와 놓고! 거기다 3일에 한 번밖에 못 쓴다면서요? 그것도 단 한 시간 동안만!"

"인간이 하늘을 나는 것만해도 어딘데? 엉?"

"헹이네요. 그 보호 마법인가 뭔가가 걸려 있다는 반지, 그것도 그래요. 그 조악한 모양이라니! 그런 걸 끼고 돌아다니라고요? 누구의 품위를 바다 속에 수장시키고 싶은 거예요? 대장간 일을 맡은 지 한 달도 안 된 견습생도 그 정도는 만들겠더군요."

"뭐시라? 마법이 걸린 반지야! 마법이! 싸구려 보석이 달린 쓸모없는 반지들과는 격이 다르다고 격이!"

"마법이든 뭐든 그런 조악하고 조잡한 디자인의 반지는 아무리 좋은 능력이 있어도 절대 못 끼어요. 로이드도, 아니, 로이드 폐하께서도 한 번 쓰윽 보고는 외면해 버리더군요. 치장에 별 관심이 없는 폐하가 외면할 정도의 물건이라면 반지로써의 가치 따윈 요만큼도 없다고요! 그딴 것들을 가지고 와서 수십만 골드나 뜯어갔으니 그만 하면 된 거 아니에요?"

"무슨! 네 녀석 나라에서 나만큼 마법 도구를 가지고 있고 제작할 수 있는 녀석이 있으면 나와보라고 해! 아무도 없을걸? 아니, 이 대륙을 통틀어도 나만큼 마법 도구 제작에 일가견이 있는 마법사는 단 한 명도 없어!"

"그래도 안 쓰는 건 안 쓰는 거예요. 앞으로 쓸데없는 물건에 돈을 드릴 수 없으니 그렇게 알아요."

"끄응… 조… 좋다. 바… 반지는 네가 마음에 드는 걸로 가져와. 내 특별히 그 반지에 마력을 옮겨놓지. 그럼 되겠지?"

"석궁이랑 부츠는요?"

"그… 그것도 새로 교체해 주지. 됐냐?"

"좋아요. 그 정도면 저도 만족하죠. 그리고 왕실 창고에 억지로 떠넘기고 간 마법 스크롤들과 마법서들도 다 가져가요. 쓸데없이 공간만 차지한다고요."

"무슨 소리! 그것들만 있으면 웬만한 마법사 나부랭이들이 죄다 네 녀석 발치에 고개를 조아리고 뭐든지 한다고 할 만큼 가치가 있는 것들이란 말이다!"

"헹. 그래봐야 마법사들이나 그런 거죠. 어차피 마법사들의 숫자도 온 대륙을 통틀어 채 백 명도 안 된다면서요? 그리고 견습이나 보조 마법사들이라 해도 모두 사제 관계로 맺어져 있어 왕실 소속으로 돌리기 힘들다고 본인 입으로 직접 말했잖아요. 또한 마법사들은 탑이나 던전에서 거의 나오지 않는다면서요? 그렇다는 건 역시 아무 짝에도 쓸모가 없다는 뜻이잖아요! 보통 사람들은 봐도 모르고 써먹을 데 없는 스크롤이랑 책은 가져가고 그거 담보로 잡고 빌려간 돈이나 반환해요. 당. 장."

"끄으으응… 그… 그럼 내 제자를……."

"아르케네스 경의 월급 및 보너스는 벌써 60년 치나 가불해 가지 않앉어요? 그것만 해도 또 수십만 골드라면서요? 대충 20만 골드던가? 그거 알아요? 우리 조직이 지금까지 사용한 자금의 1/4을 헤쉬케린 공이 사용했다는 걸!"

"그… 그렇게 많았던가? 으음……."

당연하지. 금액으로 따지면 100만 골드쯤은 가볍게 넘을걸? 이정도면 웬만한 중소 영지 두세 개쯤 사고도 잔돈이 남겠다. 쓰음… 노친네가 웬 씀씀이가 그렇게 좋은지 난 그렇게 쓰라고 줘도 못 쓸 것 같은데 말이야. 그 많은 돈을 단 4년 만에 몽땅 탕진하고 나타나서 또 돈을 달라고 떼를 쓰니 원.

"아무튼! 돈 줄거야 말거야? 엉?"

안 되니까 베짱인 거냐? 흥! 그 정도에 내가 겁먹을 것 같아? 천하의 아넬리안이 말이야. 훗.

"안 주면 어쩔 건데요? 예? 어디 다른 데가서 우리만큼 자금을 펑펑 대주는 곳이 있는지 한번 알아보시죠?"

"크윽… 조… 좋다. 할 수 없지."

헤쉬케린 노친네는 결국 포기한 건지 고개를 절레절레 저으면서 두 손을 들었다. 훗. 승리! 난 여유만만한 표정으로 느긋하게 차를 들이켰다. 그렇게 내가 여유를 부리고 있는 동안 노인네는 아까 전 카렌이 들어 있던 상자에서 무언가를 주섬주섬 꺼내더니 테이블 위에 올려놓았다.

"흐음… 뭐예요? 이건."

"보면 알 거 아냐? 쳇."

어디 보자, 척 보기에도 검처럼 생겼는데 길이가 상당히 길다. 일반적인 롱 소드보다 손가락 두 뼘 정도는 길어 보이고 검폭의 두께도 2㎝

정도 두꺼워 보이는걸? 바스타드 소드인가? 가드—검막이—부분이 십자형이 아니네? 브이자 모형에 양끝에는 둥그런 쇠추가 붙어 있는걸? 거기다 검 손잡이는 전체적으로 긴 것이 마치 투핸드 소드의 손잡이처럼 생겼다. 맨 끝에 붙어 있는 폼멜은 크고 네모난 육각형의 쇳조각으로 되어 있네. 특이하군.

"저 케쎈의 북쪽에 있는 하이랜더들이 주로 사용하는 클레이모어의 아류 형이지. 기본적으로는 비슷하지만 손잡이 부분과 가드를 좀 더 늘리고 폼멜을 무겁게 했지. 실력있는 대장장이가 만든 거니 무게 중심은 딱 맞을 게다."

"헤에~"

호기심이 인 난 테이블 위에 올려져 있는 클레이모어를 집어 들었다. 음, 보기보다 상당히 묵직한걸? 보통의 인간보다 월등히 힘이 센 내가 묵직한 느낌이 들 정도면…….

"어때? 무겁냐?"

"조금. 이거 보통 검은 아닌 것 같군요."

"당연하지! 이 대마법사 헤쉬케린님이 보통의 물건을 쓰겠느냐? 핫핫핫."

"시끄러워요. 으응?"

스릉… 클레이모어의 검날은 손쉽게 빠져나왔는데… 어라라라? 날이 안 서 있잖아? 거기다 검집에서 검을 완전히 뽑으니 무게가 절반으로 줄어든 느낌이다.

"이거… 뭐예요?"

"보다시피 클레이모어 검이지. 못 본 사이에 눈이 나빠졌나 보군. 클클."

"시끄러워욧! 제대로 대답 못해요? 똑바로 말 안하면 아무것도 안 살 거예요!"

"체에. 남의 약점을 쥐고 흔들다니, 하여간 요즘 젊은것들은 노인을 공경하는 마음이 없다니깐."

"흥!"

"그건 말이다. 이 내가 만든 마법 물품 중에서도 아주 뛰어난 마법 무구다. 드워프들이 진짜 은이라 부르는 미스릴과 이 지상에서는 절대 구할 수 없는 금속인 오리하르곤의 합금이지."

"미스릴은 들어봤는데… 오리하르곤?"

"그래. 너 같은 무식한 계집은 모르겠지만 나 정도 되는 대마법사라면 다 알고 있는 신비의 금속이지. 일반 철은 물론이고 잘 정련된 강철보다도 몇 배나 뛰어난 강도의 탄성을 지닌 아주 굉장한 금속이야. 단지 하늘에서 떨어져 내리는 운석 중 아주 일부에서만 소량이 채취될 정도로 매우매우 희귀한 금속이다."

"그래서요? 뭐가 좋은 건데요?"

"무식하긴! 미스릴은 모든 부정한 존재를 몰아내는 달빛의 가호를 받은 금속이라고! 마법적이든 일반적이든 어둠에 속한 존재를 벨 수 있단 말이다! 설사 상대가 육신이 없는 정신체라 해도 말이야! 거기다 오리하르곤은 그 자체만으로도 뛰어난 강도를 가진 금속이지만 거기다 마력을 흡수하고 저장하는 능력이 아주 뛰어나. 강철에 1의 마법을 새겨 넣고 유지할 수 있다면 오리하르곤이 첨가된 이 클레이모어는 10의 마법을 주입할 수 있지. 그야말로 나 같은 위대한 대마법사를 위해서 존재하는 금속이지, 음핫핫핫!"

"하지만 이 검, 무겁잖아요. 거기다 날도 안 서 있고."

"으음… 사실은 그 대단한 강도 덕분에 날을 세울 수 없었거든. 열을 가하기 전에는 지문이 생길 정도로 무른 미스릴에 오리하르곤을 섞어 넣은 건데… 이 두 금속이 반응해서 내 상식을 뛰어넘을 정도로 높은 강도를 가질 줄은 꿈에도 몰랐다. 내가 아는 모든 광물 중 가장 강도가 높은 다이아몬드도 이 녀석의 날을 세우는 데는 실패했거든. 거기다 무겁지. 왠지는 모르겠지만 무게가 세 배로 늘어났어. 그 검을 만드는데 미스릴 5kg과 오리하르곤 100g을 넣었는데, 주물에 넣고 식혀 놓으니까 15kg이 넘더군. 뭐, 그건 앞으로 차차 내가 연구할 과제이고. 어때? 사고 싶은 생각이 불끈불끈 솟지 않느냐?"

"전혀요. 무겁기만하고 날도 안 선 이런 투박한 검을 누가 가지고 싶어할까나?"

"크윽… 젠장. 그래! 네 말이 맞다! 잘 나간다는 기사 놈들에게 한 번씩은 다 보여줬는데 솔직히 안 팔리더라. 젠장할……."

이런 건 나라도 안 산다고. 싸우다 검이 절대 깨지거나 휘어지지 않을 거라는 건 꽤 매력적이긴 하지만 그렇다 해도 날도 없는 검을 어디다 써먹으라는 소리야?

"그래서 생각해 낸 게 네가 들고 있는 그 검집이다. 아예 한쌍으로 만들었지. 무게는 검과 동일하고 재질도 똑같다. 합치면 30kg이지! 대단하지 않냐? 응?"

"대단하긴 개뿔이……."

"이이익!! 네 망할 힘과 합쳐지면 웬만한 메이스나 모닝스타 따윈 비교도 안 된단 말이야! 이 멍충아!"

뭣? 멍충이? 감히 누굴보고!!

"그리고 거기엔 내가 심혈을 기울여 마력을 부여했다고! 라이칸슬로프는 물론이고 영체뿐인 유령도 벨 수 있단 말이다! 내가 특.별.히 제작한 그 클레이모어가 아니면 이 세상 어딜가도 유령을 베는 검 따윈 없어!"

"호오~ 그거 신검이라든지 아티펙트에도 해당되는 말이에요?"

"큭… 그건……."

"그럼 역시 별 쓸모 없네. 네에~ 좋아요. 그 노고를 인정해서 딱 롱소드의 열 배 값인 3,000골드 드리죠."

쾅! 깜짝이야. 이 노친네가 왜 갑자기 테이블을 후려치고 난리야. 없는 애도 떨어질 뻔했잖아!

"우… 우… 웃기지마! 이 망할 계집아! 그… 그 검을 만드는 데 들어간 돈만 해도 벌써 50만 골드가 넘는다고! 그런 걸 날로 꿀꺽하려 들어? 엉?"

"에에~ 난 그런 거 몰라요. 팔 거면 놓고 가고 아니면 가져가요. 난 별로 살 마음 없으니까."

"……크으. 조… 좋다! 그럼 딱 잘라서 25만 골드!"

"1만 골드 쳐드리죠. 노력을 생각해서."

"22만 골드!"

"1만 오천."

"20마아아아안!!"

"2만."

"크아아아악!! Geas! 명령한다! 이 검! 사!"

웃기지 말라고 난 절대 이런 골동품을 살 마음이… 어어억… 가, 갑자기 지독한 두통이… 으윽… 거기다 생리통까지…….

"아으으으… 다, 당신……."

Tournament 67

"큭큭큭… 살래? 아니면 죽을래? 내 명령을 따르지 않으면 넌 지독한 고통을 겪으면서 서서히 죽어갈 거다. 큭큭큭."

"치… 치사해."

"시끄럽다! 계집! 날 이렇게 궁지로 몰아넣었으니 이게 다 네 녀석 탓이야!"

"아, 알았어요. 사면 될 거 아니에요. 사면… 으으음……."

어라, 산다고 생각했더니 고통이 사라진다. 호오… 이런 거군.

"좋아! 그럼 어서 사! 당장!"

"네에. 그러죠 뭐. 나도 그 끔찍한 고통을 다시 당하는 건 싫으니까. 제가 인심 써서 2만 5천 골드에 사죠."

"뭐… 뭐… 뭐시라? 너… 너……."

역시 통증이 없군. 어떻게든 사기만 하면 된다는 거지? 흥! 누가 그딴… 아니, 실수할 뻔했다. 하여튼 사긴 하겠지만 그렇게 순순히 사줄 줄 알고? 감히 이 나한테 마법까지 걸면서 강매를 하다니! 두고 보자!

"사기만 하면 되는 거 아니예요? 가격은 아직 결정 안 했으니 어디 가격 협상이나 해볼까요? 네?"

"끄으으으… 망할 계집."

"제가 인심 써서 3만 골드에 하기로 하죠. 어때요?"

"10만! 때려죽여도! 아니, 교수형을 당하고 단두형을 당해도 그 이하로는 죽어도 못 팔아! 절대!"

"좋아요. 그럼 10만 골드에 사기로 하죠. 하지만 대신 다른 거 하나 끼워서 줘요."

"끄으으… 망할 계집 같으니라고. 내가 네 녀석이랑 다시 거래를 하면 사람도 아니다!"

"그 말은 이전에도 한 번 들었던 기억이 나는데… 아마도 부츠를 팔 때였던가아? 이런 어쩌나요? 이제 사람이 아니게 되었네? 훗."

"망할! 젠장! 그래, 다 가져가라! 다!"

타앙! 신경질을 한껏 부린 노인네는 갑자기 품속에서 주먹만한 유리 구슬을 테이블 위에 내던졌다. 혹시나 깨지거나 하지는 않을까 했는데 의외로 단단한 건지 멀쩡하다. 흠집 하나 안 났는걸?

"헤에~ 예쁘네. 뭐예요? 이건?"

"Solid Fog 마법이 들어가 있는 구슬이다. 그냥 손에 쥐고 '안개' 라고 말하면 돼! 당장에 반경 수백 미터 내에 한 치 앞도 구분하기 힘든 진한 안개가 뿜어져 나올 거다! 이거면 됐겠지?"

"뭐, 이 정도로 만족해 드리죠. 좋아요. 살게요. 그럼 이제 다 된 거겠죠?"

"그… 렇다. 제기랄. 아이고 혈압 올라. 네 녀석과 말만 하면 꼭 이렇게 혈관이 터질 것 같으니 다시는 상종하지 말든지 해야지. 쯧."

내 솔직한 감상으로는 이 헤쉬케린 늙인이보다는 아르케네스와 거래하는 쪽이 백배는 더 힘들지만… 이건 비밀로 해야겠다. 혹시라도 이 사실을 알게 되면 앞으로는 아르케네스에게 마법 도구를 팔도록 시키고도 남을 늙은이니까 말이야. 하여간 내가 10만 골드를 지급한다는 자필 서명이 들어가 있는 각서를 써주고 나자 머리 속에서 위이이잉― 하는 작은 소리가 들려오다가 사라졌다. 깜짝 놀라 눈을 깜빡이면서 노인네를 바라보자 그는 혀를 차면서 말했다.

"쳇, 마법이 사라졌군. 에잉… 이럴 줄 알았으면 이런 귀찮은 일은 제자 놈에게 시키는 거였는데… 쯧쯧."

"앞으로 내게 마법 같은 걸 걸었다간… 진짜 죽여 버릴 거예요. 이건 경고라고요, 경고!"

"헹. 네깟 것이? 웃기는구나. 켈켈켈."

이놈의 늙은이가! 갑자기 분노가 마구마구 치솟는다. 그때였다. 갑자기 내 바로 왼쪽에서 콰광! 하는 소리가 들리면서 창문이 있는 벽 전체가 진한 먼지를 내뿜으면서 무너져 내렸다.

쉬잉. 콰앙! 후두둑…….

머리 위로 돌 조각과 먼지 부스러기가 마구 떨어져 내린다. 뭐야? 이건…….

"콜록콜록."

콰앙!

닫혀 있던 복도의 문이 활짝 열리면서 닐크 녀석이 뛰어들어 오는 게, 눈물이 가득 고여 흐린 시야 속에 들어왔다.

"마마! 누가… 침입자냐?!"

"콜록콜록."

"쿨럭쿨럭. 이런 젠장할. 이건 또 뭐야? Gust of Wind!"

휘이이이잉— 헤쉬케린 노인네가 지팡이를 치켜들고 외치자마자 방 안에 공기가 둥그렇게 소용돌이치다가 무너져 내린 창가의 벽 사이를 통해 밖으로 뿜어져 나갔다. 덕분에 자욱하게 피어올랐던 먼지구름이 단번에 밖으로 빠져나갔다. 이건 또 뭐야?

방 안에 틀어박혀 있던 로이드에 노엘까지 튀어나왔다. 먼지가 가라앉은 덕분에 앞이 보이게 된 나는, 위험하다며 나를 만류하는 닐크의 손을 뿌리친 뒤 창가로 뛰어갔다. 애초에 목재와 유리로 만든 얇은 나무 창틀은 이미 날아간 지 오래였기에 나는 부스러기가 떨어지는 창틀 밖으로 고개를 내밀고 밖을 내다봤다.

"맙소사!"

입이 쩍 벌어지고 말았다. 도로를 사이에 두고 우리 맞은편에 있는 낮은 주택의 옥상에서 카렌이 보였기 때문이다. 낑낑거리면서 힘을 쓰고 있는 카렌의 앞에는 소형이라고는 하지만 사람 한둘쯤은 가볍게 꿰어 죽일 수 있을 것 같은 공성용 발라스타가 놓여져 있었다. 빌어먹을 카렌 녀석은 도르래를 사용해서 발라스타의 시위를 당기고 있었다. 나뿐만 아니고 로이드와 헤쉬케린 늙은이 그리고 닐크와 노엘까지 모두 부서진 창틀 밖으로 고개를 내밀고 자기를 바라보고 있는데도, 카렌 녀석은 제정신이 아닌 건지 자기 일에만 열중하고 있다. 말조차 안 나온다. 그런데 저 녀석 벌써 시위를 다 걸었어? 우아아악! 창날처럼 생긴 발라스타의 화살이 시위에 걸렸다. 서, 설마 쏘지는 않겠…….

"엎드려!!"

갑자기 누군가가 내 목을 휘어 감고는 잡아당겼다. 덕분에 나도 모르게 뒤로 딸려 나가 버렸고 바닥에 엎어진 나를 누군가가 몸으로 감쌌다.

투웅! 콰앙! 후두둑…….

저 미친 것! 나 진짜 화났다! 머리끝까지 열이 뻗친 나는 이를 악물면서 벌떡 일어섰다. 으드득!

"우와앗…….”

응? 머리 위가 가벼워졌는걸? 설마… 반쯤 몸을 일으킨 채 고개를 돌려보니 로이드가 바닥을 데굴데굴 굴러가고 있는 게 보였다.

"아하하… 죄송해요, 폐하."

"아니, 당신 위에 있던 내가 잘못이지."

다행히 별로 다친 곳은 없는지 로이드는 몸을 일으키면서 옷에 묻은 먼지를 툭툭 털어냈다. 으으윽… 왜 만날 이렇게 되는 거얏! 정말이지. 이게 다 카렌 탓이야!

"죽인다!"

그래, 죽여 버… 가 아니잖아! 고개를 홱 돌려서 무너져 내린 창가를 돌아보았다. 우리 머리 위로는 천장에 단단히 박힌 단창 길이의 발라스타용 대형 화살이 박혀 있었고, 그 끝에는 굵은 밧줄이 팽팽하게 걸려 있다. 그리고 가벼운 몸놀림으로 밧줄에서 뛰어내린 카렌 녀석은 연신 '죽인다' 라고 중얼거렸다.

"이 망나니 같은 녀석! 너 오늘 죽도록 맞아볼래?"

"죽인다… 죽인다… 죽인다……."

"이 녀……."

"저어, 마마. 지금은 잠시 지켜보시는 게……."

뒤에 있던 닐크 녀석이 내 목덜미를 잡아끌면서 그렇게 말했다. 하지만 이런 상황에서 화가 안 나게 생겼냐고! 하지만 그 분노는 금세 수그러들었다. 눈앞으로 새하얀 무언가가 휙휙 하고 지나가고 나니까 도저히 뛰어들 엄두가 안 들었기 때문이다.

"죽일 거야!"

"흥! 꼬맹이, 그동안 실력이 좀 늘었나 보군. 하지만 이 대마법사님 앞에서는 어린애 재롱일 뿐이다! 음핫핫핫."

"죽일 거야! 죽일 거야!"

투둥.

카렌 녀석이 어느새 꺼내 든 단궁에서 화살이 거의 동시에 튀어나갔다. 약간의 시간차를 두고 날아간 화살들은 단번에 헤쉬케린 노인네를 꿰뚫을 것 같은 기세였지만, 그 노인네가 지팡이를 휘두르자 허무하게 바닥에 떨어졌다.

"이런 조잡한 장난감으로 이 대마법사님을 어쩌지는 못할걸? 켈켈켈."

"치잇."

뒤로 물러나야겠다. 괜히 휘말리면 나만 손해지 암. 이런 생각은 나뿐만이 아니었는지, 화살의 벽에 가로막혀 생이별을 하게 된 로이드 쪽도 뒤로 슬금슬금 물러섰다. 물론 나도 닐크와 함께 벽에 등을 대고 물러섰지만. 이거 테이블이라도 뒤집어서 방패막이로 써야 하는 거 아닐까? 내가 이런 생각을 하는 동안에도 카렌은 연신 화살을 쏴댔고 헤쉬케린 노인네는 겨우 7~8미터밖에 안 되는 거리에서 날아오는 화살을 피하거나 튕겨냈다. 둘 다 인간이 아니야. 물론 그 스승에 그 제자라고 아르케네스의 스승인 헤쉬케린 노인네가 좀 더 괴물이긴 하지만. 아! 카렌의 화살통이 비었다. 정말 20발들이 화살통을 이 거리에서 다 비우게 만들다니! 괴물!

"훗훗훗."

"입 닥쳐!"

"웃기는 꼬맹이군. 난 그저 웃었을 뿐인데 말이야, 켈켈켈. 억울하지? 분하지? 그럼 덤벼봐, 덤벼~ 크할할할."

"크으윽!!"

카렌 녀석 이를 뿌득뿌득 간다. 그리고는 갑자기 허리춤으로 손을 넣더니 단검을 꺼내 들었다.

쉬익. 티잉.

옆에서 보기에는 그저 빛이 번쩍이는 것같이 빠른 속도로 날아간 단검을 허리만 살짝 숙여서 피해낸 노인네는 여전히 제자리에 서서 클클거리면서 기분 나쁜 웃음을 짓고 있다. 이것 때문에 더 화가 난 카렌은 계속 단검을 던져 대고 또 그걸 피하거나 막고. 이거 오늘 내로 끝나려나?

"이이잇!"

오옷? 새로운 공격이냐? 다시 품속에 손을 집어넣은 카렌 녀석이 갑자기 주먹만한 가죽 주머니를 꺼내 들고는 주머니 입구를 막고 있는 끈을 잘라 버렸다. 그리고는 그것을 높이 들고 헤쉬케린 노인네에게 뿌렸다.

촤르르르…….

허공에 작고 시커먼 것들이 한가득 뿌려진 뒤 날아올랐다. 작고 날카로운 가시같이 생긴 게… 켈트롭?

"Wall of Force!"

헤쉬케린 노인네의 바로 앞에 푸르른 휘장 같은 막이 생겨났다. 마치 아지랑이처럼 바닥에서 피어오르는 막은 그를 향해 날아가던 켈트롭과 부딪치자, 마치 물방울이 떨어진 호수에 그려지는 파형처럼 출렁거렸지만 부딪친 켈트롭 중 단 한 개도 통과시키지 않았다. 그것뿐만 아니고 켈트롭을 뿌린 뒤 카렌이 날린 단검들도 그대로 뒤로 튕겨낸다. 호오~

"크으… 분해! 분해! 분해애!!"

"클클클. 이게 바로 경륜의 차이란다, 아가야."

"시끄럿! 그런 거 몰라!"

마치 떼쓰는 아이처럼 악을 써댄 카렌은 정면으로는 뚫을 수 없다는 걸 깨달았는지 바닥에 깔린 켈트롭 사이를 잘도 피해서 뛰어갔다. 겨우 대여섯 걸음만에 노인네의 앞에 도달한 카렌은 등 뒤에서 뽑아 든 숏소드를 들고 그 힘의 장벽을 내려쳤지만 역시나 둥근 파형만 생겨날 뿐이었다. 아니, 오히려 뒤로 튕겨 나간 카렌 녀석은 바닥에 잔뜩 깔린 —특히 힘의 장벽에 막혀 튕겨 나와 밀도가 다른 곳보다 몇 배는 높은—켈트롭 위로 쓰러질 뻔했다. 그래도 명색이 암살자라고 간신히 중심을 잡은 카렌은 이번엔 헤쉬케린 노인네의 옆으로 돌아갔다. 그리고는 이를 박박 갈면서 노인네에게 달라붙었다. 거참, 바닥에 어지럽게 깔린 켈트롭 사이를 어떻게 저렇게 잘도 피해가는지 몰라.

"죽엇!"
"싫다!"
"기분 나빠! 따라하지 마!"
"내 맘이다. 너나 하지 마! 켈켈켈."
"아으으으!"

왠지 카렌 녀석에게 조금 동정이 간다. 분해서인지 눈물까지 글썽이는 카렌은 온 힘을 다해 숏소드를 휘둘러 댔다. 하지만 카렌의 검은 번번히 노인네의 지팡이에 막혔고, 다른 손으로 날린 단검도 가볍게 피해 버렸다. 저 지팡이 보기에는 나무인 것 같았는데 강도가 상당한가 보네. 하긴 그 오리하르곤인가 하는 괴상한 금속도 써먹는 노인네니 보통 나무 지팡이는 아니겠지만 말이야.

"Color Spray!"
"까앗!"

번쩍! 갑자기 노인네의 손에서 빛이 번쩍이면서 여러 가지 색이 카렌 쪽을 향해 튀어 나갔다. 빛에 정면으로 노출된 카렌은 한 손으로 눈가를 가리면서 어색한 모습으로 숏소드를 마구 휘둘러 댔지만 이내 지팡이로 숏소드를 쳐낸 헤쉬케린 노인네의 손에 목덜미를 붙잡혔다.

"클클클. 뿔난 망아지는 매가 약이지 암. Shocking Grasp."

파직… 지지지직… 파스스스스…….

"꺄아아악!!"

약간 불쌍한 카렌 녀석은 그대로 온몸에서 흰 연기를 풀풀 피어 올리면서 그대로 바닥에 풀썩 주저앉았다. 그러면서 몸을 덜덜 떠는 걸 보니 충격이 상당했나 보다. 쯧쯧. 만날 상대도 안 되면서 덤비긴……. 어쨌든 정리된 것 같긴 한데, 이건 또 어쩌나…….

"닐크."

"예, 마마."

"여관 옮겨야겠지?"

"당연하죠. 이렇게 사고 쳐놓고 여기 머물 수 있겠습니까? 게다기 여기 파손된 기물을 배상하려면 돈 좀 들겠습니다."

"흠, 알아서 하도록 해. 그리고 빨리 내가 쉴 수 있는 여관을 잡아주고."

"그… 그런! 왜 뒷처리는 항상 저인 겁니까? 예?"

"그럼? 내가 할까? 아니면 폐하보고 하시라고 할까? 세상 물정 모르는 노엘 군을 시켜? 할 사람은 닐크뿐이잖아. 그렇지?"

"네에…그렇군요."

음음. 닐크도 인정했군. 좋아, 그럼 우선 짐부터 빨리 싸도록 할까나? 다른 여관에 우리 일행이 저지른 짓거리가 알려지기 전에 후딱 나서야 할 테니까 말이야.

부서진 여관의 수리비는 닐크가 어떻게 마련해서 지불했다. 그리고 우리는 예츠나 유일의 고급 여관을 박살 낸 전과를 당당히 기록한 채 쫓겨났다. 이에 대해 로이드는 예절이 부족한 것들이, 불손한 것들이라며 투덜댔지만, 그래도 대놓고 신경질을 부리지는 않아 가슴을 쓸어 내릴 수 있었다.

"당신과 다니려면 목숨이 몇 개라도 부족하겠군."

그렇게 말해 내 가슴을 무너지게 만들었지만……. 너무해, 난 순진하고 순수하며 꿈 많은 애기 엄마라고! 아아, 이런 현실이 싫다. 정말…….

Chapter 18

Knight's Winter

전쟁의 꽃은 오직 기사뿐이다. 기타 다른 병종 따윈 기사를 보좌하는 별 볼일 없는 녀석들이지. 아암, 중갑으로 무장하고 거대한 체구의 전마에 올라탄 기사를 그 누가 격퇴할 수 있겠는가? 오직 상대 기사뿐이지! 전장은 언제나 기사가 지배하는 법이야.

―제2대 황실 서기관이자 궁중 역사학자인
후렌 경이 집필한 '황실 비사' 중.
―크레센트 제국 남부 광역 주둔군 사령관
에거문드 훈스 백작과의 대담 중.
―주: 기사는… 멋있다. 그 점만은 인정한다.

―대륙력 999년 초가을. 아크레닌 동부 고대의 숲.

푸르릉… 히히힝…….

수십 필의 말이 서로 울음소리를 내면서 기쁜 듯 울어댄다. 저 녀석들도 힘들었을 거야. 음음. 나는 등 뒤로 황량하고 황폐한 황무지를 배경으로 한 채 겨우 새끼손가락 몇 마디 정도밖에 안 되는 짧은 풀 위에 주저앉았다.

우리 앞으로는 무려 하루 하고도 반나절 만에 나타난 넓은 강이 모습을 드러냈다. 마치 사막―아직 본 적은 없지만 사방이 모래뿐이라고 한다―에서 오아시스를 만난 캐러반들처럼 사람과 말이 한마음으로 기쁜 기색을 감출 줄 몰라 한다. 그도 그럴 것이 이 황량한 동네는 정말 물이 귀한 것 같다. 푸르른 숲 따윈 아크레닌 국에서는 찾아보기 힘들단다.

덕분에 사람은 말할 것도 없고 북방의 혹한에도 굴하지 않고 꿋꿋하게 견뎌내는 케셴 산 전마들 역시도 무더운 더위와 메마른 대지, 그리고 길을 걸을 때마다 피어오르는 잔먼지 덕분에 끔찍한 고통을 겪었다.

이런 곳에서 사람이 산다는 게 신기할 정도야. 음음.

첨벙.

말 중 몇 마리가 강물 속으로 뛰어들었다. 헤에~ 보통의 말들은 물을 싫어한다고 하던데 역시 말 중에서도 닐크나 덴 녀석처럼 특이한 놈들이 있구나. 첨벙거리면서 강물 위에서 헤엄치는 말들 덕분에 물가로 말을 끌고 가 물을 먹이던 당번병 중 몇 명이 상의를 벗어 던지고 물속으로 뛰어들어야 했다. 쯧쯧. 애는 쓰는데 말이야, 아무래도 네 발 달린 녀석 쪽이 더 빠른 것 같으니 고생 좀 하겠네. 응?

"와악~"

"미안. 놀라게 한 것 같군."

갑자기 눈앞에 물방울이 뚝뚝 떨어지는 가죽 주머니가 나타났다. 그리고 그 주머니를 따라 고개를 들자 한 손으로 주머니를 들고 다른 손으로 콧잔등을 긁적이며 고개를 돌리는 로이드의 모습이 눈에 들어왔다.

"마셔. 방금 떠온 거라 시원할 거야."

"네. 고마워요, 폐하."

퐁. 코르크 마개를 따 입을 가져다 대었다. 꿀꺽. 후에~ 차갑다. 굉장히 시원한걸? 이거 강물을 떠온 걸 텐데 어떻게 이렇게 시원한 거지? 마치 지하에서 떠올린 지하수 같네.

"특이한 강이야."

"예?"

"음… 보통 강 같지는 않아. 흐르는 강물인데도 불구하고 물속에 떠다니는 부유물이 적어. 거기다 물이 무척 차가워 아마 물고기나 그런 것들도 거의 없을 거야."

"그런… 가요?"

"으음. 크렌 경의 말에 따르면 이 강의 수원이 올드 포레스트(Old Forest)라고 하던데 그것과 연관이 있는지도 모르겠군. 고대의 숲이라……."

"오래된 것들은 상식을 뛰어넘는 무언가를 가지고 있을 게 많죠."

"그렇겠지. 모험가들의 호기심을 억제하지 못하게 만드는 그 무언가가 있기에 우리는 과거의 것들에 의미를 부여하고 이를 증명하려 하지. 실제로는 별 볼일 없는 것이라도 오래된 물건이나 건물들은 왠지 모르게 호기심을 자극하거든."

"그건 견습 역사학자로서의 견해인가요?"

"으응… 뭐, 그렇지."

그렇게 말하면서 로이드는 길게 한숨을 내쉬었다. 평소 말수가 많은 편도 아니고 무언가에 대해서 열성적으로 남에게 말하는 성격이 아닌 로이드가, 이렇게 자기 생각을 말하는 모습을 보고 있으니 갑자기 그에게 미안하다는 생각이 들었다. 어느날 갑자기 나타나 싫다는 로이드를 억지로 왕좌에 앉힌 건 바로 나였으니까.

"죄송해요."

"아니, 됐어. 나도 이제 그럭저럭 왕 노릇 하는 데 적응했고 또 그때는 그럴 수밖에 없다는 걸 이해할 만한 나이도 됐으니까 말이야. 물론 아직도 감정적으로는 당신의 행위에 동조하고 싶지 않지만 이성적으로는 이해해. 그게 나와 당신 자신을 지키는 유일한 방법이었을 테니까."

"……."

"그래. 산간 벽지에 유배된 마틴 녀석이 왕이 되었다면 우리는 어떻게 죽는지도 모르고 죽임을 당했겠지. 그럴 수밖에 없는 상황이었으니까."

그랬다. 아무리 마틴 전 왕자가 왕세자 자리에 오르고 왕실 내에 실권을 가진 귀족을 상당수 거느리고 있다 해도 그들로서는 유언조차 남길 새 없이 급사해 버린 전 국왕 때문에 골치를 썩였어야 할 것이다. 내가 행동하지 않았다면 말이다. 어쨌든 대륙의 거의 모든 국가에서 장자 세습을 허용하고 또 그것을 당연시하는 상황이니까 그들에게 있어서 로이드는 늘 거슬리는 존재였을 것이다, 죽여 버리고 싶을 만큼.

"가끔 내가 평범한 귀족가의 자식이었으면 어땠을까 하는 생각을 하기도 해. 만약 그랬다면 행복하다고 장담할 수 없지만 그런대로 평안한 삶을 살고 있었을 테지."

"고서에 파묻혀서요?"

"응. 책에는 지식이 들어 있지. 문자와 서적은 인간이 만들어낸 가장 위대한 창조물이야."

대륙어는 빛과 정의의 신인 비젠신이 인간에게 전파한 걸로 배웠는데. 뭐, 그런 사소한 건 넘어가자고, 괜히 말 꺼내봐야 말싸움만 붙을 테니까. 그리고 그런 까마득히 오랜 옛날의 전설 따윈 난 관심없다고. 로이드라면 좋아할지도 모르겠지만.

"그런가요."

"응! 그래! 물론 드워프나 엘프도 글을 쓰고 서적을 남기긴 하지만 그 종류나 양으로 봤을 때 상대가 안 돼. 오크라든지 고블린 같은 휴머노이드들 역시 말은 해도 글로써 무언가를 남기는 행위는 거의 안 하니까 인간을 인간답게 만드는 건 역시 서적을 통한 지식 전승이 아닐까? 난 그렇게 생각하는데."

"으음… 글쎄요. 전 그런 건 생각해 본 적이 없어서요. 태어날 때부터 익숙하게 사용해 오다 보니 그게 당연한 것처럼 느껴지는걸요. 특별하다기보다는 뭐랄까……."

"익숙하다?"

"네, 그거요."

"그렇겠지. 우리가 숨 쉬는 공기도 언제나 당연히 그 자리에 있어 평소에는 존재감을 느끼기 힘들지만 막상 필요할 때 없으면 굉장히 막막할 거야. 그런 의미에서 책 좀 봐두라고. 매일 이렇게 밖으로만 싸돌아다니면 머리 속에서 쇳소리가 날 거야."

"흐응~ 그런 거 모르네요. 뭐, 정 지식이 필요한 상황이 오면 머리 좋은 부하라도 하나 둘래요. 그쪽이 더 편해요."

"나 말인가?"

"폐하는 저의 주인이잖아요. 폐하 말고 다른 녀… 부하를 찾아보죠."

굳이 내가 머리를 쓸 필요는 없잖아? 머리 좋은 놈들은 많으니까. 그런 놈들을 부려먹어 주면 그만이지 뭐. 그런데 왠지 조용하네? 한마디쯤 더 할 것 같은 분위기였는데. 두 손으로 물주머니를 꼬옥 쥔 채 고개를 슬쩍 들어 올려다보니 내 옆에 서 있던 로이드가 한 손으로 입가를 가린 채 고개를 돌리고 있다. 얼레? 얼굴… 빨개진 건가?

"왜 그러세요?"

"아, 아니… 그게……."

"어디 불편한 데라도 있어요?"

"아니, 으음… 당신은……."

"네?"

"어, 어떻게 그런 낯부끄러운 말을 그렇게 아무렇지 않게 할 수 있는 거지?"

에에~ 그런 건가? 웬일로 로이드가 수줍음을 다 타는구나. 꽤 귀엽 기는 한데… 나보다 훌쩍 커버린 남정네라서 그런지 별 감흥이 없다. 어릴 때가 좋았는데… 쯧.

"폐하이시니까요."

물주머니를 바닥에 내려놓았다. 그리고 주변에 굴러다니는 돌멩이 하나를 들어 강물을 향해 던졌다. 퐁. 작은 파문. 처음엔 아주 작았던 파문이 점점 크고 넓게 사방으로 퍼져 나간다.

"그런가… 나라서?"

"대크레센트 왕국의 국왕이신 로이드 1세 폐하가 아니라면 제게서 이런 말을 들을 사람은 최소한 이 대륙 안에는 없죠."

"음……."

로이드는 입을 다물었다. 무언가를 생각하는 듯 강가를 바라보면서 입을 다물고 있는 그의 얼굴을 보고 있자니 괜히 기분이 나빠진다. 이럴 때 그냥 빈말이라도 '나도 당신을 사랑해~' 라든지 '좋아해~ 아넬리아' 이라는 말을 해주면 얼마나 좋을까. 물론 로이드의 성격에 비춰봤을 때 그런 일은 있을 리가 없다, 지금처럼.

"가야겠군. 난 마차에 가 있을 테니 일이 있으면 알려줘."

뭔가 말을 할 듯 말 듯 머뭇거리던 로이드의 입에서 나온 말은 결국 이런 거다.

퐁당. 발 밑에 굴러다니는 돌멩이 하나를 더 강물 속으로 집어 던지고, 발길을 돌려 내게서 멀어져 가는 로이드의 등 뒤에 대고 말했다.
"폐하."
"응?"
"그거 아세요?"
"뭘 말이지?"
"우리가 이렇게 대화를 나눈 게 일 년 반 만이라는 거요. 만나기만 하면 늘 하던 말싸움은 빼고."
"그래? 그랬었나. 음… 미안."
"아니에요, 폐하."

대답을 들은 로이드는 미련없이 내게서 등을 돌리고는 뚜벅뚜벅 걸어가 버렸다. 별로 슬프지는 않아. 그저 조금 울적할 뿐이지. 돌멩이를 들어 올린다. 풍덩. 다시 돌멩이를 들어 올린다. 풍덩. 어차피…… 아니야. 생각하지 말자. 풍덩. 하늘이 참 맑구나. 가을하늘이라는 걸까나?

콰광! 쾅!
멀리서 폭음 소리가 들려온다. 거기다 가끔 빛이 번쩍인다든지 불꽃이 튀어 오른다든지 하는 걸 보니 오늘도 또 한판 붙은 것 같다. 카렌 녀석, 매일 지면서도 지겹지도 않은지 계속 덤비는군. 그나마 다행이라면 카렌과 헤쉬케린 노인네가 주변에 피해를 주지 않기 위해 대열에서 멀리 떨어진 곳에서 싸움을 한다는 것 정도일까? 지금까지 전적은 8전 8패. 물론 카렌의 전적이다.

그 녀석 성격으로 봤을 때 정말 죽일 생각으로 달려들 테니 카렌이 이기는 날이 저 늙은이의 장사날이 되겠군. 다른 사람이라면 싸우다가

정이라도 들겠지만 카렌 녀석에게 그런 걸 기대할 수는 없을 테고. 지금은 한 사람이라도 아쉬운 상황이니 카렌이 또 지기를 빌어야 하나?

40여 대의 짐마차, 그리고 백여 명의 용병. 나와 로이드는 그런 일행들 사이에 섞여 있다. 크레센트의 화격단원들을 이동시키기 위해서 닐크가 동원한 것은 바로 캐러반들이었다. 저 북쪽의 케센부터 대륙 최남단 국가라고 알려진 모레니안까지 대륙을 종단하고 횡단하는 상인 무리. 한 국가에 적을 두고 있기는 하지만 그들의 행동 반경은 전 대륙인데다 짐마차는 무기를 실어 나르기에 좋고 어느 정도의 무장은 용병으로 위장하면서 착용할 수 있다.

그렇게 캐러반 몇 개만 조직해도 수백 명의 병사가 전 대륙을 누비고 다닐 수 있는 것이다. 물론 이 캐러반을 지원해 줄 상단을 조직하는 데 꽤 많은 돈이 깨졌다고 하지만 그건 아르케네스가 할 일이고 나야 뭐, 관리만 하고 써먹어주기만 하면 되니까.

우리뿐만 아니고 다른 지방을 통해서 이동해 오고 있는 중대 규모의 병사들이 이 올드 포레스트 주변으로 몰려들고 있다. 상대의 숫자가 정확히 얼마인지 알 수 없는 현실이기에 가용할 수 있는 병력 전부를 이쪽으로 돌리라고 했기 때문이다.

덕분에 앞으로 열두 시간 이내에 세 개 중대 300여 명 정도의 병사가 추가로 이곳에 도착할 것이고 스물네 시간 이내에 그 배에 달하는 병사들이 이곳에 도착하기로 되어 있었다. 물론 어느 정도는 낙오되는 것을 감수해야 하겠지만 그렇다 해도 최소한 700명 이상은 될 것이다. 이 정도면 충분하겠지. 아무리 그 브리츠의 미친놈들이 아크레닌과 손잡고 꿍꿍이를 벌이더라도 이 정도 숫자라면……. 훗. 다시는 꿈도 못 꾸도록 완전히 뿌리 뽑아줄 테다!

"닐크!"

"옛! 마마."

부르자마자 닐크가 내 쪽으로 뛰어왔다. 난 엉덩이를 툭툭 털면서 일어선 뒤 닐크를 바라보며 물었다.

"수색대는?"

"아직……."

"돌아올 시간이 한참 지나지 않았나?"

"둘 중 하나일 것입니다. 죽었거나 어디 한적한 곳에 숨어서 상관을 욕하며 술을 퍼마시고 있거나."

"전자겠군."

"아마도……."

"전직 레인져들로 구성한 스파이 전대―열 명 내외―도 전멸이고 덴에게서 빌려온 정보부 소속 스토커 두 명도 정기 연락이 끊어졌어. 어떻게 생각하지?"

"그들이 도주할 새도 없이 잡히거나 죽었을 정도로 적들이 바글바글 하든지 아니면 반항할 새도 없이 죽었다는 것일 겁니다."

"그렇다는 건 브리츠의 암살자?"

"그놈들도 있군요. 하지만 전 그보다는 라이칸슬로프인가 하는 그 괴물 쪽일 것이라 생각됩니다. 보통 인간이, 더욱이 숲 속에서 후각이 예민한 그 늑대인간 같은 놈을 만나면 단 1분도 버티기 힘들 테니까요."

"그런가."

"이대로는 더 이상 전진할 수 없습니다. 스무 명 이상의 기병으로 구성된 광역 수색조를 사방으로 내보내 주변 정보를 모아야 합니다."

"허락한다. 자세한 건 알아서 하도록."

"예. 아~ 그리고 이 앞으로는 적당히 쉴 만한 장소가 마땅치 않다고 합니다. 이곳 강가 근처에서 휴식을 취하는 게 어떻겠습니까?"

"좋아. 여긴 적지와 가까우니 경계병은 평소의 두 배로 하도록 하고 나머지 병사들은 쓸데없는 짓 하지 말고 푹 쉬라고 명령해 둬."

"옛!"

닐크는 내게 답변한 뒤 대여섯 명의 장교를 데리고 사라졌다. 할 일이 없어진 난 뭘 할까 생각해 보다가 강 상류 쪽으로 시선을 돌렸다. 저 멀리 2km쯤 떨어진 강의 상류에는 푸른 초원과 함께 거대한 거목들이 즐비하게 늘어서 있다. 아크레닌의 미친놈들은 숲 한가운데다가 요새를 세웠다.

주변 도시에서 들은 바에 의하면 저 올드 포레스트 정중앙을 가로지르는 작은 오솔길을 지나면 우리 크레센트 남동부로 바로 튀어나온단다. 하지만 숲의 거목들이 너무 빽빽하게 자라고 있어서—저명한 역사학자이자 식물학자인 안스데인 경의 저서에 의하면 보통의 나무가 저런 식으로 빽빽하게 들어서는 경우는 굉장히 드물다고 한다—마차는커녕 도보로 행군하기도 힘든 길이라고 한다. 길조차 제대로 닦여 있지 않은 곳에 요새를 세웠다니 그 건축가의 머리 속을 해부해 보고 싶은 생각이 새록새록 든다. 뭐, 보병들조차 제대로 숲을 헤치고 나가기 힘들 정도로 험한 지형인지라 천연의 방벽이 되어준다는 건 알겠지만, 그것도 어느 정도지. 보통의 상식적인 인간이라면 숲 가장자리에 울타리를 치던가 하겠다.

이 올드 포레스트와 눈앞에 펼쳐진 강—이름이 뭐더라? 디스? 니스? 지스? 하여간 그런 이름이었는데…—덕분에 마차를 이끄는 캐러밴들은 무려

30km 이상을 우회해야 한다. 그렇기에 더욱 인적이 드문 건지도 모르겠지만. 그래도 다행인 점이라면 이 지역의 치안 및 수색을 담당하는 아크레닌의 국경 수비군 병사들을 어떻게 구워삶았는지 여기까지 오는 동안 코빼기 하나 보지 못했다는 거다. 하긴 이곳에서 반경 50km 내로는 인가도 거의 없는, 말 그대로 황량한 황무지니 말 다했지 뭐.

강이 있으면 자연스럽게 인간들이 모여들기 마련인데 이 올드 포레스트라는 곳이 예전부터 괴상한 소문이 끊이지 않는 곳인데다, 아주 하류까지 내려가야지 겨우 물고기가 살 정도로 특이한 수질을 자랑하는 강이기에 사람이 살지 않는다. 가끔, 아주 가끔 저 올드 포레스트를 가로지르는 미친 여행자들이 있다는 소문이 있긴 하지만 우리가 여기까지 오는 동안에는 아직 못 봤다. 솔직히… 다행이지. 입을 막기 위해서 아무 죄도 없는 자들을 죽여야 하는, 입맛이 쓴 일을 명령하지 않아도 되었으니까.

황무지 곳곳에 커다란 천막들이 즐비하게 늘어섰다. 정말 땅 파고 집 짓는 거 하나는 굉장히 빠른걸? 다른 건 모르겠지만 말이야. 하긴 어중이떠중이들을 죄다 끌어 모아서 만든 군대이니 신용이 안 가는 건 어쩔 수 없지. 그나마 이 정도 수의 병사들을 모으고 유지할 수 있는 것도 모두 크레센트 왕국의 힘을 등에 업고 있기 때문이다. 그게 아니었다면 100명도 제대로 관리할 수 없었을 거야.

"숙소가 완성되었습니다, 마마."

"응? 으응……."

처음 보는 얼굴인데? 누구지? 음… 뭐, 내 당번병이라도 되나 보네. 상념에 잠겨 있는 내게 말을 건 녀석은 이제 갓 열여섯을 넘은 것 같은 어린 소년이었는데, 특이하게도 검은 머리를 하고 있었다.
 신기한 일일세. 크레센트에서는 검은 머리가 흔치 않은 편인데 로이드처럼 짙은 흑발이라니 말이야.
 "안내해."
 "예."
 난 그 녀석의 뒤를 따라갔다. 강에서 조금 떨어진 곳에 만들어진 야영지에는 수십 개의 크고 작은 막사가 만들어져 있었는데 얼마 뒤 도착할 병사들을 위한 것으로 생각된다. 그런 막사들 사이를 헤치고 지나 내가 도착한 곳은 야영지 정중앙에 있는 지휘관용의 커다란 막사 옆에 붙어 있는 초라해 보이는 작은 천막 앞이었다. 왠지 조금 자존심이…….
 "이곳입니다."
 "그래, 수고했다."
 "예, 마마."
 흐음……. 쓸데없는 생각은 그만 하고 이제 좀 쉴까나? 하긴 매일같이 하는 운동을 빼면 하는 일도 없지만. 그런데 입구 앞에 경계병도 안 세워두는 거야? 이거 너무 허술하게 일하는 거 아니야?
 휘장을 젖히고 안으로 들어갔다.
 "어?"
 "에에?"
 왜 로이드가 내 막사 안에 있는 거야? 그것도 상의를 벗은 채로! 꺄악~ 난 몰라아~
 "어어? 으흠."
 "왜 폐하께서 여기에……."

"그러는 당신은 왜 내 침소에 들어온 거지?"

"예에?"

당번병은 이 천막이 내가 쉴 곳이라고 말해 줬다. 그리고 로이드는 여기가 마치 제 집인 양 행동한다. 그렇다는 것은… 동침이냐? 어떤 머저리 생각이야! 크아앗! 여긴 왕궁이 아니라서 침대도 하나뿐이고 다른 방도 없다고! 그렇다고 그냥 나가 버릴 수도 없잖아! 로이드가 자기를 무시한다고 화낼 테니까! 아직 말싸움도 안 했고 오늘 분위기도 좋았단 말이야!

"음… 그런 건가. 어쨌든 다른 이들이 보기에 우리는 부부니까."

"네에……."

에휴. 좀 불편하긴 해도 내가 참아야 할 것 같다. 별수없잖아?

"그런데 안 추우세요? 왜 상의는 벗고 계시죠?"

"응? 아… 이거 입으려고 하는데 잘 안 돼서 말이야."

로이드는 손에 들고 있던 평범한 모양의 셔츠를 들어 올리면서 말했다. 어라라? 과연 부잣집 도련님… 이 아니라 늘상 시중인을 옆에 두고 있는 국왕 폐하라 이건가. 아무리 그래도 그렇지, 자기 혼자 옷조차 못 입는다는 게 말이 되나?

"주세요. 제가 입혀 드릴게요."

"응. 부탁해."

난 로이드 앞에 살짝 무릎을 꿇고 앉았다. 그리고 셔츠를 입혀준 뒤 가슴 앞부분의 끈들을 잡아당겨서 단단히 묶어주었다.

"이거 말고 나비 모양으로는 못 묶나?"

"예?"

"아니, 이것도 나름대로 좋긴한데 말이야… 난 그쪽이 더 마음에 들어서."

아아… 그런 거냐? 겨우 그것 때문에 윗도리를 벗어 던진 채 혼자서 옷을 붙잡고 끙끙대고 있었던 거야? 정말이지 남자들은 죄다 바보라니까. 겨우 그런 걸 가지고……. 그래도 해달라는 데 어쩌겠어. 다시 끈을 풀었다. 그리고 로이드가 원하는 대로 다시 묶어주었다. 그런데…….

"좌우가 다른걸?"

"네에……."

"이번엔 밑으로 내려온 끈 길이가 짝짝이잖아. 이래서는 멋이 안 난다고."

"예에……."

"음… 좀 낫긴 한데 옷이 좀 헐렁한 것 같아."

이 인간… 지금 사람 놀리는 거 맞지? 으휴… 남편만 아니었어도… 아니, 남편이 아니면 이런 시간 낭비를 하고 있을 리가 없으려나? 아무튼!

"이제 됐지요?"

"응. 그럭저럭."

그제야 고개를 끄덕거리는 로이드. 이에 난 작게 한숨을 내쉬면서 몸을 일으켰다. 그리고 막 밖으로 나가려는데 로이드가 갑자기 내 팔을 붙잡았다.

"어딜 가려고?"

"폐하께서 불편하실 테니… 전……."

"난 괜찮아. 그리고 오늘은 별로 싸우고 싶은 기분도 안 든다고."

"그러신가요?"

"응. 아까 당신의 말 곰곰이 생각해 봤는데 아무래도 내가 조금 잘못한 것 같다는 생각이 들더군."

"네에."

"별로 기쁘지 않은가 보군."

"글쎄요."

"흐음……."

우리 사이는 이미 그런 건 오래전에 포기한 사이가 아니던가? 로렌이라는 접점이 없었다면 오래전에 깨어졌어도 이상할 게 없을 정도로 성격도 취미도 안 맞고 공통점조차도 없는 그런 사이니까 말이야. 늘상 싸우기만 하고 냉담한 상태로 현상 유지를 하는 것조차도 힘이 드는……. 로이드가 왕위에 올랐을 때 그의 마음은 이미 내게서 떠나갔을 거야. 그리고 이렇게 오랜 시간이 지난 뒤이니 조그맣게 타오르던 불길조차도 완전히 꺼져서 재가 된 지 오래일 거다.

"앉아봐."

"전 별로……."

"내가 싫은 건가?"

"아니요! 그런 건 절대로……."

"그럼 앉아."

침대가에 앉아서 나를 올려다보던 로이드가 내 손을 놔준 뒤 자기 옆 자리를 툭툭 치면서 그렇게 말했다. 마땅히 거절할 만한 말이 없던—그보다는 아마도 로이드의 진지한 눈빛 때문이라고 생각되지만—난 할 수 없이 그의 옆에 털썩 주저앉았다. 이제 와서 뭔 말을 하든 우리 사이는 쉽게 회복될 수 있을 리가 없으니.

"로렌 녀석, 이제 많이 컸더군. 얼마 전에는 당신이 내게 선물한 그

플레이트 아머를 박살 냈지. 장식용으로 걸어놓은 갑옷을 완전히 박살 내고 종일 투구를 머리에 쓰고 다니더군. 후후후."

"그런가요? 그 녀석 정말 말썽쟁이가 되어버린 것 같군요."

"그래, 제 엄마를 닮아서 그런지 한시도 가만히 있지를 않아. 늘 말썽을 피우고 다니지."

욱! 발끈할 뻔했다. 나도 모르게 쥐어진 주먹을 풀면서 난 어깨를 축 늘어뜨렸다.

"미안하네요, 늘 왕성을 벗어나 말썽만 피우고 다녀서."

"그걸 안다니 정말 다행이야. 당신은 자신의 위치에 대한 자각이 부족하잖아. 안 그래?"

"그렇죠 뭐."

"순순히 인정하다니 왠지 아넬리안답지 않은걸?"

"저라고 만날 툴툴대기만 하는지 아세요? 알고 보면 저도 부드럽고 섬세한 여자라고요 뭐."

"하하하."

왜 또 웃고 난리람? 남은 진지하게 말한 건데. 치잇. 하지만 그의 웃음소리를 듣고 있자니 괜히 얼굴이 붉어진다.

"웃지 마세요. 치잇."

"당신도 얼굴을 붉힐 때가 다 있군."

"이렇게 보여도 감수성이 풍부하고 꿈 많은 아기 엄마랍니다."

"흐응~ 피의 마녀라든지, 전장의 사신이라는 별칭을 가지고 있는 아넬리안답지 않은 말투인걸?"

"뭐가 저다운 건데요? 때리고 죽이고 괴롭히는 게 저다운 건가요?"

"그렇지. 당신의 어린 시절은 본 적이 없어서 난 상상할 수 없잖아.

안 그래? 그러니 내가 보고 들은 것만 가지고 당신을 판단해야 하는데 그보다 더 적절한 표현이 또 있을까?"

"조금 기분 나빠지는걸요?"

"직설적이었다면 사과할게. 하지만 난 당신이 평범한 보통 귀족가의 귀부인들과 차를 마시면서 담소를 나누거나 혹은 무도회장에 나가서 웃으며 춤을 추는 광경 따윈 본 적이 없단 말이야."

"있잖아요, 한 번."

"아~ 우리가 결혼하기 전? 그때는 불쾌했던 기억이 더 강해서 말이지. 나도 모르게 잊으려고 노력한 것 같아. 음… 하긴 그때의 아넬리안은 지금보다는 훨씬 연약해 보이고 감싸주고 싶은 여자였지."

"지금은요?"

"부디 이 나를 보호해 주시오, 부인. 당신만 믿겠소."

"풋."

아~ 싫다, 정말. 하지만 그리 기분이 나쁘지는 않은걸? 뭐, 로이드를 지키는 아넬리안이라는 모습도 나쁘지는 않을 것 같다. 그런데 로이드가 나를 빤히 바라본다. 뭔가 할 말이라도 있는 걸까?

"왜요?"

"아니. 당신이 웃는 모습을 보는 게 참으로 오랜만이라고 생각돼서 말이야. 전에는 그래도 자주 봐왔던 것 같은데 왠지 낯선 기분이야."

"그렇겠죠, 만나기만 하면 싸워댔으니까."

"응. 우린 로렌이랑 있을 때만 웃는 것 같았지… 당신과 내가 같이 로렌이 노는 모습을 본 것도 꽤 오래되었지."

"네에. 그런데 웬일이세요? 제게 이렇게 관심을 다 가져 주시다니. 코넬리아 양한테 차이기라도 한 거예요?"

"무슨……."

"그렇지 않으면 이렇게 왕성 밖으로 나올 리가 없잖아요. 폐하 성격으로는 절대 상상도 할 수 없는 일이라고요."

"음, 당신에게 난 그렇게 비춰진 건가?"

"뭐……."

로이드가 날 바라보는 시각이 선입관이라고 방금 전에 생각했는데 나도 그런 선입관을 가지고 로이드를 바라보고 있었던 건가?

"그, 그냥 그렇다고요. 폐하는 밖으로 나다니는 것보다는 방에 앉아서 책을 보는 걸 더 좋아하시잖아요."

"하지만 나도 움직일 땐 움직인다고. 필요할 때 움직이지 않는다는 건 우유부단한 멍청이들이나 하는 짓이지. 난 그런 멍청이에 속하지 않아."

"헤에."

"뭐… 아넬리안, 당신에겐 나도 다른 멍청이들처럼 우물쭈물거리는 바보로 보일지도 모르겠지만."

"네?"

"아니, 잊어버려."

"방금 뭐라고 하셨어요? 네? 잘 못 들었단 말이에요. 다시 말해 주세요~"

"잊어. 명령이다, 잊어."

까악~ 로이드의 얼굴이 새빨갛게 달아올랐다. 난 몰라. 이런 수확이 있을 줄이야~ 오호홋! 난 나를 외면하는 로이드에게 찰싹 달라붙었다. 이럴 때가 아니면 언제 로이드에게 안겨보겠어? 우훗.

"말해 주세요. 네? 네?"

"시끄럿! 떨어져!"

"싫어요! 말씀해 주실 때까지 절대 안 떨어질 거예요."

"끄으응… 뭔 여자가 이렇게 힘이 센 거야?"

"우훗~"

"좋아! 좋다고! 말할게! 됐지? 그러니까 떨어져! 답답하단 말이야!"

"네에~"

"흠흠… 나… 난 그런 말을 두 번씩 하는 짓은 죽어도 못하니까 잘 들어."

"물론이죠!"

한 번이라도 좋으니까 말로 해달란 말이야, 말로. 역시 대화란 좋은 것이야! 음음! 너무 좋아.

"……란 거다."

"…네?"

"이잇! 안 들었잖아! 분명히 말하지만 난 두 번 다시 그런 말 안 해! 아니 못해!"

"아아아앗! 하지마안……."

"됐어. 당신이 여기서 쉬도록 해. 난 다른 곳을… 우와앗!"

누가 놓칠 줄 알고? 일어서려는 로이드의 허리를 붙잡았다. 그리고 온몸을 실으며 힘껏 밀쳤다. 로이드는 잠시 버둥대긴 했지만 아무리 그가 나보다 키가 큰 남자라도 내 힘을 버텨낼 수 있을 리가 없지! 후 후후. 뭔가 좀 핀트가 어긋난 것 같지만 그렇다 해도! 이런 하늘이 주신 기회를 놓칠 수야 없잖아? 안 그래?

"정말이지, 당신이라는 사람은……."

온몸을 날린 공격 덕분에 내 몸 아래 깔린 로이드는 길게 한숨을 내

쉬면서 나를 올려다보았다. 이에 난 아예 그의 몸 위로 기어올라 가서는 로이드의 배에 주저앉았다. 이런 내 행동에 로이드는 어이가 없다는 듯 괴상한 표정을 지었지만 난 상관 안 한단 말이지.

"아까 하던 말 다시 해주세요. 네?"

"무거워. 내려와."

"실례잖아요, 그런 말. 저 상처받았어요."

"천하의 아넬리안이? 도저히 상상이 안 가는걸?"

"에에… 뭐, 저도 연약하고 섬세한 감성을 가지고 있는 여자라니까요."

"그런가? 흐흠……."

뭐야. 남자라면 좀 더 확실하게 말해 달라고. 실망이야, 정말. 뭐가 움직여야 할 땐 움직인다는 거야? 여자 마음 하나 휘어잡지 못하면서 무슨 대제국의 황제가 될 수 있겠어. 치잇.

"아넬리안."

"네?"

로이드가 진지한 표정으로 날 올려다본다. 그리고 그의 오른손이 내 쪽으로 뻗어져 와서 내 볼을 쓰다듬었다. 우… 눈물이 나올 것 같아. 눈앞이 뿌옇게 흐려진다. 온몸의 힘이 쭈욱 빠지는 느낌이다. 그의 손길이 닿자 나도 모르게 몸이 아래로 숙여졌다. 로이드의 가슴에 귀를 대자 쿵쿵 하고 빠르게 뛰고 있는 그의 심장 박동 소리가 들려온다.

"……."

"사랑해, 아넬리안. 처음 봤을 때부터 지금까지 언제나… 사랑했어."

"흑."

내 등을 토닥여 주면서 다정한 목소리로 내게 속삭이는 로이드. 더 이상은 참을 수 없다. 난… 그의 가슴에 안긴 채 울었다.

역사는 밤에 이루어진다, 라는 구절을 어느 책에선가 읽은 기억이 있다. 그때는 이 말이 무슨 뜻인지 몰랐었다. 한때는 음모를 꾸미는 이들이 밤의 어둠을 틈타 비밀 회동을 가지는 걸로 알았는데, 지금에서야 그 말의 진정한 뜻을 알 수 있게 되었다.

사락.

"으음……."

로이드가 잠결에 뒤척이는 게 느껴졌다. 몸을 들썩이는 로이드의 가슴을 꼬옥 누른 난 여전히 그의 팔을 베고 누운 채 넓은 사내의 가슴에 얼굴을 가져다 댔다. 우후후. 참 따뜻하고 넓다. 처음 보았을 땐 정말 남동생 같이만 생각되던 로이드였는데 어느새인가 나를 훌쩍 뛰어넘은 건장한 청년이 되어 있었다. 조금 불만이기도 하지만 이쪽도 나름대로 좋아. 에헤헤.

"……."

참 나쁜 사람. 세상에서 가장 가까운 부부이면서 날 이렇게 속상하게 만든 못된 사람. 아니, 어쩌면 너무 가까이 있었기에 더 소중하게 대해주지 못했는지도 모르겠다. 그나 나나. 너무나 익숙해서 가치를 두지 않는 공기처럼 말이야. 그가 잠에서 깨지 않도록 조심스럽게 손을 뻗어서 잠든 로이드의 볼을 살며시 만져 보았다. 부드럽고 따뜻해. 아아~ 온 세상이 핑크빛으로 보인다.

만지작만지작.

"…재미있어?"

"에? 아하하… 깨셨어요?"

"으음. 간질거려서."

"죄송해요. 아직 한밤중이니 좀 더 주무세요."

"아아, 그래야지."

잠에서 깬 로이드는 눈을 깜빡이면서 나를 바라보다가 갑자기 두 손으로 내 머리를 감싸 쥐고는 자기 쪽으로 끌어당겼다.

콩, 이마와 이마가 부딪쳤다. 으윽… 로이드의 새까만 눈동자가…….

"그러고 보니 촛불도 안 끄고 그냥 잤잖아."

"네에……."

시선이 저절로 그에게서 멀어지려고 필사적으로 노력한다. 으… 왠지 로이드의 눈을 바라보고 있자니 너무 부끄러워! 마치 발가벗은 채 광장에 내동댕이쳐진 느낌이야. 맑고 깨끗한 느낌의 검은 눈동자가 나를 바라보고 있으니까 마치 내 마음속을 속속들이 읽고 있는 것 같아.

"무슨 생각을 하는 거지?"

"아, 아니에요, 아무것도……."

나도 모르게 그의 시선을 피한 채 로이드의 품속으로 얼굴을 묻었다. 볼이 화끈거린다. 얼굴이 새빨갛게 달아올랐을 거야. 우으… 부끄러워.

"흐음… 부끄러워하는 건가? 아넬리안답지 않은걸?"

"……."

슬쩍 눈을 올려보니 로이드의 입꼬리가 위로 올라가 있었다. 마치 엉덩이에서 불이 나오도록 두들겨 맞을 만한 악질적인 장난을 하는 개구쟁이 녀석을 보는 것 같았다. 왠지… 조금 손해 보는 느낌이야. 난 아예 로이드의 팔 속에 고개를 파묻고 숨은 채 이불을 머리 위까지 뒤집어썼다. 후우.

"후후. 당신의 이런 모습을 보는 것도 꽤 신선한……."

부스럭, 로이드의 말이 뚝 하고 멈췄다. 그리고 내 온몸의 감각도 갑작스러운 소리에 급격히 민감해지기 시작했다. 비록 작은 소리였지만 침대 밑에서 들려왔다는 것. 그리고 이곳에는 나와 로이드뿐이라는 걸 생각해 보니 등 뒤로 식은땀이 주르륵 흘러내리는 듯한 기분이 들었다.

잽싸게 로이드의 품에서 빠져나온 나는 놀란 표정이 역력한 로이드를 몸으로 내리누른 뒤 베개 밑에 놔둔 자그마한 단검으로 손을 뻗었다. 푸른 날이 번득이는 단검을 꼭 쥔 나는 입을 달싹이는 로이드에게 손가락을 세워 조용히 하라고 한 뒤 조심스럽게 몸을 침대가로 움직였다. 그리고 살며시 침대 밑으로 고개를 내밀었다.

"……."

흙바닥인 나무 침대 밑은 어둠침침해서 잘 보이지는 않았지만, 그래도 꿈틀거리고 있는 붉은 머리카락이 보였다. 뭐야, 카렌인가? 쳇. 괜히 긴장했잖아.

"카렌이에요."

"응? 아아… 그런가? 그 애도 고생이 많군."

"네에. 뭐… 저게 일이니까요."

괜히 긴장했잖아. 온몸의 힘이 쑤욱 빠지는 느낌이야. 난 단검을 검집에 넣은 뒤 제자리에 돌려놓고는 다시 이불 속으로 들어갔다. 이제 잠이 완전히 깬 건지 로이드는 그런 나를 꼬옥 안아주었고 덕분에 기분이 다시 좋아졌다.

"그래도… 침실까지 들어와 있는 건 조금 너무하지 않나?"

"그렇긴 하지만."

"늘 감시당하는 것 같아서 말이야. 개인적인 시간이 하나도 없는 것 같아."

"그 정도는 감수하셔야죠. 폐하는 평민들과 달라요. 한 나라를 좌지우지하시는 국왕 폐하시잖아요."

"……그렇겠지. 감수할 수밖에 없는 건가?"

"왕이시니까요."

"그래… 왕이니까."

그리고 앞으로 황제가 될 몸이니 더욱 조심해야지. 암.

결국 제대로 잠도 못 잔 채 밤이 지나가 버렸다.

"하아암."

졸려. 밤새도록 로이드와 대화를 나누었는데 어느새인가 로이드가 잠들어 버려 나도 그대로 그의 품에 안겨 잠을 자긴 했는데 아무래도 수면 부족인 것 같다. 연신 하품이 나오는걸. 음… 세수라도 하고 나면 좀 나아지려나?

"잠을 못 주무신 것 같습니다, 마마."

"아, 그래."

닐크다. 이 녀석은 쌩쌩한걸? 왠지 기분 나빠.

"정시 보고입니다. 간밤에 세 개 중대 370명의 병사가 합류하였습니다. 주무시는 중이라 보고는 안 했습니다."

"응. 별일없이 왔대?"

"예. 총원 390명 중 낙오자 20명을 제외한 모든 병력이 도착하였고 물자의 보충률도 좋습니다. 그리고 셔우드 숲의 2중대가 남하하던 중 아크레닌 국경 수비대와 작은 충돌이 있었다고 합니다만 중대장의 재량으로 중재해서 처리했다고 합니다. 뒤탈은 없을 것으로 생각됩니다."

"그래, 다른 녀석들은?"

"아마도 오늘 오전 내로 도착할 듯합니다. 아, 아리츠반에 심어놓은 두 개 중대는 이쪽으로 오는 배를 제대로 구하지 못해서 서른여섯 시간 내로는 도착이 불가능하답니다."

"그럼 그 녀석들은 제외하도록 하고 그 지휘관들은 징계하도록. 3개월 무보수 정도면 되겠군. 일 처리를 허술하게 하는 놈은 잘라 버린다고 전해."

"예. 그리고……."

"수색조의 상황은?"

"기병들로 구성된 광역 수색조는 무사히 돌아왔지만 아직까지도 스파이들과 스토커들은……."

"지금 부대에 요원이 몇이나 되지?"

"정보실에서 직접 파견된 어쎄신이 둘, 그리고 같은 소속의 스토커가 여섯, 스파이가 일곱 명입니다. 하지만 스파이들은 야전 교육은 받지 않았습니다."

"그럼 스파이는 제하고 나머지 여덟 명으로 정찰을 나가라고 시켜. 아, 그리고… 카렌! 나와!"

조용. 이 망할 녀석이?! 눈을 부릅떴다. 그리고 내 주변에 있는 녀석들을 하나하나 차근차근 노려보았다. 그러던 중 피부가 하얗고 몸이 비리비리해 보이는 병사 녀석이 눈에 들어왔다.

"너! 이리 와!"

내가 소리치면서 자신을 가리키자 그 병사 녀석은 고개를 두리번거리다가 손으로 자기를 가리키면서 의문스러운 표정을 짓는다. 가증스러운 것! 그 병사는 내가 손짓하자 당장에 달려왔다. 그러면서도 아직도 자기를 왜 부른 건지 모르겠다는 표정이었다. 가까이서 보니까 얼굴은 좀 까무잡잡한걸? 하지만…….

"카렌, 너 닐크를 도와서 일 좀 하고 와라."

"……."

"대답해."

"응."

"좋아. 가봐."

내가 고개를 끄덕이자 카렌은 잽싸게 내 눈앞에서 사라졌다. 그러자 닐크가 놀란 표정으로 내게 묻는다.

"어떻게 아신 겁니까? 전 전혀 눈치 채지 못했는데요."

"응, 그냥."

"예?"

"그냥 감이야, 감. 닐크도 이게 알고 싶으면 카렌을 늘 데리고 다녀봐. 싫어도 자연히 알게 돼. 식사할 때도 목욕할 때도 심지어 화장실을 갈 때도 카렌 녀석을 달고 다니면 자연스럽게 알게 될 거야. 저 녀석 특유의 기척 없는 시선을 느끼게 되거든."

"흠… 무슨 말씀인지 이해가 잘……."

"됐어. 지금 그게 중요한 게 아니잖아? 가서 일보도록 해."

"예, 마마."

닐크는 내게 인사한 뒤 눈앞에서 사라졌다. 훗. 카렌 녀석, 헤쉬케린 노인네랑 싸우는 게 피곤하긴 했나 보군. 얼굴색이랑 손의 색이 안 맞잖아. 거기다 손가락도 작고 가느다란 게 조금만 주의 깊게 살펴보면 누구라도 단번에 알겠다. 훗.

 오전에는 헤쉬케린 늙은이가 내게 강매한 그 클레이모어를 들고 손에 익숙해지도록 휘둘렀다. 그리 마음에 들지는 않지만 그래도 내가 쓰기에는 좋은 무기라는 걸 잘 알고 있다. 아니라면 아무리 마법에 걸렸다 해도 죽어도 안 샀을 거야. 쓸데없는 데 돈을 썼다고 아르케네스가 입에 거품을 물고 잔소리를 해댈 게 뻔하니까.
 한바탕 땀을 흘린 뒤 혼자 강가로 걸어가 세수를 하고 나니 약간 우울했던 기분이 많이 누그러지는 것 같았다. 로이드는 아직도 자고 있는 중이고… 생각보다 잠이 많은 편인가 봐.
 내가 막 본진으로 돌아가려고 발길을 돌렸을 때였다. 갑자기 황무지 남쪽에서 작은 흙먼지가 피어오르는 게 눈에 들어왔다.
 "으음?"
 뭘까? 하고 그 자리에서 서서 바라보았다. 그렇게 한 10분쯤 기다리니까 어느 정도 사람 모습이 나타났다. 그리고 고함 소리도 같이 말이다.
 "빨리 뛰어라! 이 굼벵이 자식들아! 네놈들은 뭐냐?"
 "우리는! 굼벵이!"
 "네놈들은 뭐냐?"
 "우리는! 굼벵이!"
 "네놈들은 굼벵이다! 굼벵이면 굼벵이답게 뛰어!"
 "우오오오!!"
 두두두두!

지축이 울린다는 소설적 표현은 이럴 때 쓰라고 있는가 보군. 한 떼의 인간 군상이 발을 울리며 죽자고 뛰어오는 게 보였다.

저 대열 사이에 끼어들었다간 당장에 밟혀 죽을 것 같네. 점점 가까이 다가오는 그들을 멍하니 바라보고 있는데, 그들 사이에서 대열 맨 가장자리에서 달려오고 있던 열댓 명의 기병이 좌우로 흩어지더니 대열에서 빠져나갔다.

"말보다 느린 새끼는 필요없다! 뛰어! 뛰란 말이야! 크핫핫!"

우두두두두…….

짐마차가 빠른 속도로 내 쪽을 향해 달려온다. 그리고 이내 내 앞을 지나쳐 달려간다.

"얼레?"

내 눈이 이상해진 건가? 분명 자욱하게 피어오르는 먼지 사이로 보인 건…….

"크하하하! 달려라! 달려!"

"끄어어어어!!"

"차라리 죽여줘어!!"

"달려라, 굼벵이들아!"

마차 뒤를 따라 달리고 있는 말과 짐이 가득 실린 짐마차를 끌고 있는 인간들…….

눈을 비비고 다시 보았다. 하지만 역시나 마찬가지다. 열두 명의 인간이 이끄는 마차는 적당한 간격으로 내 앞을 지나쳐 가고 있었고, 그 짐마차 뒤에 고삐가 묶인 말들이 '히히힝~' 하고 울면서 뒤따라 달리고 있었다.

"자! 달려라, 굼벵이들아! 네 땅딸막한 발 앞에 물이 있다! 물을 마시고 싶으면 달려라!"

"우어어어어!!"

왜, 왠지 몬스터 대혈전을 보는 것 같아. 뭐, 이런 놈들이 다 있담? 아~ 마차에서 고삐가 풀려난 말들과 인간들이 한 무더기가 되어서 강속으로 뛰어드는 게 보인다. 차가울 텐데.

"우아아악!!"

"차가워!!"

"얼어붙는 것 같아!"

"이봐, 로빈! 정신 차려! 죽으면 안 돼!"

"심장 마사지를!!"

…비싼 음식 먹어가면서 쓸데없는 생각에 에너지를 낭비하는 건 관두기로 할까? 왠지 삶이 허무해졌어.

시간이 정오를 지나 오후가 되었을 즈음에 바보에 멍청이, 그리고 머저리들까지 몽땅 모여 있는 쓰레기 같은 화격단 부하들이 우르르 몰려왔다. 이 쓸모없어 보이는 부대의 사령관으로 지명받은 닐크는 악을 써가면서 제멋대로 널브러지고 군기라고는 눈곱만큼도 찾아볼 수 없는—그도 그럴 것이 이놈들은 전부 산적질을 부업으로 삼고 있는 놈들이다—녀석들을 관리, 감독하느라 완전히 파김치가 되어버린 몰골이었다.

"참 대단한 군대로군."

"아하하하……."

"내 생전 이렇게 제멋대로고 군기가 문란한 데다 명령조차 제대로 안 먹히는 엉망인 부대는 처음 봤어."

"……."

"뭐, 그래도 타국에 이만한 수의 병력을 이동시킨 점은 높게 사주지."

왠지 맥이 빠지는걸. 하긴 로이드가 본 군대라고 해봐야 수도 근교에 있는 크레센트 중앙군의 사열식이라든지 그런 것뿐일 테니까. 용병이라던가 농민병 같은 건 본 적이 없겠지. 그래도 이놈들을 끌어 모아서 그럭저럭 쓸 만한 병사로 만들기 위해서 이 내가 4년이나 죽도록 고생했는데 너무해.

"그런데 폐하는 어떡하실 건가요?"

"응? 뭐가?"

"오늘 밤 공격할 예정인데 폐하께서 같이 가실 수는 없잖아요."

"왜 나는 가면 안 되는 건데?"

"그, 그거야……."

"여자인 당신도 전투에 참가하는데 나라고 못할 줄 알아? 쓸데없는 소리는 하지 말도록."

에에엑?! 죽을지도 모르는 전장 한복판에 싸움도 못하는 로이드를 데리고 간다고? 그건 민폐야, 민폐! 라고 말해 주고 싶지만 로이드가 내 말을 들을 리가 없겠지. 에휴…….

"그런 표정 하지 마. 나도 내 한 몸 정도는 지킬 수 있으니까."

"그, 그럼 눈에 안 띄는 평범한 갑옷을 입어주세요. 네?"

"응? 그래야 하나? 전에 당신이 내게 선물한 플레이트 아머가 마음에 들어서 가져왔는데. 로렌 녀석이 또 박살 내버릴 것 같아서 들고 나온 건데 그건 못 쓰겠군."

그 종잇장같이 번쩍거리기만 하는 쓸모없는 갑옷을 말하는 건가? 그런 번쩍이는 녀석을 입고 있다간 당장에 집중 공격을 받아 저세상으로 여행을 떠나게 될걸? 절대 안 돼!

"전 말리고 싶지만 폐하께서 굳이 가시겠다면 할 수 없죠. 하지만! 이 부대의 지휘관은 저예요. 그리고 그 갑옷은 돌아가실 때까지 상자에 넣어두세요. 절대로요!"

"나보다는 당신이 전투에 참여한 횟수가 많으니 당연히 지휘권은 넘기겠는데, 갑옷은 왜 안 되지? 내가 전장에 나가지 못할 이유라도 있나?"

"너무 눈에 띄잖아요."

"아아~ 그런가. 하긴 여긴 나를 호위해 줄 기사들이 없지. 알았어. 당신 말대로 하지."

크으… 기사는 무슨 기사! 전쟁이 뭐, 기사들로만 하는 건가? 전장의 핵심은 보병이라고! 기사 따윈…기사 따윈… 에이 씨! 일반 보병들도 유지하기 힘든 판국인데 뭔 기사람? 훈련비며 유지비가 아무리 적게 잡아도 열 배 이상 드는걸. 차라리 병사 열 명을 쓰고 말지, 기사 따윈 의장용 갑옷이나 마찬가지라고!

해가 질 무렵 카렌이 돌아왔다. 카렌과 같이 숲 속으로 들어갔던 요원 여덟 명 중 돌아온 자는 단 세 명. 그중에서도 한 명은 큰 부상을 입고 있어 오늘을 넘기기 힘들 것 같다고 한다. 닐크와 함께 돌아온 카렌은 온몸에 피를 머금은 검은 옷을 입고 있었는데, 가까이 다가오니 피 냄새가 확 풍겨왔다. 생각 외로 치열했던 것 같다.

"어떻게 된 거야, 카렌."

"있었어, 많이."

"뭐?"

"적 많아. 노련해. 함정도 많아."

"그래? 넌 몇이나 죽였어?"

"일곱. 하지만 아직 스무 명 이상은 있어. 위험해."

"마마, 적은 숲의 외곽 지역에 다량의 함정과 암살조를 매복시키고 있다 합니다. 아마도 우리가 도착한 것이 알려진 것으로 판단되……."

"당연하지. 이 정도 숫자의 무장한 인원이 모여 있으면 어린애라도 이상한 걸 눈치 채겠다. 그런 건 상관없어! 중요한 건 아크레닌의 군대가 도착하기 전에 그 요새를 내버리고 들키기 전에 크레센트로 도망치는 거야. 들키지만 않으면 문제없는 것 아니겠어? 그건 그렇고 크레센트 쪽에 포진한 두 개 중대는 도착했겠지?"

"예. 전서구를 통해 날아온 보고에 따르면 정위치에 도달했다고 합니다."

"좋아. 퇴로는 크레센트 쪽이다. 다시 여기로 돌아올 수 없으니까 가져갈 만큼만 들고 가고 나머진 버리고 간다."

"예, 마마."

"아, 그리고 폐하의 개인 짐들은 따로 챙겨서 본국으로 보내도록."

"명령대로 수행하겠습니다."

"좋아. 작전은 해가 완전히 진 뒤에 실행한다. 시간이 얼마 없으니 준비 철저히 하라고 알리고 주변 경계를 늦추지 마. 적은 우리가 올 것을 알고 있을 테니 지금쯤 전투 준비하느라 정신없을 거야. 각 중대장들에게 이 점 충분히 주지시키도록."

"옛!"

자아~ 어디 한번 피 터지게 놀아볼까나?

오랜만에 내 전용 헤브 슈트 아머를 껴입으니 기분이 새롭다. 로이드가 보는 앞에서 입고 있으니 조금 쑥스럽기도 하고… 하여간 기분이 좀 묘하다.

"당신 그 꼴을 보고 있으니 마치 쇳덩어리에 다리 두 짝을 붙여놓은 것 같은걸?"

"…다음엔 미관에도 신경 쓰라고 하죠."

"아니… 뭐, 비꼬려는 건 아니고 그냥 좀 안 어울린다고."

"외관보다는 실용성이죠. 가난한 군대라서요."

"그래? 내가 알기로는 우리 크레센트 왕국 일 년 예산의 1할 정도나 되는 돈을 활동 자금으로 사용한다고 들었는데?"

이놈의 덴 자식, 도대체 어디까지 불어버린 거야? 하여간 돌아가면 두고 보자! 내 이 건틀렛으로 그놈의 면상을 박살 내줄 테다! 맞다! 덴 하니까 생각난 건데…….

"폐하."

"응?"

"덴… 아니, 워렌 자작을 얼마나 믿으시죠?"

"얼마나 믿느냐고? 으음… 글쎄, 솔직히 그리 믿음이 가지는 않아. 아니, 그렇다기보다는… 어떻게 말해야 할지 모르겠는데. 일도 잘 처리하고 충성심도 있는 것 같은데, 왠지 뒤로 다른 꿍꿍이속이 있는 것 같다고나 할까? 그 꿍꿍이의 중심에 당신이 있을 줄은 예전엔 미처 몰랐지만. 내게 있어서 유일한 부하였는데 말이야. 상당히 귀찮기는 했지만."

"저나 폐하의 대역을 그렇게 단시간에 구해온 것이라든지, 이런 조직을 꾸며내는 것이라든지 이상한 점이 많죠. 마치 오랜 시간 동안 준비해 온 것을 시기 적절하게 내놓는 것 같다고나 할까요? 확실히 덴은 유능한 부하이긴 하지만 끝까지 믿어도 될지에 대해서는 저도 의문이에요."

"뭐, 사람 마음이라는 건 알 수가 없는 법이니까. 어쨌든 지금까지는 우리에게 해가 되는 일을 한 적이 없지 않은가? 그냥 좋게 생각하라고. 무엇보다 당신 조직의 중추는 그가 아닌가? 거기다 요즘 기세가 상승하고 있는 프로센 후작을 견제할 수 있는 유일한 귀족이니까 싫어도 손잡고 있을 수밖에."

"그렇겠군요. 조금 찜찜하긴 하지만… 아~ 이건 폐하와 저 둘만 알고 있기로 해요."

"당연하지."

내가 왕실을 뒤집어엎을 때도 덴은 그 모든 지원을 단시간 내에 처리해 버렸다. 그리고 상단을 조직한다든지 랭스턴 자작령 내에 정보실 산하 훈련소를 신설한다든지, 거기다 그곳에는 마틴 전 왕자도 유배 가 있지, 화격단을 조직하여 무대 전면에 내밀 수 있도록 지원한 것도 덴이고……. 이거 정말로 나와 로이드는 덴의 손바닥 안에서 춤추는 마리오네트가 아닐까? 음… 억측이면 좋겠는데……. 무엇보다 덴은 에린의 남편이자 예니의 아버지니까. 그 맹하고 바보 같은 에리 녀석이 우는 건 별로 보고 싶지 않다고. 내가 가장 힘들 때 옆에 있어준 게 에린이니까. 나를 따라 이 먼 타국까지 쫓겨온 데다 타국의 귀족과 결혼까지 했으니 앞으로 로세니아로 돌아가지는 못하겠지. 어쩌면 난 내 편의를 위하여 그 녀석을 희생시킨 걸지도…….

"뭐 생각을 그렇게 해?"

"네? 아, 아니에요, 폐하."

"그래? 그럼 이제 나가볼까? 밖이 시끄러운걸?"

그러고 보니 막사 밖이 웬일로 상당히 시끌시끌하다. 무슨 일이지? 로이드와 함께 막사 밖으로 나왔다.

매일 가벼운 셔츠 차림에―지금은 초가을이다. 이제 밤에는 쌀쌀한 편이다. 하지만 아크레넌의 여름은 길다. 더운 지방은 다 이런 걸까?―로브를 입고 다니던 내가 중장갑의 슈트 아머를 입고 나오니 병사들이 질린 표정으로 뒤로 물러선다.

소란은 우리 야영지 중앙에 있는 넓은 공터 주변에서 일어나고 있었는데, 나와 로이드가 나타나자 공터 주변에 모여 빙 둘러싸고 있던 병사들이 좌우로 싸악 갈라졌다.

"무슨 일이기에 이렇게 소란스러운 거냐? 지휘자가 누구야?"

"옛! 접니다."

수염이 덥수룩한 근육질의 거한, 이라는 표현이 딱 맞는군. 정말 산도적처럼 생겼잖아?

"귀관은?"

"셔우드 숲 화격단 소속 1중대 중대장 슈페링거 백인장입니다!"

"무슨 소란이냐?"

"그것이… 좀 전에 외곽 경비를 수행하던 중 웬 민간인이 저희 쪽으로 달려오다가 야영지를 보고는 도망치기에 붙잡아왔습니다. 한데 어떻게 처리할지를 몰라서……."

"겨우 그깟 일 때문에 이 소란이야? 얼마 뒤면 전투가 벌어질 텐데? 이런 무능한 자식!"

"시, 시정하겠습니다앗!"

"사령관 불러와, 당장!"

"옛!"

 오오~ 저 큰 덩치가 구르는 것도 아닌데 참 잽싸게도 사라진다. 그건 그렇고 민간인이라니? 이 황량한 벌판에? 설마 올드 포레스트를 지나려는 정신 나간 여행자인 건가? 그런 놈이라면 죽어도 싸지. 숲에서 죽으나 여기서 죽으나.

"당신 말투가 바뀌었는걸?"

"네? 아… 네? 아무래도 좀 권위적이고 위압적이지 않으면 얕보이잖아요."

"흐응."

 다른 병사들은 이 갑옷 때문인지 아니면 내 목소리 때문인지 몰라도 슬금슬금 눈치를 보면서 살며시 자리를 뜨는데 로이드는 아무렇지도 않은 듯 평소와 마찬가지로 나를 대한다. 이걸 무신경하다고 해야 하나, 아니면 대범하다고 해야 하나? 하여간 그 민간인을 붙잡고 있는 몇 명의 병사를 제외하고는 전부 어디론가 사라졌다. 그리고 얼마 뒤 닐크가 슈페링거 백인장과 함께 나타났다.

"닐크! 이게 어떻게 된 일이지? 앙?"

"예?"

"어떻게 민간인이 야영지에 접근할 때까지 모를 수 있어! 광역 수색조는 폼으로 있는 건가? 그놈들은 말을 등에 지고 다닌 거야, 아니면 말을 타고 다니는 거야?"

"죄, 죄송……."

 퍽, 정강이를 걷어찼다.

"크윽……."

"지금 그 딴 말이 나와! 만약 저 민간인이 브리츠의 암살자였으면 어떻게 하려고 했어? 지금 여기엔 귀빈이 있다는 거 잊은 거야? 응?"

"시, 시정하겠습니다, 총사령관님!"

"똑바로 해! 이렇게 허술해서 어떻게 전투를 하겠다는 거야? 싸우겠다는 거야, 말겠다는 거야! 명색이 사령관이면 사령관답게 일 처리를 하라고, 술이나 퍼마시면서 패싸움이나 하지 말고!"

"옛!"

"그리고 그 민간인 이리로 데리고 와! 어떤 간이 부은 놈인지 면상이나 좀 봐둬야겠어."

"옛!"

역시 한 대 후려 패주니까 딱딱 절도있게 행동하는군. 홍, 역시 멍청이들은 패야 말을 듣는다니까.

잠시 뒤 그 민간인이라는 녀석이 우리 앞으로 끌려왔다. 몸을 꽁꽁 묶여 끌려온 그자는 좌우에 서 있는 건장한 체구의 병사들에게 무릎을 꿇린 채 나를 올려다보았다.

"흠······."

키는 한 180㎝쯤 될까? 닐크랑 비슷하겠군. 그런데 남자 주제에 저 단발은 뭐야? 덴처럼 장발로 기르든지 아니면 크렌처럼 짧게 치든지. 적갈색의 어중간한 머리 길이를 보니까 왠지 좀 안 어울린다. 거기다 얼굴은 로이드만큼이나 미남형인걸? 체구도 그리 큰 편은 아니고… 아니, 오히려 호리호리하다고 해야겠군. 얇은 옷을 걸쳐 놓고 뒤에서 보면 여자라고 착각할 만도 하겠어.

"이름은?"

"······."

"마… 아니! 사령관님께서 물으시잖아, 이 자식아!"

퍼억!

닐크가 갑자기 그자의 어깨를 발로 찼다. 풀썩, 옆으로 쓰러진 그 사람은 그런 상황에서도 내게서 눈을 떼려고 하지 않는다. 약간 검은 기가 도는 붉은 눈동자라……. 특이하군.

"이름이 뭐냐?"

"……."

"이 자식이!"

"그만, 닐크!"

저 녀석, 아까 내게 맞은 데 대해 앙심을 품은 것 같아. 몇 대 더 때려줄 걸 그랬다. 로이드는 이런 나와 닐크의 희극적인 모습을 보면서 옆에서 쿡쿡거리고 있다.

"너 말이야……."

저런 눈을 보니 죽여서 입을 막고 싶은 생각은 별로 안 든다. 그래서 설교라도 해줄 요량으로 막 입을 열었는데 그자가 갑자기 벌떡 일어섰다. 덕분에 그의 뒤에 서 있던 두 병사는 물론이고 닐크도 깜짝 놀라서 뒤로 한 발짝씩 물러섰다. 바, 박력이 느껴지는걸? 이거 별 볼일 없는 여행자가 아닌 건가?

"……."

뚜둑, 그를 묶고 있던 밧줄이 단번에 뜯겨져 나갔다? 설마… 나 정도는 돼야 저 두꺼운 밧줄을 끊을 수 있을 텐데? 그자는 밧줄이 풀려 나가 몸이 자유로워지자 제자리에 선 채로 목을 뚜둑거리면서 몸을 풀기 시작했다.

"이 자식이! 보자 보자 하니까!"

닐크 폭발하다! 역시 열혈바보. 얼굴이 붉어진 닐크는 갑자기 왼쪽 허리춤에 차고 있던 롱 소드를 뽑아 들고는 그자에게 달려들었다. 그런데 이 민간인 녀석이 갑자기 손을 뒤로 뻗더니 뒤에 서 있던 병사 중 오른쪽 병사의 검집에서 롱 소드를 뽑아 들고는 달려드는 닐크 쪽으로 몸을 돌렸다.

"죽어!"

채앵.

닐크가 머리 위에서 대각선 아래로 휘두른 장검은 그자의 몸을 가를 듯이 바람 소리를 내면서 휘둘러졌지만 맑은 쇠 울음소리만 들려올 뿐 그자는 멀쩡했다. 놀란 닐크가 뒤로 두 발자국 물러서자 오히려 닐크의 품으로 뛰어든 그는 어정쩡한 자세로 다시 내려치는 닐크의 검을 들고 있는 검면으로 후려친 뒤 더욱 다가섰다. 그리고 이내 닐크의 품으로 파고들고는 롱 소드의 날을 상대의 턱 끝에 가져다 댔다.

"훗."

"이이……."

"그만! 거기까지. 닐크, 물러서."

"하, 하지만, 마마."

"물러서. 내가 상대한다."

강한 상대다. 본능적으로 느낄 수 있었다. 검을 휘두르거나 찌르는 폼이 상당히 숙련된 모습이었고, 또 발놀림이나 체중 이동 역시 흠잡을 데 없을 만큼 완벽하다. 물론 나보다는 닐크 쪽이 검술 실력은 더 낫지만 난 이 갑옷을 입고 있고 또 힘도 강하니까. 내가 상대하는 쪽이 맞겠지.

난 헤쉬케린 노인네에게 받은 클레이모어를 뽑아 들었다. 빠른 상대이니 가벼운 쪽이 좋을 것 같아 검집은 허리벨트에 그냥 둔 채 날이 없는 클레이모어를 뽑아 들어 그자를 가리키며 말했다.

"이번엔 내가 상대해 주지. 각오하는 게 좋을 거야."

"…항복."

챙그랑. 그의 손에서 떨어져 나온 롱 소드가 바닥을 구른다.

뭐야, 이 자식은! 세상에 별 괴상하고 이상한 놈이 많다고는 하지만 말이야, 왜 내가 만나는 놈들마다 다 저따위냐고? 진짜 신이 있다면 설명 좀 듣고 싶다! 진짜로! 거기다…….

"아름다우신 레이디의 몸에 상처를 내느니 차라리 이 미천한 몸이 죽는 편이 낫습니다. 아아~ 이 얼마나 고귀하고 숭고한 희생 정신인가…….''

"또 이상한 놈이 나왔는걸요, 마마?"

"너보단 나아."

"으윽… 저 상처받았습니다."

"시끄러워. 그런데 저놈 뭐야?"

"그걸 제게 물으셔도……."

덥석!

뭐, 뭐얏! 갑자기 왜 남의 손을 잡는 거야, 이 녀석은?!

"제가 누구인지 알고 싶으십니까, 고귀하고 아름다우신 레이디?"

"그, 그래. 그리고 그전에 내 손 좀 놔줬으면……."

"아아~ 이 얼마나 호기심 많고 발랄하면서도 정숙하며 고귀한 레이디란 말인가! 레이디께선 이 미천한 몸이 정신을 잃고 바라볼 만큼 아름다우신 분이로군요."

"으으윽."

탁탁. 갑자기 로이드가 그자와 나 사이에 끼어들더니 그의 손을 쳐

내면서 인상을 썼다. 억지로 그자의 손을 떼어낸 로이드는 얼굴을 찌푸리면서 말했다.

"건들지 마."

"에이~ 잘생기신 도련님 같은데 속은 밴댕이 같군요."

"뭐, 뭣이라?! 너, 너 죽고 싶냐!"

"조용히 하게, 닐크 경. 지금 내가 말하는 중 아닌가?"

"죄, 죄송합니다."

"자네, 다시 한 번 아넬리안을 건들면……."

"오! 이 아름다우신 레이디의 성함이 아넬리안 양이십니까? 아넬리안… 아넬리안… 운명이 느껴지는군요! 이건 바로 신의 계시!!"

로이드 화났다. 어이어이, 거기 너무 그렇게 주먹을 불끈 쥐면서 불타오르지 말라고. 저래 뵈도 크레센트의 국왕이라서 로이드가 죽이라면 여기 있는 녀석들은 당신을 죽일 거야, 확실하게. 하지만 아무래도 자기 무덤을 파는 것 같다, 저 녀석.

"아름답고 고귀하시며 이름조차 기품이 느껴지시는 아넬리안 양, 부디 이 미천한 자와 티타임을 같이할 수 있는 영광을 하사해 주실 수 없겠습니까?"

"너!!"

"스톱! 거기 도련님! 거기까지. 전 지금 이쪽의 레이디와 대화 중이라고요. 남의 대화에 끼어들다니, 너무 무례하다고 생각하지 않습니까?"

"무, 무례한 게 누군데!!"

"안 들려. 안 들려. 남자의 외침 따윈 안 들립니다."

"크아악!"

움찔.

로, 로이드가 진짜 화났다. 이러다 피를 볼지도… 라고 생각했는데 갑자기 로이드가 나를 쏘아보더니 내 어깨에 팔을 올려놓고는 씨익 웃으면서 소리쳤다.

"이 애… 아니, 이 아름답고 고귀하며 기품있는 레이디는 바로 내 여자다!"

"그, 그런! 말도 안 돼! 거짓말!"

"훗. 내가 오늘 처음 본 네놈에게 거짓말을 해서 뭐 얻을 게 있다고 거짓말을 하겠느냐?"

"남자가 한 말 따윈 안 믿어! 분명 그 거짓말은 이 나의 화려한 언변과 뛰어난 검술! 그리고 그 어떤 여성이라도 한 번쯤 돌아보게 만드는 이 외모를 시기하고 질투해서 지어낸 거짓말이야!"

"훙. 네 멋대로 생각하라고. 하지만 아넬리안은 내 여자다! 그건 절대 변하지 않아!"

하아… 왠지 피곤해진다. 그냥 가버릴까?

그 이후로도 그 괴상한 민간인과 로이드의 말싸움은 30분이나 더 지속되었다. 로이드가 저렇게 악을 써가면서 소리를 지르는 모습… 4년 전에 딱 한 번 본 뒤로 본 적이 없었다. 웬만한 일로는 흥분은커녕 감정의 동요조차 없는 딱딱하고 고지식한 로이드인데 말이야. 아무래도 저 둘의 상성은 최악인 것 같아.

"네놈! 목을 쳐버릴 테다!"

"후후후. 귀족가의 도련님도 이 제가 위협적인 적수라는 것을 인정하는군요. 이 미천한 몸이 귀하신 레이디를 납치라도 할까 봐 두려운 겁니까? 같은 남자로서 그 불안에는 심히 유감을 표합니다만 쉽지는 않을 겁니다. 하.하.하!"

"시끄럽다! 죽여 버린다, 너!"

"정 그렇게 싸우고 싶다면 상대해 드리죠. 결투로 할까요? 내기로 할까요?"

"웃기지 마! 내가 왜 네놈과 검 따위를 섞을까? 병사들을 시켜서……."

"헹~ 알고 봤더니 겁쟁이였군요, 도련님은."

"뭐, 뭐라고?! 이 자식!"

끝이 안 날 것 같다. 조금 있으면 작전을 시작해야 하는데… 이런 어수선한 분위기에서 제대로 싸울 맛이나 날까? 끄으응~ 시작도 하기 전에 이게 뭔 일이람.

"뭐가 이렇게 시끄러운 게냐? 이놈의 동네는 당췌 시끄러워서 집중할 수가 없구만."

"아……."

헤쉬케린 노인네다. 그동안 천막 안에서 나올 줄을 모르더니 웬일이지? 공터 중앙에서 떠들고 있는 두 사내를 멀찌감치서 지켜보고 있는 내게 다가온 노인네는 근처의 나무 상자에 대충 걸터앉더니 로이드와 그자를 바라보았다.

"으응?"

"왜 그래요?"

"으음… 아, 아니, 아무것도 아니다. 그보다 저기 저… 친구는 뭐 하는 자냐?"

"네? 아, 저자요? 몰라요. 갑자기 어디선가 뚝 떨어진 것처럼 나타나더니 여기가 자기집 안마당인 줄 알더라고요. 거기다 폐하를 도련님이라고 부르는 걸 보니 간덩이가 부어도 단단히 부었을 거예요."

"그래? 좀 더 가까이서 봐야겠군."

"그러시든지요."

그렇게 말한 헤쉬케린 노친네는 휘적거리는 특유의 발걸음으로 로이드와 그자 사이로 다가갔다. 그리고는 서로를 노려보며 말싸움을 하고 있는 둘 사이에 지팡이를 끼워 넣어서 싸움을 말렸다. 헤에~ 남 일에 무신경한 노인네가 웬일이람? 왠지 호기심이 이는걸?

"젊은이. 그래, 자네 말일세."

"예? 무슨 일입니까? 저 지금 바쁜데요."

"이름이 뭔가?"

"……."

그러고 보니 나도 아직 저놈의 이름을 듣지 못했잖아? 정말 이름을 밝히면 무슨 일이라도 생기나? 왜 그렇게 입을 꼭 다물고 있는 거지? 이상해. 호기심을 이길 수 없던 나 역시 그들 사이에 끼어든 뒤 그자를 향해 물었다.

"당신 이름이 뭐예요? 대답하지 않으면 여기서 추방하겠어요."

"디온이라고 합니다, 고귀하신 레이디!"

그러면서 능숙하게 무릎을 꿇고는 내 왼손을 들어 손등에 키스하려 한다. 이놈… 설마 남자가 물어서 대답을 안 한 건 아니겠지? 설마…….

"이 자식!"

타악.

불행히도 로이드의 참견에 실패했지만. 그런데… 디온? 주신이자 반

신인 그 신? 에이~ 설마. 아무리 봐도 신으로서의 품격이라든지 그런 건 눈곱만큼도 안 보이는걸? 그냥 같은 이름이겠지 뭐. 그런데 아까부터 헤쉬케린 노인네의 반응이 좀 이상한 것 같다.

"그런가? 그렇군. 그래, 그랬어. 클클클."

그 말을 끝으로 노인네는 미련없이 우리에게서 등을 돌리더니 휘적휘적 걸어가 버렸다. 뭐야, 정말.

"아넬리안! 나 정말 더 이상은 못 참아!"

"맞아! 나도! 아름다우신 레이디!"

"당신이 말해 봐. 나와 이 기생오라비같이 생긴 놈 중에서 어느 쪽이 더 낫지?"

"이 미천한 자와 저기 콧물도 혼자 못 닦을 것 같은 도련님 중에서 어느 쪽이 더 남자답습니까, 레이디?"

"에에에?"

왜… 왜? 화살이 내게 돌아오는 건데? 응? 난 이런 상황 따윈 단 한 번도 겪어본 적이 없단 말이야!

"그, 그게……."

"어서 대답해, 아넬리안!"

"레이디를 핍박하는 게 예법입니까? 하지만 레이디, 저도 이제 상당히 조급해지는군요. 이런 천박한 감정을 가지면 안 되는 줄 알지만 그래도 궁금합니다. 레이디, 어서 선택을."

"무슨……."

이건 꼭 두 남자에게 동시에 프로포즈받는 여인네 같은 상황이잖아!

"구, 굳이 선택하라면……."

"선택하라면?"

"꿀꺽?"

침 넘어가는 소리까지 들린다. 이거 나도 모르게 괜히 긴장되는걸?

"당연히 로이드지!"

"그렇지! 역시!"

"왜? 왜? 인정할 수 없습니다, 레이디! 부디 그 이유라도 들려주십시오!"

"그야… 난 바람둥이 같은 스타일은 싫어하니까."

"그, 그런!! 말도 안 돼!! 776명의 레이디와 아름다운 사랑을 나눈 이 내가 저기 고생도 모르고 자란 이기적이고 자기 잘난 맛에 사는 부잣집 소공자에게 졌단 말인가? 이건 현실이 아니야! 사기야! 신이 날 버린 거야!"

"……."

피로감이 엄습한다. 인간은 이런 걸로도 지치는구나. 처음 알았다, 정말로.

"흥. 그러게 남의 부인을 넘보니까 그 꼴이……."

"뭐라고? 겨, 결혼까지 한 겁니까, 레이디? 이럴 수가! 그건 분명히다, 당신이 억지로 돈과 권력을 사용해서 강제로 행한 거겠지? 인정할 수 없어, 그런 결혼!"

"아니, 뭐… 난 결혼 생활에 만족하는데."

"훗. 나와 아넬리안 사이에는 세 살난 아이까지 있다!"

"오오오… 이건 사기야! 말도 안 돼! 정녕 저 쾌청하고 청명한 하늘이 날 버린 거란 말인가? 하늘이여! 그렇다면 지금 당장 검은 먹구름을 드리워다오! 이 찢어지는 고통에 울부짖는 내 심정과도 같이!!"

놔두면 끝이 없겠다. 무시하자, 무시. 그렇게 마음먹은 나는 공터 중앙에 무릎을 꿇고 주저앉아 하늘을 향해 양팔을 벌린 채 뭐라고 끊임없이 중얼거리고 있는 그 디온이라는 자를 외면한 채 로이드를 끌고 그자에게서 멀찍이 떨어졌다. 가까이 가면 왠지 병이 옮을 것 같은 분위기였거든.

"아넬리안."

"네?"

"정말 내가 좋은 거야?"

"네."

"만약 내가 바람둥이였다면?"

"꼬집어줄 거예요. 그리고 그 상대를 괴롭혀 드리죠."

"그 말은 내가 바람둥이여도 사랑했을 거라고 생각해도 되겠지?"

"마음대로 생각하세요. 전 언제나 한결같으니까요. 후훗."

"흠… 좋아. 아주 좋아."

뭐가 좋다는 건지는 잘 이해가 안 가지만 오랜만에 로이드가 좋아하는 모습을 보니 나도 덩달아 기분이 좋아진다. 안 되는데… 앞으로 한 시간도 안 돼서 전투를 벌여야 할 텐데 이런 헬렐레한 기분이라니. 나도 아직 먼 것 같아.

사소한 실랑이 때문에 시간을 낭비하긴 했지만 준비는 금세 끝났다. 미리부터 이때를 위해서 대비하고 있었으니 당연한 거겠지만. 로이드는 다른 일반 병사들과 같은 복장인 하드레더 아머를 껴입고 역시나 평범한 강철제 투구를 쓴 채 내 뒤에 섰고 헤쉬케린 늙은이와 카렌은 그런 로이드의 뒤에 자리를 잡았다. 닐크는 세 개 중대 300여 명의 병력을 이끌고 나와는 다른 루트로 우회하기로 했다. 모든 작전 준비가 끝난 뒤 나는 손을 올렸고 막 부대를 출발시키는 깃발이 올라섰을 때였다.

"자, 잠깐만요! 레이디, 저도 데려가 주십시오!"

"…포로 주제에."

"그건 기각! 당신은 우리 군의 보안을 위해서 따로 크레센트로 압송합니다. 얌전히 끌려가세요."

"잡혀가더라도 레이디의 손에 잡혀갈 겁니다! 사내놈들 따위가 내 몸을 건드는 건 죽어도 못 참아!"

질린다, 질려, 정말……. 더 이상 생각하기를 포기한 난 한숨을 쉬면서 손을 내저었고 디온은 내 몸짓을 허락으로 생각했는지 생글생글 웃으면서 로이드의 옆에 당당하게 자리잡았다. 물론 로이드가 눈을 흘기며 싫어한 건 당연하지만 뭐… 별말은 없군.

"출진!"

"출진! 1대대 6중대 선두, 7, 8중대 중앙, 9중대 후위! 행군 대형으로!"

부대 기 따윈 없다. 어차피 잘 봐줘야 산적 떼인걸 뭐. 하지만 그런데도 불구하고 화격단의 병사들은 일사불란하게 움직여 주었다. 곧 이어 선두가 올드 포레스트의 외곽으로 들어섰고 길을 헤치면서 앞으로 나아갔다. 저 멀리 1km쯤 떨어진 곳에서도 닐크가 우리와 보조를 맞춰서 숲 안으로 들어가고 있는 게 보였다.

쿠우웅!

"아아악!"

"살려줘……."

선두가 또 시끄러워졌군. 이놈의 숲, 완전히 함정투성이잖아? 그것도 어디라고 할 것도 없이 전부 말이야. 숲 속으로 들어온 지 이제 겨우 30분도 안 되었는데 함정과 어디선가 날아온 화살에 선두의 6중대원 중 20여 명이 죽거나 다쳤다. 이래서는 도착도 하기 전에 중대 한두 개쯤은 가뿐히 날아가겠군.

투웅!

등 뒤에서 화살이 휙 하고 지나갔다. 그리고 우리 앞쪽 나무 위에서 작은 비명 소리가 들리더니 이내 사람 같은 물체가 바닥으로 툭 하고 떨어져 내렸다. 우지직. 땅속으로 빨려 들어갔군. 자기가 판 함정에 자기가 빠진 꼴이네.

"이래서는 속도가 안 나겠어. 카렌, 따라와!"

"나도……."

"폐하께서는 거기 계세요. 위험한 것도 있지만 제가 지켜 드릴 수 없으니까. 헤쉬케린 경, 폐하를 부탁해요."

"클클. 그 정도쯤이야 가뿐하지. Flame Arrow!"

노인네의 어깨 부근에 세 개의 타오르는 화살이 생성되었다. 그리고는 우리 좌우로 솟아 있는 나무들 사이로 날아갔다.

퍼어엉!

"크아아악!"

가슴과 이마에 큰 화상을 입은 브리츠의 암살자가 허공에서 허우적거리다 지면으로 떨어졌다.

털썩.

"이 대마법사께서 여기 있는 한 아무 걱정 할 필요 없어. 클클클."

"그럼. 앞에 비켜! 대열 유지!"

Knight's Winter

"대열 유지! 속도 유지! 동요하지 마! 마마께서 앞장서신다!"
"우와아아!"
 철컹. 철컹. 오늘따라 갑옷의 관절 부위가 괜히 귀에 거슬리는 것 같아. 음… 하지만 뭐, 별문제는 없겠지. 그동안 좀 소홀히 하긴 했지만 튼튼하기로 유명한 갑옷이니까.
"같이 가요, 레이디~"
"넌 왜 따라와?"
"죽을 때도 함께! 입니다!"
 찰거머리다. 아무래도 잘못 밟은 것 같아.

 전열의 6중대는 중군과 겨우 30미터 밖에 안 떨어진 가까운 거리였는데도 불구하고 분위기가 전혀 달랐다. 어둠 속에서 날아온 화살에 두 명의 병사가 부상을 입은 것을 제외하고는 아무런 피해도 없는 중군과는 다르게 선두에 섰던 6중대는 그야말로 피와 죽음의 냄새가 진하게 풍겨오고 있었다. 거기다 병사들도 겁에 질린 듯 기가 죽은 몰골들이었다.
"비켜! 비키라고! 걸리적거리는 놈은 숲 속으로 던져 버리겠다!"
"히이익."
"죽고 싶지 않아."
"이 빌어먹을 굼벵이 새끼들아! 마마께서 오셨다! 그러고도 네놈들이 물건 달린 사내냐! 그 쓸모없는 물건 모두 떼어버려! 겁쟁이 따윈 필요없다!"
 아~ 굼벵이는 화격단 전체에 통용되는 단어였나 보네. 아니, 지금 이런 걸 생각하고 있을 때가 아니지. 난 병사들 사이를 헤치고 대열 선두까지 뛰어갔다. 대열 맨 앞에선 한 손에는 롱 소드를 들고 다른 손에는 긴 장창을 들고 있는 중대장이 악을 써대면서 병사들을 독려하고 있었다. 저렇게 맨 앞에 있으면서 내가 온 걸 알아채다니 눈도 좋아. 선두 부대의 선두에 선 병사들은 창끝으로 바닥을 찌르거나 허공을 휘저으면서 한 발 한 발 천천히 전진하고 있었다. 그러면서도 연신 주변을 두리번거리는 게 상당히 겁에 질린 모습이었다.

"중대장! 상황은?"

"선두에 선 놈은 죄다 죽거나 다쳤습니다. 병사들이 전진하기를 꺼리는 형편인지라……."

"내가 맨 앞에 선다. 2미터 뒤에서 따라오도록!"

따앙!

으윽… 고개가 뒤로 홱 하고 젖혀졌다. 아이고, 목이야.

"저격이다!"

"마, 마마."

"시끄럿! 소란 피우지 마! 카렌!"

투둥.

화살 두 발이 거의 동시에 앞으로 쏘아져 나갔다. 하지만 푸스스… 하는 나뭇잎이 부딪치는 소리만 들려올 뿐 비명 소리는 들리지 않았다.

"놓쳤어."

"내가 저격받으면 니가 잡아! 알았지, 카렌? 그리고 중대장은 궁수조를 뽑아서 카렌이 화살을 날리는 방향으로 무조건 쏴버려!"

"옛!"

그렇게 말한 나는 어디 쏠 테면 쏴봐라 하는 심정으로 가슴을 쫙 펴고 발을 떼었다. 우직. 응? 뭔가 부러지는 소리가… 와아아아… 떨어

진다아~

쿠우우웅!

아아… 엉덩이야……. 근 2미터에 달하는 깊이의 함정에 빠져 버렸다. 그래도 튼튼하고 육중한 갑옷 덕분에 나무 말뚝에 꼬치 꿰이듯 꿰이지는 않았지만 기분 최저야.

"마마! 괜찮으십니까?"

"밧줄을."

"끄으응… 거기 비켜."

고개를 몇 번 도리질친 나는 몸에 가득 쌓인 흙무더기를 털어버리고 다리에 힘을 준 뒤 힘껏 뛰어올랐다. 불빛이 어른거리는 구멍의 출구 부근에 팔을 뻗어 매달린 난 다시 한 번 뛰어올라 구멍을 빠져나왔다.

쿵! 빠직.

강철 부츠 아래 뭔가 밟힌 것 같은데…….

"횃불."

"불을 가져와!"

구덩이 좌우로 돌아서 내게 달려온 녀석들이 이내 주변을 환하게 비췄다. 적갈색의 흙더미 위로 검고 뾰족한 것들이 사방에 깔려 있군. 켈트롭인가? 가죽 부츠였으면 단번에 신을 뚫고 발바닥을 꿰뚫었을 거야. 이걸 어떻게 치운다……. 잠깐 고민한 나는 이내 근처에 높게 솟아 있는 나무의 굵은 가지 하나를 부러뜨린 뒤 그걸로 바닥을 쓸었다. 왕궁에서 손가락 하나 까딱 안 하며 살던 내가 여기 와서 하녀들처럼 빗자루질이라니… 체엣.

삭삭.

뒤에 올 후위 부대를 위하여 켈트롭을 말끔히 정리한 난 다시 선두에 서서 걸어나갔다. 그래, 올 테면 와보라고! 힘으로 몽땅 뭉개주마!

피잉.

어라? 발치에 뭔가가 걸린 듯한…… 휘이이이잉…… 통나무다아~

"우와아아아!!"

내 허리의 두 배는 됨 직한 두께의 커다란 통나무가 나를 향해 빠른 속도로 날아오고 있다아! 질 수 없지! 온 힘을 다하여 통나무를 향해 주먹을 휘둘렀다.

콰아아앙!

나를 향해 날아오던 통나무의 정중앙에 작렬한 내 주먹은 이내 그 커다랗고 두꺼운 통나무를 반쪽으로 만들었다. 사방으로 비산하는 수많은 나무 파편과 허공에 덜렁대는 반쪽난 통나무들. 그리고 그 사이를 틈타 날아드는 대여섯 발의 화살.

터엉… 팅…….

정확하게 날아온 화살들은 가슴 흉갑과 다리 어깨 등을 때렸지만, 원거리에서 날아온 그런 화살 따위로는 이 갑옷을 뚫을 수 없다고! 훗. 그리고 반격. 곧바로 화살이 날아온 방향으로 몇 발의 화살이 날아갔고 그 뒤로 수십 발의 화살이 내 머리 위를 지나쳐 어두운 숲 속으로 사라졌다. 맞았는지는 모르겠지만 이걸로 함부로 고개를 내밀지는 못하겠지.

"자아! 전진한다!"

"우아아아!"

"돌격!"

난 120kg의 갑옷을 입고 뛰어다니는 만행을 저질렀다. 물론 앞을 막는 것들은 그게 나무든 바위든 다 때려부수면서 전진했다는 건 말할 필요도 없고.

도착했다아아아!
"허억… 허억……."
조금 지치긴 했지만… 아니, 좀 많이… 솔직히 말하자면 손가락 하나 까딱하기 싫을 정도로 많이 지쳤다. 하지만 초롱초롱한 눈을 빛내며 내 뒤를 쫓아온 병사들 앞에서 지친 기색을 보여서야 체면이 서질 않잖아?
"선두 종대로! 대열 유지! 주변 경계를 확실히 해!"
"종대로! 이 빌어먹을 자식들아! 뒈지고 싶지 않으면 눈깔 똑바로 뜨고 경계해! 조는 놈이 있으면 내가 아니라 저 빌어먹을 자식들이 네놈들의 대갈통을 꿰뚫을 거다!"
목조 요새 주변은 반경 200미터 내로는 나무 한 포기 없는 초원이었다. 아마도 적의 공격을 막기 위해서 인공적으로 만든 공터겠지. 목조 방벽의 높이는 대략 5미터 정도일까? 하지만 크고 굵은 노목으로 만든 방벽은 단단하기 이를 데 없는 모습이었다. 거기다 워낙 지형이 나빠서 우리 쪽은 제대로 된 공성병기조차 가져오지 못했으니 아무래도 피해가 상당할 것 같다. 이전 정보로는 이 요새에 100여 명 정도의 병사가 늘 상주하고 있다고 했는데 거기다 브리츠의 미친놈들도 추가되었다면 더 더욱 힘들 것 같다.
"닐크 쪽은?"
"아직인 듯합니다."
"아넬리안, 괜찮아?"
"오셨군요, 폐하."

중군에 모셔놨던 로이드다. 어느새 도착했네? 빠르기도 해라. 뭐, 분위기를 보아하니 중군은 별다른 피해 없이 도달한 것 같았다. 그렇다는 건 후위에 있던 9중대도 전력을 무사히 보존했다는 것이겠지? 아직 전투는 시작도 안 했고 한 명이 아쉬울 때이니까 말이야.

"왠지 나는 짐만 되는 것 같군."

"전쟁은 폐하의 주특기가 아니시니까요."

"……."

"대신 폐하께서는 제가 못하는 많은 것들을 잘하시잖아요. 하늘은 공평한 법 아닐까요?"

"오오~ 이 얼마나 아름다운 마음씨란 말인가! 청초한 달빛같이 은은하고 부드러운 빛을 발하는 고귀하신 레이디, 부디 이 미천한 몸과 함께 뜨거운 사랑의 로맨스를……."

"닥쳐! 포로 주제에!"

"훗. 도련님, 질투는 천박한 자들이나 하는 겁니다."

또냐? 진짜 긴장감이라는 게 없다니까. 싸우러 온 거야, 놀러 온 거야? 저 디온이라는 녀석은 그렇다 쳐도 로이드는 왜 자꾸 저러는 거지? 그냥 무시해 버리면 그만일 것을.

"그만 하세요, 폐하. 그리고 당신!"

"예? 저요? 오~ 드디어 저의 진가를 알아보신 것입니까, 고귀하신 레이디?"

"그런 낯간지러운 말을 자꾸 하면 내쫓아 버릴 테니까 그 정도로 하고 용병으로 일해볼 생각 없어요?"

"용병이라……."

"어차피 당신은 우리 나라로 끌려가야 할 처지이니 이 참에 용병으로 이 무리에 들어오는 게 어때요? 아까 보니 검술은 그럭저럭 쓸 만한 것 같았으니 이번 전투에서 보여준 실적에 따라 보수를 지급하도록 하죠."

"아넬리안! 이런 출신 성분이 의심스러운 자를 곁에 두겠다는 거야?"

"할 수 없잖아요. 지금은 한 사람이라도 필요한 때이고 또 혼자인걸요."

"하지만……."

"전장에서의 지휘는 제가 합니다."

"그래도 난 반대야! 저자 혼자라고는 해도 당신의 등을 노리는 짓 정도는 충분히 가능하다고!"

"그런 말을 본인 앞에서 하는 건 실례인 것 같은데요, 폐하."

"이렇듯 가련한 레이디를 노린다는 누명을 쓰다니… 이 미천한 소인 정말로 죽고 싶습니다. 아~ 물론 다른 의미에서라면 충분히 그럴 용의가 있긴 하지만요."

"이 자식이!"

"그만 하세요, 폐하. 그리고 당신, 어떻게 할 거지?"

"물론 하겠습니다! 보수? 그런 것 필요 없… 지는 않고 조금만 주셔도 됩니다. 이렇게 아름다우신 레이디의 요청인데 제가 어찌 거절할 수 있겠습니까?"

"좋아. 그럼 당신은 닐크의 우회 부대가 도착하면 그의 지휘 아래 싸우도록. 누가 이자에게 검을 줘라. 갑옷은 여벌이 없으니까 알아서 잘 싸워. 죽어도 난 상관없지만."

"크흑… 정말 냉정하신 말씀. 하지만 그렇게 저를 차갑게 대하시는 것도 다 이 미천한 몸에게 끌리는 것을 두려워하시는 것일 터! 소신 디온! 목숨을 바쳐 임무를 완수하겠습니다!"

시끄러, 시끄러. 죽든 말든 난 상관없다고. 그냥 쓸 만해 보여서 고용한 것뿐이야. 이상한 데로 상상의 나래를 펴지 마!

그렇게 놀고(?) 있는 동안에도 병사들은 요새에서 날아올 화살 범위 밖에 대기한 채 긴장한 모습으로 서 있었다. 반포위 형태로 요새를 둘러싼 화격단 병사들은 각자 등에 메고 올라온 활대를 꺼내 들어서 거기에 활시위를 걸었고, 역시 숲을 이동하는 동안은 방해가 되는 라운드 실드와 단창 혹은 손잡이에 끈이 달린 메이스를 꽉 쥔 채 내 명령을 기다리고 있었다. 브리츠의 암살자들은 전부 어디로 간 건지 더 이상 보이지 않았고 요새 쪽도 조용하다.

"저쪽! 우회 부대가 도착했습니다."

내 주위에 모여서 작전을 점검하고 있던 한 중대장이 숲 한쪽을 가리키면서 소리쳤다. 이제야 도착한 거냐? 느려! 그곳에서 몰려나온 병사들도 이쪽과 마찬가지로 공터가 시작되는 곳 주변에 산개하면서 전투 준비를 시작하는 모습이었다. 그리고 닐크가 몇몇 부하를 이끌고 우리 쪽으로 뛰어왔다.

"지금 도착했습니다, 마마."

"총사령관."

"네, 사령관 각하."

"그쪽 피해는?"

"부상자가 열서넛 정도 되지만 저항은 미미했습니다. 함정도 거의 없었고요."

"그래?"

누구는 구덩이에 빠지고, 빗자루질을 하고, 통나무랑 씨름하기도 하면서 악전고투를 겪으며 빠져나왔는데, 누구는 소풍 나온 것처럼 널널하게 놀면서 올라왔다는 거냐? 기분 나빠! 이건 차별이야! 우이 씨!

"…무슨 일이라도?"

"아니야. 10분 뒤 전투 개시한다. 준비하도록! 그쪽 방면은 닐크가 지휘해. 그리고 저 사람도 데려가."

"예?"

난 여전히 로이드와 말싸움을 하고 있는 디온을 가리키면서 말했다. 주로 발끈하는 건 로이드였고 그에 맞대응하는 건 디온이었지만, 저 둘을 떼어내지 않으면 진짜 여기서 아군끼리 피를 볼 것 같아서 말이지.

"예… 사정은 잘 모르겠지만 알겠습니다."

"그럼 안에서 보자고."

"예! 마마."

"아넬리안! 이 자식 좀 어떻게 해봐!"

"아름다우신 레이디, 이 도련님은 집에 보내는 게 낫지 않겠습니까?"

"…닐크."

"예, 알겠습니다."

내 말 한마디에 디온은 닐크에게 목덜미를 붙잡힌 채 끌려갔다. '아름답고 고귀하시며 청초하기까지 한 레이디에게서 떨어질 수 없다' 라고 눈물을 줄줄 흘리며 발악했지만 닐크와 병사들이 번쩍 들어서 끌고가 버리니 그도 별수없었다. 내가 좋다고 저렇게 난리를 피우는 모습을 보니까 좋다기보다는 부담된다고. 그것도 로이드가 옆에서 눈을 빛내며 보고 있는데 말이야. *끄응… 그냥 죽여 버릴걸. 실수했어.*

디온이 끌려가 버리고 나자 로이드도 잠잠해졌다. 그리고 그 옆에는 헤쉬케린 노인네가 웬일로 조용히 서 있고, 가끔 클클거리며 웃거나 영문 모를 웃음을 짓기도 하지만 왜인지는 모르겠다. 무슨 사정이 있는 것 같지만 나랑 상관은 없을 테니까 뭐…….

"사수 준비."

"사수 준비! 저 자식들 대갈통을 뚫어버려!"

"신호탄."

"신호탄! 발사!"

투웅! 피이이이이이이…….

불빛의 꼬리가 하늘 높이 치솟는다. 그리고 특이한 소리를 내는 신호용 화살이 뒤따라 올라갔다.

"발사."

"제압 사격 개시! 사수 일제 사격!"

투두둥!

앞 열에 앉아서 사격 자세를 잡고 있던 병사들이 거의 동시에 활줄을 놓자 백여 발에 달하는 화살이 방벽 위를 향해 날아갔다. 저 화살 중 대부분은 목적을 달성하지 못하겠지만 그걸 목적으로 한 사격이 아니니까.

"끄아아악!!"

나무 방벽 위에서 지키고 있던 적병 중 하나가 떨어져 내렸다. 허공에서 허우적거리면서 떨어진 그자는 그대로 지면에 추락한 뒤 조용해졌다.

"불화살."

"2열 불화살 준비! 사격!"

투두둥. 퉁퉁.

하프 현의 저음이 내는 듯한 소리가 사방에서 울려 퍼지면서 이번엔 긴 연기를 꼬리에 달고 있는 불화살들이 방벽을 향해 날아갔다.

타닥. 타다닥.

대물사격용의 긴 톱니가 달린 불화살의 화살촉들은 날아가는 기세 그대로 나무 방벽에 꽂히거나 방벽 너머의 건물을 향해 날아갔고, 불빛 한 점 없던 요새 주변은 일렁이는 수십 개의 조명 덕분에 움직이는 물체를 알아볼 만큼 빛을 발하기 시작했다.

"잘 조준해서 쏴라!"

"저기서 꾸물대는 자식들을 못 죽이면 네놈들이 저 자식들이 쏜 화살에 맞아죽는다!"

"화살 낭비하지 마! 조준해서 사격해!"

"못 맞히는 자식은 화살받이로 써버린다!"

투둥. 투웅.

이제는 사방에서 울리는 활줄 소리에 맞춰 화살들이 우리 쪽에서 적들 사이로 날아갔다. 그리고 그에 화답하듯이 적들도 이쪽을 향해 화살을 날려대기 시작했다. 씨잉… 얼굴 바로 옆에 적이 쏜 화살이 지나갔다.

"아아악!"

"내 팔! 내 팔!"

"어이! 이 자식 허벅지에 맞았어! 뒤로 후송시켜!"

"크허헉!"

"엄마… 엄마……."

"죽고 싶지 않아… 살려줘……."

"움츠리지 마! 적이 쏘면 우리도 쏜다! 맞대응해! 열 배로 갚아주는 거다!"

"일어서! 이 굼벵이 자식아! 번데기가 되기도 전에 뒈지고 싶냐?"

퍼억.

바로 내 앞에서 화살을 쏘던 한 병사가 뒤로 벌러덩 쓰러졌다. 그 병사의 미간에는 적이 발사한 화살이 깊숙이 꽂혀 있었다. 일그러진 얼굴을 하고 있는 그 병사는 눈조차 제대로 감지 못한 채 죽었다.

"헤쉬케린 경!"

"흠… 어디 보자, 이럴 때 쓸 만한 마법이… 그렇군. Continual Light!"

파아아아!

갑자기 적의 요새 위로 어른 머리만한 광구가 나타나더니 대낮 같은 밝기의 빛을 발하기 시작했다. 그러자 병사들은 누가 명령한 것도 아닌데도 불구하고 자신의 판단에 따라 사격을 계속했다. 특히 10미터 높이는 될 법한 높은 망루 위는 집중 사격의 대상이 되었는데, 그 위에서 이쪽을 향해 화살을 날리던 적의 궁수들은 수십 발의 화살에 맞아 망루 위에서 떨어지거나 망루 앞에 설치된 파바스 뒤에 숨어버렸다.

"1조 돌격 준비."

"옛!"

전열에서 화살통 하나를 전부 비워가면서 화살을 쏘던 병사들이 뒤로 물러나고 아직 전투에 참가하지 않았던 후위의 병사들이 그 자리를 대신했다. 그들은 활 대신 긴 밧줄을 어깨에 두르고 둥근 원형 방패로 머리와 어깨를 가린 채 달려갈 자세를 취했다.

"아넬리안! 당신도 가는 거야? 그럼 나도……."

"이번엔 아닙니다. 그리고 거기 계세요, 폐하. 1조 돌격."

"돌격! 개자식들의 간덩이를 확인하러 가자!"

"달려, 달려라! 네놈들의 다리가 그 쓸모없는 목숨을 연장해 줄 거다!"

"와아아아아아!!"

이쪽 대열뿐 아니라 닐크 쪽에서도 대여섯 명이 한 조가 된 병사가 비명에 가까운 함성을 지르면서 방벽을 향해 달리기 시작했다.

"제압 사격."

"제압 사격이다! 네놈들 동료를 구하고 싶으면 활줄이 끊어질 때까지 쏴대!"

투두둥!

아까와는 비교할 수 없을 만큼 커다란 소리가 나면서 수많은 화살들이 방벽 너머를 향해 날아간다. 이전에는 어두워서 잘 보이지 않았지만 헤쉬케린 노친네의 마법 덕분에 환해진 전장에는 하늘이 어두워질 만큼 빽빽하게 밀집한 화살들이 어지럽게 날아가는 모습이 눈에 들어왔다.

"제2사! 2사! 준비된 놈들부터 발사! 네놈들이 달려갈 때 화살에 맞아 뒈지고 싶지 않으면 확실히… 커헉……."

응? 내 옆에서 롱 소드를 들고 악을 써대던 중대장이 목에 화살을 꽂은 채 뒤로 쓰러지는 게 눈에 들어왔다. 암살자?

"카렌!"

퉁. 내 말이 끝나기 무섭게 화살을 날린 카렌은 다음 화살을 활대에 걸면서 날아가는 화살을 노려보았고 나 역시도 그 화살을 눈으로 좇았다. 요새 꼭대기의 첨탑을 향해 날아간 화살은 이내 시야에서 사라졌지만 잠시 뒤 첨탑의 창을 통해 사람 그림자가 아래로 떨어지는 걸 보게 되자 나뿐만 아니고 다른 병사들도 함성을 질러댔다.

"와아아아아!!"

"죽인다! 죽인다!"

"화살꽂이로 만들어줄 테다!"

"뒈져 버려!"

"우아아아아아!!"

반쯤은 성공했군. 이제 돌격한 병사들이 성벽을 점거하고 성문만 열면 그 뒤는 쉬울 거야. 이거 의외로 별것 아닌…….

"끄아아아악!!"

화르르르……. 갑자기 눈부실 정도로 강렬한 빛이 터져 나오더니 목조 방벽 앞이 환해졌다. 지면에서 커다란 불길의 기둥이 뿜어져 올라온 것이다.

"뭐, 뭐야, 저건?"

그 불길에 휘말린 대여섯 명의 병사가 그대로 온몸에 불이 붙은 채 꿈틀거리다가 쓰러졌고 그 때문에 방벽 위로 밧줄이 달린 갈고리를 던지던 1조의 병사들이 잠시 동안 굳어져 버렸다. 마법인가?

"헤쉬케린 경!"

"우리가 쓰는 마법은 아니야! 저런 마법은… 내가 아는 한도 내에는 없어!"

"그럼 저건 뭐야?"

치잇. 뭐야, 저건? 그때였다. 갑자기 그 불기둥 주변에서 불길이 치솟기 시작했다.

화아악!

불길은 방벽 주변을 따라서 엄청난 속도로 퍼졌고 아직 상황 파악을 제대로 못한 병사 수십 명을 그대로 감싸 오른 채 타올랐다.

"아아아악!!"

"뜨거워!!"

"후, 후퇴… 으아아악!!"

방벽 주위를 휘감은 불길은 이내 숲 쪽—그러니까 우리 쪽—을 향해 뛰는 내 병사들의 뒤를 쫓아서 따라붙었고, 그 게걸스러운 움직임에 몇몇 병사를 집어삼켰다. 불길은 방벽 바로 앞에서부터 근 20미터에 달하는 넓은 공터를 불태우기 시작했다.

"기름인가? 치잇."

"며, 명령을!"

"1조 후퇴. 2조 준비. 궁수대 사격 준비."

"알겠습니다. 2조 준비! 궁수대는 후퇴하는 1조를 엄호한다. 엄호사……."

투두둥.

내 명령을 들은 백인장이 명령을 내리기 전에 화살이 요새 쪽에서 날아왔다. 아까 전 제압 사격으로 많이 처리한 줄 알았는데… 완전 판단 미스였던 건가?

요새에서 날아온 화살들은 대형도 없이 죽자고 도망치는 1조 병사들을 노리고 날아들었고, 공포에 질린 채 무작정 도망치는 내 병사들은 이내 등이나 다리에 화살을 맞은 채 공터에 널브러졌다.

퍼어억.

내게서 겨우 20미터도 안 되는 거리까지 도망쳐 온 한 병사의 배에 단창과도 같은 크기의 발라스타 화살이 뚫고 나왔다. 그 병사는 그대로 바닥에 쓰러지면서 우리 쪽을 향해 기어왔지만 겨우 5~6미터를 기어오다 그대로 축 늘어져 버렸다.

"공성 병기까지?! 이게 어디가 평범한 요새야? 젠장. 전부 틀렸잖아!"

요새에서 날아오는 화살의 숫자도 상당히 많다. 상주군 100명의 요새라면 저렇게 많은 화살을 날릴 수 없어. 내가 조직한 화격단에서는 모든 병사들이 활을 사용할 수 있도록 훈련시키고 있지만 아크레닌의 병사 편제라면 보병대 궁수의 비율은 2:1 정도. 저쪽에서 날아오는 화살의 숫자는 분당 수백 발이니 대충 보더라도 적 궁수는 70~80명 이상은 될 테고 그렇다는 건… 우리가 오는 사이에 적이 병력을 보충했다는 건가? 아니, 그런 낌새는 없었어. 그렇다는 건… 애초에 기본 정보가 틀렸다는 것이나…….

"이쪽의 계획이 적에게 알려졌다는 것. 젠장."

어느 쪽이나 치명적이다. 적은 최소 300명이 넘는다고 가정해야 하잖아! 이래서는 병력의 우위 따윈 방벽에 막혀 버린다고. 어떻게 해야 하지? 어떻게…….

"마마, 명령을…….'

"시끄러워! 아니, 1조는 예비로 돌려! 2조는 활로 무장. 이쪽도 노출되어 있지만 적도 빛에 노출된 상태이니 적의 숫자를 착실히 줄여 나간다."

"옛!"

내 명령에 주변의 모든 병사는 활을 꺼내 들고는 적을 향해 쏘아대기 시작했다. 방벽 위 혹은 방벽 너머의 요새 근처에서 얼쩡거리는 검은 그림자들을 향해 수많은 화살들이 연신 날아갔다. 백인장들은 잘 조준해서 쏘라고 악을 쓰며 뛰어다녔다. 하긴 보급품을 가져오긴 했지만 그래도 몸에 지니고 올 수 있는 양은 그리 많지 않았으니까 화살통은 개인당 3~5통 정도가 최고겠지. 한 통에 20발씩 들어 있으니 최고로 해봐야 100발 정도일까? 두세 시간이면 바닥나 버릴 양이군.

화격단의 활 솜씨는 정말 형편없는 수준이다. 하긴 어차피 잘 맞히기 위해서 쏘는 게 아니니까 할 수 없는 일이긴 하지만 말이야. 개중에는 활을 잘 쏘는 병사들도 끼어 있긴 하지만 평균적으로 보자면 그저 화살을 날리는 것만으로도 대단하다고 할 만한 실력인 것이다. 하지만 그런 녀석들이 쏜 화살도 화살이다. 숙련된 사수가 쏘아 보낸 화살이나, 이 능력없는 녀석들이 쏘아 보낸 화살이나 맞으면 다치고 죽는 건 확실하다. 그러니 많이 쏘다 보면 눈먼 화살에 맞아 죽는 놈이 생기겠지, 바로 지금처럼. 내가 바라보고 있는 방벽 너머로 서너 명의 적병이 쓰러지는 모습이 얼핏 눈에 들어왔다. 하지만 이런 수로는 저 방벽을 뚫을 수 없을 테니 정말 어떻게 해야 할지…….

"요새 방벽 문이 열립니다!"

"뭐?"

누군가의 외침에 놀란 나는 고개를 돌려서 문 쪽을 바라보았다. 역시 통나무로 된 방벽의 문이 위로 올라가면서 열렸고 방벽 주변을 빙 두른 채 타오르고 있던 불길이 점점 가라앉기 시작했다. 뭐야? 어떻게 불이 붙은 기름이 저렇게 쉽게 꺼지는 거지? 물을 사용해선 힘들 텐데. 그때 적이 문을 통해 꾸역꾸역 밀려 나오기 시작했다. 멀어서 흐릿하게 보이긴 하지만 왠지 저건 인간이 아닌 것 같은…….

"어엇!"

"어두워!"

"어떻게 된 거야?"

이번엔 또 뭐야? 갑자기 시야가 어두워졌다. 깜깜해서 아무것도 안 보이잖아! 눈을 몇 번이나 깜빡이고 주변을 돌아봤다. 그리고 어느 정도 시간이 지나 눈이 어둠에 적응하자 다시 앞이 보이긴 했지만 아까보다 훨씬 어둡다. 등 뒤에서 횃불이 비치고 있는데도 잘 안 보여. 아! 요새 위에 떠 있던 광구가……!

"헤쉬케린 경! 어떻게 된 거예요?"

"마법이 깨졌다. 강제로 해제된 게다. 저쪽에 마법사가… 아니야, 아니야. 신관? 그래! 신관이 있는 게다! 그것도 고위급 신관이!"

고위급 신관? 그렇다면 하이 프리스트겠군. 브리츠의 하이 프리스트라… 젠장. 제대로 잡기는 했는데 이거야 원…….

크르르르.

어둠 속에서 두 개의 붉은 빛이 우리 앞에 나타났다. 그 빛덩어리들은 점점 늘어나더니 텅 빈 공터 전부가 작고 붉은―한마디로 섬뜩한―빛덩어리들로 가득 찼다. 거기다 늑대 울음소리가 들려왔다. 전에는 시체더니 이번엔 늑대냐? 그놈의 미친놈들은 재주도 많아! 제길! 세상은 불공평하다니까!

"근접전 대비! 검을!"

"검을 꺼내라! 백병전이다!"

"끄어어어……."

크르르… 캬르르르…….

"느, 늑대다아아!! 아아악! 살려줘!"

완벽하게 당해 버렸어! 젠장할! 난 더 이상 참지 못하고 클레이모어를 두 손으로 쥔 채 앞으로 내달렸다. 걸리적거리는 병사들 몇을 밀치면서 대열 전면으로 뛰어나간 난 눈앞에서 번득이는 붉은 빛덩이를 향해 검을 내려쳤다.

퍼억!

캐애앵!

붉은 피가 투구의 구멍 사이로 튀어 올랐다. 눈앞에는 보통의 개보다 배는 커 보이는 늑대가 내 검에 머리가 박살난 채 쓰러져 있었다. 주변을 돌아보니 병사들도 늑대의 공격에 맞서 싸우고 있었다. 시야가 갑자기 어두워진 데다 당황한 터라 첫 공격에 많은 피해를 입은 것 같았지만, 각 중대장의 고함 소리에 진정된 병사들은 대열을 갖춘 채 늑대와 전투를 벌이고 있는 것이다. 욱! 갑자기 발목 부근이 시큰거렸다.

그르르.

아래를 내려다보니 바닥에 배를 댄 채 엎드려 있는 늑대가 내 발목을 물고는 나를 올려다보고 있다. 이 자식이!

퍼억!

캐앵! 끼잉… 끼잉…….

내 발에 채여 날아가 바닥에 떨어진 그 늑대는 몸을 꿈틀거리면서 낑낑댔다. 뼈가 부러졌을 거다! 고소하다, 이놈아! 흥! 난 다시 자세를 잡은 뒤 클레이모어를 두 손으로 꽉 쥐었다. 그러자 기다렸다는 듯이 내 앞에서 배회하던 늑대 중 한 마리가 내 목을 향해 새하얀 이를 드러내면서 뛰어올랐다.

"하압!"

퍼억! 검으로 후려쳤는데 베이는 소리가 아니라 둔탁한 뼈 부러지는 소리가 나는걸. 왠지 이상해. 하지만 그 늑대는 두개골이 깨진 채 내 발치에 떨어졌고 그대로 즉사했다. 터억! 욱. 뭔가가 내 등에 올라탔잖아?

까드득… 까득.

으윽. 뒷목 주변의 갑옷이 귀에 거슬리는 소리를 낸다. 난 볼 것 없이 등 뒤에 타고 있는 것의 주둥이―역시 늑대였다―를 한 손으로 움켜쥔 뒤 그대로 바닥에 내팽개쳤다. 그리고 배를 드러낸 채 뻗어버린 그 늑대를 발로 세게 밟았다.

퍼억!

젠장! 터져 버렸잖아! 으……. 기분 나빠. 다 죽여 버릴 거야!!

……얼마나 시간이 흐른 거지?

"허억… 허억……."

입에서 단내가 난다. 정신없이 검을 휘두르다 보니 여기가 어딘지도 모르겠다. 눈앞에 늑대가 보이면 그놈을 쫓아가서 무작정 클레이모어를 휘두르고 발로 차고, 내게 뛰어드는 늑대새끼의 아가리에 건틀렛을 낀 주먹을 먹여주면서 날뛰다 보니 지금 내가 어디 있는 건지도 모르겠다. 거기다 보이는 건 주변을 어슬렁거리면서 나를 쓰러뜨리려 하고 있는 늑대들뿐.

"젠장… 또 날뛰었나 보네. 정말 이건 좀 고쳐야 하는데… 웃차!"

나를 향해 뛰어오른 늑대를 몸을 숙여 피한 나는 머리 위로 지나가는 늑대의 뒷다리를 강하게 움켜쥐었다. 그리고 온 힘을 다해 앞쪽으로 내던졌다.

퍼억! 쿠당탕!

그쪽에 있던 몇 마리의 늑대가 내가 던진 늑대와 같이 굴렀고 '캐앵' 하는 소리와 함께 낑낑거리는 소리가 귀에 들려왔다. 아직이야, 아직! 아직 멀었어! 조금 처지긴 했지만 이 정도로 날 쓰러뜨릴 순 없어!

"우아아아!!"

퍼억! 드드득… 빠지직.

발 밑을 향해 힘껏 휘두른 검날에 무언가가 걸리는 감촉이 느껴졌다. 그리고 힘껏 휘두른 클레이모어의 끝에 걸린 늑대가 공중으로 붕 떠올라서 저 멀리 날아가는 게 얼핏 보였다. 휴우……. 하지만 아직도 끝없이 몰려오는 듯한 기분이야. 아니, 진짜 끝없이 몰려오는 건가? 젠장. 우리 편은 다 어디로 간 거야?

쿠웅!

어엇! 등 뒤에서 충격이…….

"으윽."

앞으로 쓰러질 뻔하다가 간신히 중심을 잡은 내가 뒤를 돌아보자 고개를 연신 흔들면서 비틀거리는 늑대 한 마리가 뒷걸음질치면서 물러서고 있는 게 보였다. 그것도 보통 늑대가 아니라 정말 망아지만큼 커다란 놈이었다. 다이어 울프라는 놈인가? 큭. 그냥 늑대들만으로도 피곤하건만……. 으윽. 다시 앞쪽에서 희끗한 무언가가 나를 향해 날아왔다. 반사적으로 몸을 오른쪽으로 기울이면서 간신히 피하고 나서 보니 바닥에 사뿐히 착지한 다이어 울프가 나를 노려보며 으르렁거린다. 이 자식들, 이빨이 안 통하니까 아예 몸을 내던져서 공격하는 거냐? 늑대 대가리치고는 정말 박수 쳐주고 싶을 정도로… 웃차!

"그 따위로는 이 아넬리안을 쓰러뜨릴 수 없다!"

터억. 다시 한 번 나를 향해 날아드는 늑대의 이마 부근을 두 손으로 막아냈다. 그리고 내게 막힌 반동을 타고 뒤로 날아가려는 늑대를 양

손으로 움켜쥐었다. 내게 잡힌 늑대가 네 발을 버둥거리면서 발악을 했지만 그 정도로는 내 손아귀에서 못 도망쳐!

드득… 드드득…….

"갑옷에 흠집나잖아, 이놈!"

캐앵.

쿵, 박치기를 좋아하는 그 늑대 자식을 그대로 땅바닥에 메다 꽂은 뒤 발로 힘껏 찼다. 퍼억, 멀찌감치 날아간 다이어 울프는 버둥대면서 일어서려다가 그대로 풀썩 쓰러진 채 그르렁거리면서 숨을 내쉰다. 저 정도면 됐지겠지. 하지만 나도 이대로 있다간 먼저 지쳐 쓰러질지도…….

"아넬리안, 엎드려!"

웅? 엎드라고? 그 말이 들리자마자 난 시키는 대로 바닥에 넙죽 엎드렸다. 그러자 머리 위로 휘이이잉… 하는 긴 바람 소리를 내면서 둥근 불덩어리가 지나갔고, 잠시 후 내게서 얼마 떨어지지 않은 곳에 떨어진 불덩어리가 콰아아앙! 하고 커다란 폭음을 내면서 폭발했다.

폭발이 내 앞쪽을 향해 타원형으로 비산했기에 진동 외의 충격은 받지 않았지만… 갑자기 번득인 강렬한 빛 때문에 눈이 멀 뻔했잖아! 이런 건 미리 좀 말해 달라고! 으… 눈에서 눈물이 다 난다.

"제길… 누굴 죽일 셈인가?"

그렇게 중얼거리고 몸을 일으키면서 등 뒤를 돌아보았다. 그런데 아까와 같은 불덩어리가 또? 우와아악!

콰과광! 후두두둑.

다시 넙죽 엎드린 채 양팔로 머리를 감싸고 있는 내 몸 위로 하늘로 튀어 오른 흙덩어리들이 마구 쏟아져 내렸다.

투욱… 치이이익…….

"이건… 덤이냐?"

털이 잔뜩 그슬린 채 혀를 빼물고 있는 늑대 시체가 눈앞에 툭, 하고 떨어졌다.

몸을 일으키니 갑옷 위에 소복이 쌓여 있던 흙이 후드득 소리를 내면서 떨어져 내린다. 누가 보면 구덩이를 파고 숨어 있었던 걸로 알겠네.

"아넬리안!!"

내 이름을 부르는 쪽을 돌아보니 로이드가 헤쉬케런 늙은이와 스무 명 정도 되는 병사를 이끌고 뛰어오고 있었다. 거기다 주변에 그렇게 몰려 있던 늑대들도 모두 어디론가 사라지고 없다. 후우… 어떻게든 살아남은 건가?

살짝 맛이 갔던 나는 전투 지역에서 근 60미터나 떨어진 곳에서 혼자 싸우고 있었다고 한다. 으음. 정말 텐의 말대로 이렇게 피에 미치면 정신이 나가 버리는 습관을 고치지 않으면 정말로 적의 손에 해체되고 말 거야. 다음부터 조심해야지.

"정말… 대단하다고 해야 할까요? 무모하다고 해야 할까요?"

"당신은 좀 더 조심해야 돼! 어떻게 적들 사이를 그렇게 헤집고 다닐 수 있는 거야? 응?"

"저도 반성 중이라고요."

투구의 바이져를 올린 뒤 근처 병사의 물주머니를 빼앗아서 한 통을 다 비운 나는 퉁명스럽게 말하면서 내 뒤에 서서 내 흉을 보고 있는 닐크와 로이드의 잔소리에서 벗어나기 위해 발걸음을 놀렸다. 하지만…….

"마마께서는 그쪽 전투 지역부터 저희 부대가 있던 곳까지 일직선으로 돌파하고 그것도 모자라서 공터까지 늑대들을 쫓아가 격멸한 겁니다. 정말 상식적으로는 말도 안 된다고요."

"난 가슴이 내려앉는 줄 알았다고. 갑자기 혼자 뛰쳐나가더니 늑대들 사이를 휘젓고 다니다니. 미쳐도 단단히 미친 거라니까."

"그만! 어쨌든 전 이렇게 멀쩡하고 무사하니 됐잖아요? 그리고 그 늑대들도 몰아냈으니 이제 상관없잖아요! 그리고 닐크도 입 닥쳐. 나 지금 기분 안 좋으니까!"

온몸을 땀으로 목욕했는데 이걸 벗지도 못한단 말이야. 무지무지 무지하게에~ 찜찜하고 끈적거리고 후끈거려서 최악이란 말이야!

"닐크, 상황은?"

"사망 80여 명 정도에 부상자는 그 세 배가 넘습니다."

"칫. 그렇다는 건 제대로 싸울 수 있는 놈이 이제 절반으로 줄었다는 거잖아?"

"거기다 지쳐 있습니다, 마마. 우선은 후퇴하심이……."

"안 돼! 지금 물러서면 다시 이런 기회가 올지 알 수 없어. 무슨 일이 있어도 저 요새는 점령해야 한다. 각 중대장들에게 이 사실을 잘 주지시키고 피해가 큰 중대는 다른 중대와 합쳐서 전력을 보강하도록. 잠시 쉰 뒤에 다시 공격을 개시하겠……."

그때였다. 갑자기 내 앞에 전령으로 보이는 병사가 헐레벌떡 뛰어오더니 한쪽 무릎을 꿇은 채 보고했다.

"적입니다!"

"뭐?"

"적이 요새에서 나오고 있습니다. 그 수는……."

"아… 그래. 여기서도 보여."

 멀지도 않은걸 뭘. 전령의 말대로 적들은 요새에서 나오고 있었다. 확신할 수는 없지만 최소한 200명은 넘겠군. 그것도 무장이 잘된 부대야. 귀족의 사병이 아닌 것은 확실하겠군. 아크레닌 중앙군이려나? 쳇. 모든 게 거짓 정보였던 거냐? 뭐야, 이게? 정말이지…….

"읏… 마마, 저기……."

"으응?"

 적들 사이에 번쩍거리는 갑옷을 입고 있는 골빈 놈들이 있다. 처음엔 적의 지휘관인 줄 알았는데 다시 보니 그런 골빈 녀석들이 한둘이 아니다. 아직도 꾸역꾸역 나오고 있는 적들 중 1/3은 플레이트 아머를 입은 놈들인 것이다. 망할이로군, 망할이야.

"저것들은 뭐야?"

"아마도… 아크레닌이 자랑하는 보병 기사단 전대가 아닐지……."

"보병 기사? 그 말을 타고 다니지만 전투 때는 내려서 전투를 치른다는?"

"예, 마마. 중장갑의 갑주를 입고 뛰어다니는 놈들이라고 들었습니다."

"괴물이네."

 괴물이다, 괴물이야. 플레이트 메일이 플레이트 아머보다는 가볍다고는 해도 최소한 20~30kg은 충분히 나가는 물건인데 그런 걸 입고 뛴다고? 미친놈들. 하지만 문제는 우리 쪽에도 기병이 없다는 것. 저놈들을 효과적으로 막을 만한 병사가 몇이나 될까? 젠장. 역시 기사단 한 개 전대라도 데리고 왔어야 하는 거였는데.

"어떻게 할까요, 마마?"

"어쩌긴 뭘 어째. 우리가 도망치면 저놈들이 네~ 안녕히 가십시오~ 하고 손수건이라도 흔들어줄 것 같냐? 거기다 퇴로는 우리가 올라온 루트뿐이잖아. 거기도 브리츠의 암살자 놈들이 진을 치고 있을지도 몰라. 하여간 물러서면 더 큰 피해를 입는다. 전투 준비해, 당장."

"옛! 전투 준비! 각 백인장들 속히 이리로 모여!"

"전투 준비! 전투 준비!"

아무래도 이번 전투… 쉽지는 않을 것 같다. 불행하게도 말이야. 하여간 질 수는 없지. 저기서 입을 삐쭉 내민 채 툴툴대고 있는 로이드를 무사히 크레센트로 데려가야 하니까. 무슨 일이 있어도.

요새에서 나온 적들은 넓은 공터에 자리잡고는 대형을 짜기 시작했다. 간간이 활을 들고 있는 궁수들도 있는 걸로 봐서 아마도 요새 안의 궁수들까지 모조리 끌고 나온 듯했다. 방벽 위에서 쏘는 게 더 효과적일 것 같은데 말이야. 무슨 생각인지는 모르겠지만 중요한 건 우리 쪽은 그 늑대새끼들이랑 싸우느라 많이 죽거나 다쳤다는 것이고, 적들은 화살 공격 외에는 아무런 피해가 없는 데다 막 요새에서 뛰쳐나와 체력적으로 좋을 것이라는 거다. 어쩐다… 나 역시도 조금 쉬기는 했지만 아직도 몸이 무겁고 둔한데……. 적의 대장이 어떤 놈인지는 모르겠지만 찢어발기고 싶어. 젠장.

"1열 백병전. 다른 병사는 사격 준비."

"백병전 준비! 중대 밀집 대형!"

"움직여! 어서! 뒈지고 싶지 않은 놈은 빨리 움직여!"

"이 개자식아! 떨지 말고 빨리 대형으로 돌아가! 어서!"

닐크가 지휘하고 있던 병력도 모두 내가 있는 공터로 몰려왔다. 그뿐 아니라 움직일 수 없는 중상자를 제외한 부상병들까지도 전부 대열 안으로 끌려 들어왔고 부대 후방을 방어하던 예비대도 몽땅 전열에 투입되었다.

"적이 온다!"

"사격! 사격 개시! 사격해!"

응? 잠깐. 아직… 투두둥, 수십 발에 이르는 화살들이 연속해서 날아갔다. 누구야? 난 아직 명령 안 내렸다고! 우리 쪽에서 사격을 가하자 한 발짝씩 걸어오던 적들이 갑자기 방패를 머리 위로 들어 올린 채 그 자리에 주저앉았다. 적들 중 일부가 화살에 맞고 쓰러지는 모습이 보였지만 대부분의 화살은 방패에 가로막혔고, 특히나 적 측 보병 기사들은 거의 사상자가 없는 것 같았다. 그런데도 불구하고 화살은 연신 적들을 향해 날아간다.

"사격 중지! 사격 중지! 어떤 빌어먹을 자식이 발사 명령을 내린 거야?!"

난 악을 써대면서 쏘지 말라고 소리쳤다. 하지만 그런 내 명령도 이전의 전투로 겁을 먹은 데다 적 보병 기사의 위용에 질린 말단 병사들은 나나 일선 중대장의 명령을 제대로 들어먹지 않았다. 젠장. 역시 훈련이 부족해. 거기다 전투 경험이 거의 없는 병사들이 태반이라 통제조차 제대로 안 되잖아. 미치겠다.

"아넬리안! 아무래도 이제 물러서는 게 좋을 것 같지 않아?"

"안 돼요! 거기! 사격하지 말라는 말 안 들려? 명령 불복종은 즉결 처형이다!"

로이드의 심정을 모르는 건 아니지만 지금은 때가 아니야! 제길. 내가 있는 중앙 쪽은 그런대로 진정된 것 같은데 아직도 좌우의 부대에서는 계속 화살이 적들을 향해 날아가고 있다. 적의 발을 묶고 있는 건

좋지만 효과가 너무 작아!

"닐크! 병사들의 화살 잔량이 얼마나 남았지?"

"없습니다! 방금 전 사격으로 거의 대부분 소진한 것 같습니다. 일제 사격 같은 건 불가능합니다."

"망할……."

그때였다. 갑자기 우리 등 뒤에서 비명 소리가 들려왔다.

"끄아아악!"

"느, 늑대다아!"

뭐어? 늑대? 아까 그놈들?

"마마, 후방에 늑대 떼가… 부상병들이 위험합니다!"

"닐크! 한 부대 이끌고 가서 정리해! 당장!"

"옛!"

아우우우우우우우…….

닐크가 대답한 것과 늑대의 커다란 외침이 시작된 건 거의 동시였다. 그리고 그와 함께 우리의 등 뒤, 그러니까 숲 속에서 수십 마리의 늑대가 뛰쳐나오기 시작했다.

크르르릉!

"우아아아아아아!"

"바, 반전! 검을 뽑… 커어억!"

콰득.

대열을 이루고 있는 병사들 뒤에 서서 독려하고 있던 중대장 한 명이 커다란 다이어 울프에게 목덜미를 물린 채 뒤로 넘어졌다. 목이 옆으로 꺾인 걸 보니 즉사로군. 도대체 장교 몇을 잃는 거야? 이런 전투에서.

아수라장……. 급히 몸을 돌린 병사들은 숲에서 뛰어나온 늑대들에게 목이나 다리를 물린 채 비명을 질러댔고 그런 인간들 사이를 늑대 떼가 파고들었다. 사방에서 고통과 공포로 가득 찬 비명 소리가 울려 퍼졌고 마치 양 떼 속에 뛰어든 늑대처럼 다이어 울프의 뒤를 따르는 늑대들은 인간의 약점을 철저히 공략해 나간다.

"젠장! 왜 나한테는 안 덤비는 거야? 나한테 덤벼! 이 개새끼들아 아!!"

빌어먹을. 내가 뛰어가면 늑대새끼들이 다 도망가잖아! 개대가리 주제에 왜 이렇게 머리가 잘 돌아가는 거냐? 망할!

"적이다! 몰려온다아아!!"

"와아아아아!!"

지축이 울릴 듯한 함성 소리에 고개를 돌려보니 요새 앞에 있던 적들이 몰려오고 있다. 100미터쯤? 15~16초면 도달할 거리. 돌아버리겠다. 어쩌지?

"헤쉬케린 경, 어떻게 좀 해봐요!!"

"알고 있다 계집! Wall of Iron!"

로이드의 옆에 찰싹 달라붙어 있던 헤쉬케린 노인네가 갑자기 지팡이를 높이 치켜들며 소리쳤다. 그러자 우리를 향해 달려오던 적들의 머리 위에 높이 3미터에 넓이가 20미터 정도 되는 두껍고 커다란 철판이 생겨나더니 지면을 향해 떨어져 내렸다.

콰아아아앙! 쿠웅…….

한 덩어리로 뭉쳐서 우리를 향해 달려오던 적들 중 앞 열의 일부가 강철판에 뭉개지자 움직임이 멈추었다.

"우리 쪽엔 마법사가 있다! 적들을 한 방에 날려 버릴 마법사가 있다!"

"신이여……."

소리에 민감한 늑대들은 물론이고 아군 적군 할 것 없이 모든 병사들의 시선이 하늘에서 생겨난 철판으로 시선이 쏠렸다. 아니, 철판이라기보다는 차라리 강철의 벽이라고 부르는 게 낫겠다.

"살고 싶으면 싸워! 악을 써라, 굼벵이들아!"

"죽여! 죽이라고! 죽여 버려!"

"집에 가고 싶냐? 그러면 죽여! 전부 죽여 버리면 집에 갈 수 있다아아!!"

"늑대부터 처리해, 늑대부터!"

"대열을 흩트리지 마! 뭉쳐라! 흩어지면 늑대 밥이 된다!"

흐름이 바뀌기 시작했다. 아직 한참 모자라지만 완전히 박살나서 패주하는 것보다는 훨씬 낫지.

"헤쉬케린 경, 다른 마법 없어요?"

"시끄럽다! 마법이 그렇게 쉬운 건 줄 알아? 기다려!"

그렇게 외친 노인네는 다시 주문을 외우는지 지팡이를 쥐고는 중얼거리기 시작했다. 그때 갑자기 숲 속에서 날아든 화살이 헤쉬케린 노인네를 향해 날아왔다.

"위험……."

퍼억, 날아온 화살은 헤쉬케린 노인네의 어깨를 꿰뚫었다. 다행히 급소에 맞지는 않았지만 그 때문인지 노마법사의 지팡이에서 작게 빛나던 희미한 빛줄기들이 허공으로 날아가더니 사라져 버렸다.

"이… 쥐새끼 같은 놈들이 감히!"

내가 뭐라고 미처 말할 새도 없이 분노한 표정의 노인네는 갑자기 몸을 돌리고는 들고 있던 지팡이를 숲으로 향하게 했다. 그러자 노마법사의 지팡이가 붉게 빛을 발하더니 퍼엉, 하는 소리와 함께 아까 늑대에게 포위된 날 구해줬던 그 불덩어리가 생성되어서는 그대로 숲을 향해 날아갔다.

콰콰광!

커다란 폭음과 함께 불길이 확, 하고 일었고 사방으로 튀는 불똥들과 불길이 나무에 옮겨 붙었다. 그것으로도 모자랐는지 노인네는 연속으로 불덩어리들을 숲 여기저기로 날려댔고, 그때마다 거대한 폭음이 일면서 우리 등 뒤에 빽빽하게 들어서 있던 숲이 불타오르기 시작했다.

"그만 해요! 우릴 다 죽일 셈이에요?"

"놔! 저 빌어먹을 쥐새끼들을 다… 쿨럭…….."

숲 속에는 중상을 입은 부상병들이 아직 남아 있을 텐데… 아니, 늑대들에게 모두 죽었을지도 모르지만 그래도… 안 돼! 마음을 독하게 먹자. 아넬리안, 지금은 그런 걸 따질 때가 아니야!

"카렌! 당장 숲으로 들어가! 암살자들을 몽땅 처리해! 당장!"

"응."

옆에서 대답이 들려왔다. 그리고 내 주변에 모여 있던 병사들 중 하나가 투구와 창을 내던지고는 불타는 숲 속으로 뛰어들어 갔다.

헤쉬케린 노인네가 시간을 벌어준 덕분에 뒤에서 뛰어들었던 늑대들은 모조리 몰아낼 수 있었다. 늑대들이 뒤에서 덮쳤을 때 적들이 전면에서 공격을 가해왔다면 버틸 수 없었겠지만, 천만다행으로 전면의 적 보병 기사들보다 먼저 늑대들을 모조리 처리할 수 있었고, 그 덕에 잠시 숨을 돌릴 틈이 생겼다. 아니, 오히려 적은 늑대들이 죽어 나가든 말든 뒤로 물러서는 것 같은 분위기였다. 헤쉬케린 노인네의 마법이 그렇게 충격적이었던 걸까?

"정신 차려! 몰아낼 수 있다!"

"이길 수 있어! 이길 수 있어!"

"싫어… 죽는 건 싫어… 흐윽……."

불행히도 내 주변의 녀석들도 저놈들과 별로 다를 건 없는 것 같다. 창이나 검을 쥔 손을 덜덜 떨면서 죽기 싫다고 울부짖는 놈, 혹은 다 죽여 버리겠다고 악을 쓰면서 고함치는 녀석, 이도 저도 아니고 그저 제자리만 지키고 서서 부들부들 떠는 놈. 늘상 이기는 싸움만 해와서일까? 갑작스런 위기가 닥쳐오자 병사들이 동요하기 시작했다. 나 역시도 어떻게 해야 할지 갈피를 못 잡고 있으니 저 병사들과 별 차이 없다. 그나마 지휘관이라는 위치가 다른 병사들처럼 겁을 집어먹고 떨지 못하게 만들고 있다고나 할까? 나도 싸우고 죽이는 게 겁나고 무서운 건 마찬가지라고. 죽음에 익숙한 인간이 어디 있을까?

"닐크."

"예, 마마."

"어떻게 할까?"

"지금 당장 병력을 물리고 후퇴해, 아넬리안!"

"시끄러워요, 폐하! 여기 지휘관은 바로 나이고 판단은 내가 내려요!"

"뭐어?"

"젠장! 아니… 폐하한테 욕한 거 아니에요. 저도 여기가 평원이었다면 바로 군대를 철수시켰을 거예요. 하지만 여긴 제대로 후퇴할 수 있는 루트도 없고, 철수한 병사들이 집결할 장소도 저 숲 밖에나 있다고요. 눈앞에 있는 저놈들이 우리가 돌아가는 걸 보고만 있지도 않을 거고요. 이런 상황에서 후퇴하는 건 바로 부대가 괴멸당하는 걸 뜻한다고요."

"그런 게 무슨 상관이야?! 우선 당신이 안전히 여기서 빠져나가는 게 더 중요하다고. 군대야 다시 조직하면……."

덥석, 나도 모르게 로이드의 멱살을 잡아버렸다. 으으… 난 몰라. 깜짝 놀란 로이드가 입을 벌린 채 내 얼굴과 자기 목줄을 잡은 피 묻은 건틀렛을 보면서 입을 뻐끔거린다. 하지만 난 그런 로이드의 놀란 가슴을 다독여 줄 만큼 여유있지 않다고!

"잘 들어요, 폐하. 이 군대는 바로 제 군대이고 이들은 제 부하예요. 폐하는 지금 제가 부하들을 버리고 도망치는 치욕적인 지휘관이 되라고 말씀하시는 건가요?"

"아니, 난……."

"걱정 마세요. 폐하는 제가 꼭 지켜 드릴 테니까. 그리고 이들과 함께 모두 같이 크레센트로 돌아가도록 하죠. 저도 이제 조금 지쳤거든요. 이번 전투만 이기고 나면 당분간은 폐하 곁에서 쉴게요. 그러니까……."

"아, 알았어, 아넬리안."

"그럼……."

난 투구의 바이져를 위로 올린 뒤 로이드를 향해 미소를 지어 보였다. 키스라도 해주고 싶지만 그러려면 투구를 벗어야 하는데 목 보호대에 걸린 고리며 이런 저런 것들을 풀어내는 데 시간이 걸리니까 그냥 미소로 때우고 말지 뭐. 내가 이렇게 로이드를 다독이면서 화기애애한 시간을 보내고 있을 때 갑자기 어디서 튀어나왔는지 디온이 툭 하고 튀어나왔다.

마치 피로 목욕을 한 것 같은 몰골인데다 어깨에는 짐승 것인지 사람 것인지 알 수 없는 흰색의 길쭉한 내장을 붙인 채 헐레벌떡 뛰어온 것이다. 한 손에는 이가 다 나간 붉은색의 롱 소드를 든 채로 말이다.

"허억허억… 무사하셔서 다행입니다, 레이디. 어디 다치시기라도 했는 줄 알고 굉장히 걱정했는데……."

"어깨에 덜렁이는 그 불쾌한 것이나 털어내고 말하시지?"

"어라? 이게 왜 여기 있지? 하하하. 도련님, 질투는 천박하다니까요?"

"끄응… 하여간 요즘 젊은것들은… 이 늙은이가 이렇게 다 죽어가는데도 지들끼리 까불고 입방아 찧는 것밖에 할 줄 아는 게 없다니… 쯧쯧. 세상 말세야."

이 인간들 사이에는 긴장감 따윈 없다. 저기서 겁에 질린 표정으로 우리와 대치하고 있는 적들을 바라보고 있는 병사들이 몇백, 아니, 몇천 배는 더 인간다워 보인다. 난 정상인이 되고 싶은데…….

"오오~ 다치셨군요, 노인장. 그런 건 빨리 말씀하셔야죠. 하하하. 워낙 정정하셔서 미천한 소인이 미처 알아보지 못했습니다. 잠시만……."

그렇게 말한 디온은 한 손으로 어깨를 감싸 쥔 채 주저앉아 있는 헤쉬케린 노인네에게 다가가서는 그의 어깨를 관통하고 있는 화살의 뒷촉을 부러뜨렸다.

"크으으윽……."

헤쉬케린 노인네가 고통스러운지 인상을 찌푸렸지만 디온은 아랑곳하지 않고 이번엔 살을 뚫고 삐죽 튀어나온 화살촉을 잡고는 쑥 당겼다. 그러자 붉은 피가 뻥 뚫린 구멍을 통해서 뿜어져 나왔다.

"끄으응… 거… 더럽게 아프구만."

"조금만 참으세요. Cure Critical Wounds."

파아앗—

디온의 오른손이 빛에 휩싸였다. 그는 그 빛나는 손을 헤쉬케린 노인네의 어깨에 가져다 대었고, 이내 빛덩어리는 빨려들듯 노인네의 상처 속으로 스며들었다. 그러자 피가 줄줄 흐르는 커다란 상처가 순식간에 아물기 시작하더니 이내 핏자국만 남은 채 완전히 사라졌다.

"너… 프리스트냐?"

"설마요. 아름다운 레이디, 미천한 소인은 그저 전투에 조예가 조금 있는 클레릭일 뿐이랍니다."

클레릭(Cleric)? 그 전투 신관을 말하는 것인가? 보통 신전 전투력의 중추를 맡고 있는 신성력을 이용한 마법을 사용하기도 하고 무기를 들고 육체적 공격을 하는? 팔라딘(Paladin)이나 나이츠 템플러(Knight's Templer)도 클레릭 중에서 나오는 경우가 많다고 하던데? 아니아니… 그보다 클레릭이라면 어느 신의? 설마… 브리즈? 아니다. 브리즈의 클레릭이었으면 아예 자신이 신관이라는 말을 안 꺼냈을 것이다. 비젠? 아니면 지스? 게덴? 설마 신의 이름을 그대로 가져다 쓰는 불경을 저지를 리는 없으니 디온 신의 신도는 아닐 텐데? …모르겠다.

"뭐, 좋아. 어느 쪽이든 지금은 도움이 되니 상관없겠지. 헤쉬케린 경, 몸이 회복되었을 테니까 한 번 더 부탁해요. 이번에 확실히 적의 기세를 꺾어야 부하들의 사기가 올라갈 것 같으니까."

"젠장. 노인네를 부려먹어도 분수가 있지. 이런 망할 것들 같으니라고. 에잉, 이럴 줄 알았으면 그냥 탑에서 놀고 있는 건데. 쓸데없는 일에 말려들어서 이 꼴이 뭐람."

뭔 말이 많아? 까라면 까면 되는 거지! 홍. 돈줄이 되어주는데 그 정도도 못해줄까? 참나, 뭐… 그래도 헤쉬케린 노인네는 내 말에 몸을 일으키고는 지팡이를 짚으면서, 병사들을 거칠게 밀어붙이며 요새 쪽으로 걸어갔다.

"비켜라, 비켜, 쓸모없는 것들아. 걸리적거리지 말고 비켜!"

"뭐, 뭐야, 이 늙은이는?"

"젠장. 재수가 없으려니까 웬 미친……."

가뜩이나 긴장해 있던 병사들을 마구 헤집고 앞으로 나선 노인네의 등 뒤로 수많은 욕설이 뒤따랐다. 당연한 거다. 안 그래도 신경이 날카로울 텐데 그런 놈들을 건드렸으니 고운 말이 나올 리가 있나. 하지만 헤쉬케린 노인네는 그런 건 상관없다는 듯이 휘적휘적 앞으로 걸어나가더니 지팡이를 바닥에 꽂았다. 그리고는 두 손을 모은 채 주문을 외우기 시작했다.

"닐크, 병사 몇을 뽑아서 저 노인네를 지켜. 지금 믿을 건 저 노인네뿐이니까. 알았지?"

"예! 마마! 거기 너, 그리고 너. 따라와!"

"폐하는 제 뒤에 계세요. 위험하니까."

"그러지. 자존심이 좀 상하긴 하지만."

"그러니까 도련님은 집에 가서 발 닦고……."

"시끄럿! 닥쳐! 한 번만 더 주둥이 놀리면 죽여 버린다!"

"으윽… 하하하! 아름답고 성품도 고우신 레이디. 부디 노여움을 푸시길 바… 히익!"

스릉. 검을 반쯤 뽑았더니 알아서 입을 닫는다. 난 지금 떠버리를 상대할 정신적 여유 따위 눈곱만큼도 없다고. 그때였다. 갑자기 적들의 앞을 떡하니 가로막고 있던 강철의 벽이 내 눈앞에서 작은 빛무리로 변하면서 사라졌다. 저 늙은이가 없앤 건가?

"호오. 상대 쪽에도 굉장히 실력있는 프리스트가 있군요. 단방에 마법을 해체해 버리다니 대단한걸요."

"뭐? 저 늙은이가 한 게 아니야?"

"아닙니다, 레이디. 분명히 저쪽 요새에서 실행된 겁니다. 잘은 모르겠지만 상당히 높은 수준의 프리스트인 것 같습니다."

"…끝까지 방해로군. 쳇."

난 등 뒤로 조명을 받으면서 혀를 찼다. 우리 등 뒤로는 저 늙은이가 질러 놓은 불길 덕분에 숲이 활활 타오르고 있었지만 그런 거 알게 뭐람. 여기가 싸그리 불에 타든 말든 내 알 바 아니라고. 음… 나중에 후퇴할 때 퇴로 정도는 있어야겠지만. 아무튼 지금은 타든 말든 상관없어. 아니, 오히려 잘됐지. 어차피 뒤로는 물러설 수 없으니 이젠 앞으로 나갈 수밖에 없다는 걸 모든 병사들이 알게 되었으니까.

헤쉬케린 노인네가 지팡이를 치켜들었다.

"오오오오."

"마, 마법이다!"

"대단한걸!"

놀라워라. 적들이 몰려 있는 진형 한가운데의 바닥에서 원형의 빛이 빛나기 시작했다. 그 빛이 허공으로 치솟아올랐는데 하늘로 올라간 건 빛뿐만이 아니었다. 적들 중 원 안에 있던 놈들은 모조리 공중으로 떠오른 것이다. 허공에서 허우적거리면서 떠오른 놈들은 수십 미터는 될 법한 허공까지 떠올랐고 이내 빛이 사라지자 갑자기 지상으로 추락하기 시작했다.

"으아아아아아아아아……."

"아아아아아악!!"

멀리 떨어진 여기까지 들릴 정도로 커다란 비명 소리가 여기저기서 들려왔고 이내 지면에 충돌하는 광경이 눈에 들어왔다. 수십 명에 달하는 인간의 육신이 바닥에 차곡차곡 쌓이기 시작한 것이다. 음… 그리 보기 좋은 몰골은 아니다. 그 덕분에 적들은 동요한 채 요새 쪽으로 물러섰고 난 이에 맞춰 부대를 앞으로 전진시켰다. 그러면서 난 앞으로 나아가는 병사들 사이에 지팡이를 짚고 서 있는 헤쉬케린 노인네에게 뛰어갔다.

"수고했어요, 헤쉬케린 경. 이젠 어떻게든 가능할 것 같군요."

"뭘 이 정도쯤이야."

"어어?"

그때였다. 손을 탁탁 털면서 거들먹거리는 노인네의 발 밑에 붉은 기운이 어른거리는 것에 놀란 표정을 지으며 그곳을 가리키자, 내 행동에 이상함을 느끼고 아래를 내려다본 헤쉬케린 노인네의 표정이 일그러졌다.

콰아아아아…….

갑자기 노인네의 발 아래서 커다란 불길이 치솟았다.

"크아아악!"

"Flame Strike! 적은 생각보다 고위 프리스트입니다, 레이디!"

"닥치고 저 늙은이나 구할 방법을 생각해 봐!"

"하, 하지만 아무리 저라도……."

머뭇거리는 디온을 닦달하고 있을 때 갑자기 불길 속에서 커다란 외침이 들려왔다.

"제기라아아알!!"

노인네가 불길 속에서 툭하고 튀어나왔다. 입고 있던 로브는 거의 다 타버렸고 길게 기른 수염이나 반쯤 벗겨진 흰머리를 잔뜩 그슬린 채 연기가 모락모락 피어오르는 몰골로 말이다.

"빌어먹을! 체면이 말이 아니군. 내가 너무 방심했어."

채앵, 노인네의 목에 걸려 있던 손바닥만한 목걸이가 반으로 금이 가면서 부서졌다. 그러자 헤쉬케린 노인네는 그 목걸이를 뜯어내 바닥으로 내던지면서 욕설을 내뱉었다.

"이게 얼마 짜리인데! 고생고생해서 만든 보호구가 박살났잖아! 저 빌어먹을 쥐새끼 녀석, 사지를 갈가리 찢어버리겠다!"

"…생각보다 멀쩡하네."

"예에… 이상하다. Flame Strike라면 웬만한 인간 한둘쯤은 가볍게 통구이로 만들 수 있는 위력인데……."

"죽여도 안 죽을 늙은이니까. 괜히 걱정해서 손해 봤네."

"이 계집아! 이 몸이 죽어야만 그 속이 풀리겠냐? 엉? 나 말리지 마! 나 오늘 돌아버릴 테다!"

"옷이나 입으시죠. 그런 타다만 천 쪼가리는 벗어버리고요. 보기 흉하다고요."

나도 모르게 웃음이 나왔다. 그런데 또다시 노인네의 발 밑이 붉어지는 게 아닌가?

"또?"

"두 번 당할쏘냐? Spell Turning!"

헤쉬케린 노인네는 불길 속에서도 멀쩡한 지팡이를 수평으로 잡고는 주문을 외웠다. 그러자 노인네의 발 밑에서 어른거리던 붉은 기운이 갑자기 사라졌다. 그리고 잠시 뒤에 저쪽 요새가 있는 부근에서 붉은 불길이 치솟는 게 보였다.

"헤에… 마법도 함부로 쓸 게 아니네."

"헹. 천벌이다, 천벌! 크하하하하! 이 대마법사를 그 누가 막을 수 있으랴!"

"저라고 보고만 있을 수 없습니다, 존귀하신 레이디! 부디 이 미천한 몸이 싸우는 모습을 잘 봐주십시오! Fire Seeds!"

파밧. 팟.

디온의 손 위로 작은 불길을 뿜어내는 도토리 같은 물체가 대여섯 개쯤 나타났다. 그것을 두 손에 쥔 디온은 '우오오오' 하고 고함을 지르면서 적이 있는 쪽을 향해 뛰어갔다.

"어쩔까요, 마마."

"뭘 어째? 싸워야지. 어쨌든 이건 기회야. 기회는 꽉 쥐어야지! 그렇지 않아도 적의 프리스트가 헤쉬케린 경 덕분에 큰 부상을 입었을 테니 우리를 방해하지 못할 거다. 더 볼 것 없어. 돌격시켜. 이번이 마지막이라 생각하고!"

"옛! 전군 돌격!"

"돌격!!"

"저 개자식들을 찢어버리자!!"

"와아아아아아!!"

수십 명의 적을 단번에 뭉개 버리는 노마법사의 마법을 두 눈으로 확인한 병사들은 살 수 있다는 생각에 똘똘 뭉쳤다. 거기다 그동안 당한 데 대해 악까지 받쳤으니 이런 기회를 놓칠 수는 없잖아? 원래 공포와 용기는 종이 한 장 차이인데다가 작은 스위치만 넣어주면 둘은 금세 바뀌어 버린다.

"나도 간다, 닐크. 헤쉬케린 경, 폐하를 부탁해요!"

"아넬리안! 당신은 사령관이잖아. 당신이 싸움에 참가할 필요는……."

"사령관이니까 가는 거예요! 대장이 나서지 않으면 병사들은 움직이지 않는다고요! 간다!"

"아넬리안!!"

로이드를 놔두고 가는 건 좀 꺼림칙하지만 크레센트의 불안 요소를 뿌리 뽑으려면, 역시 적을 모두 처부수는 게 좋아. 그리고 아직 난 싸움을 못하는 로이드를 지켜가면서 싸울 정도로 강하지도 못하고. 닐크와 헤쉬케린 그 늙은이가 있으니까 괜찮을 거야. 그렇게 생각한 난 온 힘을 다해 앞으로 달리기 시작했다.

철컹. 철컹.

움직일 때마다 갑옷의 각 관절에서 쇠 부딪치는 소리가 들려왔다. 등 뒤로는 100명 정도의 한 개 중대가 나를 따라 앞으로 달리는 중이었고, 내 앞으로는 수백 명에 달하는 부하들이 적들을 향해 뛰어가고 있었다. 이미 앞에선 적과 접전을 벌이기 시작했는지 시끄러운 쇠 부딪치는 소리와 함께 비명 소리 고함 소리가 울려 퍼지고 있었다.

"비켜어!!"

목이 터져라 소리를 질렀다. 덕분에 적들과 접전을 벌이느라 내 앞을 가로막고 있던 병사 중 일부가 나를 보고는 좌우로 좌악 갈라졌고, 난 속도를 줄이지 않은 채 클레이모어를 뽑아 들고는 앞으로 내달렸다. 그리고 접전 지역에 거의 다다랐을 때 무릎을 한 번 굽힌 후 온 힘을 다하여 바닥을 걷어찼다. 한데 주변의 다른 병사들은 물론이고 뛰어오른 나도 믿기지 않게도 난 우리 측 병사들 머리 위를 지나친 뒤 적진 정중앙으로 떨어지고 있었다.

믿기지 않아. 근 170kg에 달하는 무게인데 이렇게 가볍게……. 아래를 내려다보니 플레이트 메일을 입고 있는 적의 보병 기사가 나를 올려다보고 있는 게 보였다. 떨어진다아!

콰아아앙!

"아야야……."

큭. 그 보병 기사의 가슴을 발로 밟은 난 그대로 지면에 파묻히듯이 떨어졌다. 덕분에 내게 깔린 그자는 가슴이 우그러진 채 그대로 즉사해 버렸고 내 주위로 작은 공간이 생겨났다. 아차, 여긴 적들이 우글거리지? 정신을 놓고 있을 새가 없다고.

"저, 적이다!"

"그래! 적이다! 그게 뭐?"

나와 눈을 마주친 적병 중 하나가 그렇게 소리치자 난 그에 맞대응해 주면서 클레이모어를 아래서 위로 강하게 쳐 올렸다. 콰앙. 마치 들소에 받힌 연약한 인간처럼 내 클레이모어에 얻어맞은 그 병사는 그대로 허공으로 날아올랐다가 적들 사이로 떨어져 내렸다. 우웃, 충격 때문인지 다리가 저릿저릿해. 하긴 부러지지 않은 게 다행일지도 모르지만.

"우아아압!"

내 오른쪽에 몰려 있던 보병 기사가 롱 소드를 높이 치켜드는 걸 보고 반사적으로 검을 횡으로 길게 휘둘렀다.

퍼억! 투둑… 드드득.

그 기사의 상체가 그대로 검날에 뜯겨 나간 채 허공으로 튀어 올랐고, 그자의 바로 옆에 있던 다른 기사 두셋이 내 검에 실린 힘에 밀린 채 옆으로 튕겨 나갔다. 그때 갑자기 내 등 뒤에서 콰앙 하고 폭음이 들려오면서 불길이 확 퍼져 나갔다. 한두 번에 끝난 게 아니라 여기저기서 마구 폭발했는데, 그때마다 몇 명의 적이 허공으로 튀어 올랐고 불길이 사방으로 퍼져 나가면서 적들 사이를 휘저어놓았다.

"아아악!"

"뜨, 뜨거워!"

"엄마아아……!"

몸을 숙여 불길을 피한 난 불이 붙은 채 뛰어다니는 적들과 바닥에 축 늘어진 채 불타고 있는 적들 사이에서 서서히 몸을 일으켰다. 이들은 인간이 아니야. 이놈들은 적이야. 인간이 아니야. 적이야. 적은 죽인다. 죽인다.

"죽어어엇!"

"어어어… 커어억!"

내가 휘두른 검날에 적 보병 기사의 투구가 일그러지면서 휙 하고 돌아갔다. 투구 사이로 붉은 피가 튀어나왔고 그 기사는 그대로 날아가서는 바닥에 쓰러졌다. 좋아. 이거야. 적은 죽인다.

콰앙!

"크으윽……."

그때 등에 강렬한 충격이 느껴졌다. 앞으로 몇 발자국이나 비틀거리면서 걸어가 간신히 넘어지지 않은 난 고개를 돌려서 뒤를 돌아보았다. 적 보병 기사가 방패도 버린 채 둥글넓적한 메이스를 두 손으로 들고는 날 노려보고 있는 게 보였다. 그자에게 맞은 등이 욱신거린다.

"괴, 괴물 같으니라고."

"시끄러! 죽인다!"

"으어어어……."

감히 나를 때린 그놈을 향해 뛰어갔다. 뒤로 주춤거리면서 물러서는 그자를 향해 클레이모어를 휘두르자 놈의 손에 들린 메이스가 검날에 맞아 허공으로 날아올랐다. 연신 뒷걸음질치며 내게서 도망치려던 그 보병 기사는 바닥에 널브러진 시체에 걸려 뒤로 쓰러지며 주저앉았다.

"사, 살려……."

"죽엇!"

"크아아악!"

콰아악, 건틀렛이 끼어 있는 손을 들며 더듬거리는 말투로 말하던 그자의 어깨가 아래로 내려친 내 클레이모어에 그대로 뭉개지면서 지면에 내리꽂혔다.

"커허허헉… 주, 죽고 싶지 않아……."

"죽어! 죽어!"

퍼억! 퍽! 콰드득.

우그러지고 뜯겨져 나간 그자의 투구 사이로 피가 튀어 올랐다. 몇 번을 그렇게 내려친 난 거친 숨을 내뱉으면서 고개를 들었다. 몇 명의 적이 내게 창이나 검을 겨눈 채 날 바라보고 있었지만, 그들의 눈에는 선명한 공포의 자국이 맺혀 있었다. 이렇게만 하면 돼. 적은 죽이는 거야. 그래, 다 죽일 수 있어. 모두 죽인다아!

"으아아아아아아!!"

온몸의 피가 끓어오른다. 마치 타오르는 불길처럼 뜨거워. 그래, 적을 모두 쳐 죽이기 전엔 식지 않을 거야. 허공을 향해 목이 터져라 외치고 나니 가슴이 뻥 뚫리는 기분이야. 거기다… 달아올랐던 머리도

Knight's Winter 173

차분히 가라앉는 느낌이었다.

"괴, 괴물······."

"악마다! 으아아아!"

들고 있던 무기를 바닥에 떨구는 적들이 나타났다. 전의를 상실한 채 내게서 등을 돌리고 도망치는 놈들도 있었다. 하지만 아직 모자라. 승리를 확실히 하기 위해서는··· 소중한 로이드를 지키기 위해서는 아직 모자라. 좀 더, 더 많은 피가 필요해. 그래, 좀 더······.

"죽인다아아!!"

"히이익!"

"아, 안······."

퍼억!

클레이모어의 검날에 얻어맞은 적병의 머리가 터져 나갔다. 나를 둘러싸고 있던 적의 숫자는 대번에 급감했고 적 보병뿐 아니라 플레이트 아머를 입고 있던 보병 기사들까지도 내게 등을 보인 채 도망치기 시작했고, 난 그런 적들의 뒤를 쫓아 뛰기 시작했다.

번쩍이는 적의 갑옷 한복판에 클레이모어를 꽂아 넣었다. 콰득, 뼈가 부러지는 소리가 손등을 타고 흐르는 감촉과 함께 내게 전해졌고 적 기사는 피를 뿌리면서 바닥에 널브러졌다. 마치 안개가 낀 듯 붉은 시야 사이로 도망치는 적들의 모습이 보인다. 쫓아간다.

"히이익··· 온다아아!"

"싫어! 저리 가!"

"아, 악마!!"

내 앞에서 달리던 적병 중 하나의 정강이가 옆으로 꺾이면서 그대로 앞으로 풀썩 쓰러졌다.

"으으으… 오지 마! 오지 마!"

다리가 부러진 그놈은 눈물을 줄줄 흘리면서 두 팔로 시체가 가득 쌓인 공터를 박박 기어가면서 내게서 도망치려 하고 있다. 난 발을 들어서 그자의 등을 강하게 밟았다. 갈비뼈가 부러진 건지 우드득 하는 소리와 함께 그자의 고개가 허공으로 치켜 올려졌다. 하지만 그도 잠시 이내 입가로 피를 뿜어내면서 그대로 축 늘어져 버린다. 인간은… 너무나도 약한 존재야. 이렇게 쉽게 죽어버리니까.

"후우우."

이미 적들은 내 시야에서 안 보였다. 그제야 주변을 돌아보니 공터 주변의 모든 곳에서 서로 얽힌 채 싸우고 있는 모습이 눈에 들어왔다. 어느 쪽이 이기고 있고 지고 있는지는 모르겠다. 이젠 뛰는 것조차 힘들지만 난 다시 뛰기 시작했다. 가끔 바닥에 널브러져 있는 시체에 발이 걸려 넘어질 뻔하기도 했지만 아직은 괜찮아. 적을 모두 죽일 때까지 난 절대 쓰러질 수 없으니까.

가죽 갑옷을 입고 있으면 아군이고 아니면 적이다. 특히 멀리서도 잘 보이는 플레이트 아머를 몸에 걸치고 있는 놈들은 모두 적이지. 눈앞에 우리 측 병사들과 싸우고 있는 한 무리의 적병들이 나타났다.

"물러서지 마라! 아크레닌의 자랑스러운 긍지를 보여줘라!"

"크아아악!"

적의 대장인가? 머리가 멍하고 눈앞이 흐릿하다. 저 앞에서 적 기사가 우리 편 병사의 가슴에 롱 소드를 꽂아 넣고는 발로 그 병사의 배를 걷어차는 게 보였다. 적이다! 죽인다!

"크아아아앗!!"

"으윽!"

클레이모어를 높이 치켜들었다. 그리고 놀란 표정이 역력한 그 기사를 향해 강하게 내리찍었다. 쿠웅! 피, 피했어?

"큭. 과연 악마 같은 힘!"

"죽인다."

"왜 우리 나라를 침공한 거냐, 악마!"

"……."

"네놈들에겐 기사도도 없는 거냐? 법도도 없는……."

푸욱. 갑자기 그 기사의 목덜미에서 피 묻은 붉은 검날이 불쑥 튀어나왔다. 붉은 피가 뚝뚝 떨어지는 검날은 다시 스르르 목 속으로 밀려들어 가더니 그 기사는 내 발 앞에 풀썩 쓰러졌다. 그리고 그 뒤로 닐크의 모습이 드러났다.

"괜찮으십니까, 마마?"

"……."

"마마?"

"으응, 괜찮아. 조금 지쳤을 뿐이야."

"다행이군요. 적들은 거의 처리했습니다. 이제 곧……."

"아아."

닐크의 말대로다. 닐크가 해치운 기사가 제법 지위가 있었는지 그의 주변에서 버티며 싸우고 있던 적들이 하나둘 무기를 버리고 손을 들기 시작했다. 개중에는 미쳐 버린 부하들에 의해 죽임을 당하는 자들도 있었지만 그래도 공터에 남아 있는—혹은 아직까지 멀쩡히 살아 있는—적들은 하나둘씩 무기를 버리고 항복하기 시작했다.

"요새로 소수의 적들이 도주하기는 했지만 몇 안 되니 쉽게 점령할 수 있을 것입니다. 마마, 이제 조금 쉬시는 게 어떠신지요?"

"그래… 그래야겠어. 조금 쉬어야겠어. 너무 피곤해."

"하하. 그렇게 날뛰셨으니 당연하겠죠. 아마 여기 누워 있는 적들 중 절반은 마마의 검에 목숨을 잃었을 겁니다. 아~ 과장을 조금 보태면 말이에요. 요만큼 정도?"

닐크 녀석이 엄지와 검지를 살짝 띄운 채 웃으면서 말했다. 피식. 얼굴에 피칠을 한 채 저딴 농담을 하다니 나도 정상은 아니지만 저 녀석은 완전히 돌아버린 것같이 느껴진다. 후후후.

"아넬리안! 아넬리안!"

"폐하."

저 멀리서 로이드가 나를 향해 뛰어온다. 헤쉬케린 노인네의 만류도 뿌리치고 말이다. 그리고 보니 닐크 자식, 로이드의 곁에 찰싹 붙어 있으라고 했는데 왜 여기 와 있는 거야? 응? 망할 녀석, 넌 다음에 죽고 싶어질 정도로 괴롭혀 줄 테다.

"후훗."

지금껏 현실감이 없었는데 내게 뛰어오다가 시체 무더기 위에 넘어지는 로이드를 보고 있으니 아직 살아 있다는 게 실감이 난다. 그것도 왼쪽에는 불타고 있는 숲이요, 오른쪽으로는 마치 무덤처럼 고요한 요새를 두고 있으니 더욱 그런 생각이 들었다. 아… 아직 요새를 점령할 일이 남았지. 난 고개를 돌려 공터 한가운데 우뚝 솟아 있는 요새를 바라보았다. 점점 커지는 불길 덕분인지 요새는 일렁이는 붉은빛을 받아 더욱 음산한 위용을 자랑하고 있었다.

"으응?"

요새 첨탑 부근에서 무언가가 반짝인 것 같았는데… 잘못 본 건가? 눈을 몇 번 깜빡이고 다시 봐도 변함이 없다. 여전히 검붉은…….

그때 쉬이익, 하는 소리가 들렸다. 그리고 눈앞으로 시꺼먼 무언가가… 카아앙! 휘청. 머리가 뒤로 꺾일 정도로 큰 충격이 느껴졌고 난 그에 저항하지 못한 채 그대로 뒤로 넘어졌다.

으… 속이 울렁거려. 머리는 어지럽고 토할 것 같아. 간신히 정신을 차리고 눈을 뜨니 오른쪽 눈가가 어둡다. 왼쪽 눈은 괜찮은데… 설마… 하지만 아프지 않은걸?

"아, 아넬리안! 당신!!"

철퍽. 철퍽, 귓가로 물 튀는 소리와 함께 눈앞에 로이드의 얼굴이 나타났다. 투구를 사이에 두고 말이다.

"아넬리안! 괜찮아? 대답해 봐! 이봐!"

우… 그렇게 흔들지 말라고. 어지러워. 난 지금 손가락 하나 까딱하기 싫단 말이야.

"폐하, 진정하십시오. 그렇게 흔들면 안 됩니다. 자칫 상처가……."

"상처! 누구… 의사를, 아니, 신관을! 그래! 그 디온이라는 작자! 그 자를 불러와, 당장! 어서!!"

"폐하!"

"쿡쿡… 쿡…."

왠지 모르겠지만 자꾸 웃음이 터져 나왔다.

"에에?"

"마마, 정신이 드십니까? 괜찮으십니까? 예?"

"아아… 요즘 폐하의 색다른 모습을 많이 보게 되네요."

"무, 무슨……."

"닐크, 투구 바이져 좀 올려줘. 잘 안 보여."

"예, 마마."

끼익. 끼이익.

접철이 삭은 건지 부서진 건지 귀에 거슬리는 소리를 내면서 투구의 앞면을 가리고 있던 바이져가 위로 올라갔다. 그와 함께 투구의 십자 구멍 사이를 뚫고 들어왔던 화살촉이 드러났다. 그것도 눈꺼풀 바로 앞에까지 뚫고 들어온 화살촉이 말이다.

"다행입니다, 마마. 촉이 넓은 인마 살상용 화살이어서 살았습니다. 장갑 관통용의 강철 촉이었으면 크게 위험할 뻔했습니다."

아아, 그런가? 뭐… 별 감흥은 없지만. 졸리다, 그것도 엄청나게. 쉬고 싶어……. 손가락 하나 까딱하기 싫어.

"닐크, 뒤는 네가 맡아서 처리해. 난… 이제 틀렸어."

"예에? 어디 다른 데 부상이라도 입으신 겁니까?"

"아넬리안! 정신 차려! 죽으면 안 돼! 이봐! 같이 돌아가기로 했잖아?!"

"…이제 안 돼. 미안해요, 폐하."

"아넬리안 당신, 그런 약한 소리 하지 마! 우리 아이를 생각하라고! 로렌을! 눈 감지 마!"

"로렌… 우리 아이. 미안해요, 폐하. 하지만… 더 이상은… 더 이상은……."

"아넬리안!!"

갑자기 로이드가 내 머리를 감싸 안았다. 그리고는 감겨진 내 두 눈을 뜨게 하기 위해 피 묻은 손으로 내 볼을 만져 댔다. 이에 난 그에게만 들리도록 작은 소리로 중얼거렸다.

"더 이상은… 졸려서 못 참겠어요. 조금만 잘게요. 미안해요."

"뭐어?"

아쉽게도 로이드의 표정을 못 보겠군. 아아… 정신이 점점 멀어진다. 소리가 점점 줄어들고 있어……. 죽을 때는 이런 기분을 느끼려나? 후훗.

"다른 부상은 안 보입니… 폐하?"

"크으으… 아넬리아아아안!!"

숙녀의 귀에 대고 소리치는 건 예의가 아니랍니다, 폐하. 쿠우울…….

Chapter 19

Total War

전쟁에는 세 가지가 있지. 정보전, 국지전, 그리고 전면전. 정보전은 말 그대로 스파이와 암살자, 도둑 등을 이용해서 적국을 교란시키고 기만하여, 우리의 이득을 취하는 전쟁이지. 정보전에서 밀리면 늘 상대에게 끌려 다니게 돼. 그리고 국지전. 이건 내 힘이 이만큼 강하다, 시비 걸면 재미없다고 협박하는 거나 다름없어. 실제로 싸운다기보다는 무력 시위의 성격이 강하지. 마지막으로 전면전. 이건 딱 잘라서 이렇게 말할 수 있지. '우린 죽을 각오로 시비 거는 거니까 니네도 죽을 각오해 둬라. 같이 죽자'. 한마디로 전면전을 벌이는 놈은 세상에 다시없을 미친놈이거나 자의식 과잉의 표본, 혹은 혼자서 죽는 게 억울해 세상 인간들을 몽땅 끌어들이는 녀석이야. 그런 놈은 면상에 대고 욕해도 돼. 욕먹어도 싼 놈이니까.

―제2대 황실 서기관이자 궁중 역사학자인
후렌 경이 집필한 '황실 비사' 중.
―크레센트 제국의 황후이신
아넬리안 황후마마와의 대담 중.
―주: 황후마마는 일선에서 물러나실 때까지
30여 년간 서른네 번의 국지전과 일곱 번의 전면전을 벌였다.
으음… 황후마마는 '놈'이라고 말씀하셨다.
그렇군! 그런 것이었어. 다행이다, 황후마마의 면전에 대고 욕하지 않아서.
죽을 뻔했다. 앞으로도 조심하고 주의 깊게 들어야겠다.
아아… 난 왜 이렇게 머리가 좋은 것인가.
신이 주신 이 재능이 너무나도 두렵다.

―대륙력 999년 가을. 크레센트 수도 크롬발.

 국가 비상령이 선포되었다. 군 경력이 있는 시민과 농민들을 징집하고 글을 쓰고 읽을 줄 아는 모든 귀족과 평민들을 왕성으로 끌어 모았다. 나와 로이드가 아크레닌에서 돌아오자마자 텐에게서 받은 보고는 우리의 입을 다물지 못하게 만들었다. 언젠가 한 번은 터질 것이라 예상하고 있었지만 이렇게 빠를 줄은 몰랐었는데…….

 로세니아가 우리 크레센트로 침공해 들어온 것이다. 거기다 내가 가서 한바탕 휘저어놨던 아크레닌 왕국도 무슨 배짱인지 크레센트로 쳐들어왔다. 그것도 거의 동시에.

 닐크는 브래드릭 장군의 보좌로 임명되어 1만 명의 중앙군 병사를 이끌고 아넬 공국 방향으로 진군해 나갔다. 아직까지는 그쪽 방면의 지역 수비군이 잘 막아주고 있다고는 하지만 로세니아 놈들도 이번엔 장난이 아닌지, 지속적으로 추가 병력과 보급 물자를 아넬 공국을 지나 우리 나라로 들여오고 있다는 급박한 소식이 연일 들어오고 있었다.

남부에서는 아크레닌의 군대에 맞서 셔우드 자작의 사병과 남부 지역 수비군 병사들이 매일같이 접전을 벌이고 있다 한다. 그래도 국지전 성격이 강해서 아직은 요새와 성벽에 의지한 채 버티고 있지만, 그것도 얼마나 버틸지 알 수 없다.

무엇보다 남쪽과 북쪽에서 들려오는 전쟁 소식에 타국에서 찾아오던 상인들의 발길이 뚝 끊겼다. 이제 추수철이니 식량 걱정은 없겠지만 그동안 타국에서 수입하던 철과 다른 물자들의 수입이 완전히 끊긴 것이다. 로세니아 놈들 무슨 배짱인지 몰라. 늘 크레센트에서 나는 밀을 상당량 수입하던 놈들이. 혹시… 그동안 많이 쌓아둔 걸까? 하긴 밀은 잘만 보관하면 3~4년은 보존할 수 있으니까.

두 나라 모두 사신 따윈 오지 않았다. 아크레닌에서 올라오던 사신은 셔우드 자작에게 아크레닌의 새 국왕의 친필 서한을 넘겨준 채 돌아가 버렸단다. 그 서한이라는 것도 그저 선전포고일 뿐이지만. 그래도 남부 삼국 중 다른 두 국가인 아리츠반과 모레니안이 조용히 있어서 다행이야. 모레니안이야 크레센트와 국경을 마주하고 있는 것은 아니지만 녹해만 지나면 바로 우리 크레센트로 상륙할 수 있지. 거기다 해군력이 강한 아리츠반의 해전대가 타국의 침공으로 정신없는 크레센트의 해안선을 공략하면 정말 돌아버릴 만한 상황이 벌어질 거다.

샤락… 부드러운 천이 서로 스치면서 작은 소리를 냈다. 난 로렌을 푹신한 침대 위에 내려놓은 뒤 아이의 작은 볼에 키스를 했다. 내 옷깃을 꼬옥 붙잡고 놓을 줄을 모르던 로렌도 몰려오는 수면욕 앞에서는 어쩔 수 없나 보다. 후훗, 천사 같아. 내 아이라서 그런 말을 하는 게 아니라 진짜로 로렌은 천사 같아.

"우웅……."

로렌이 작게 옹알거리면서 몸을 뒤척였다. 난 로렌의 몸에 얇은 이불을 덮어주면서 아이의 머리를 살며시 쓰다듬어 주었다. 로렌은 모르겠지만, 이 아이가 있어서 난 지금 웃을 수 있게 되었다. 그리고 울 수 있게 되었다. 로렌이 없었다면 난 정말…….

"후우."

이 아이는 나의 빛이자 희망이야. 로렌이 없는 세상은 상상하기조차 싫어. 난 자고 있는 로렌을 다독여 주면서 방 안을 돌아보았다. 방 한구석에는 예니를 안고 있던 에린이 소파에 누워 자고 있었다.

멍하니 방 안에 앉아 있던 난 조용히 일어서서 창가로 걸어갔다. 밖을 내다보니 똑같은 복장에 똑같은 모습을 한 병사들이 구령에 맞춰 뛰어다니거나 무언가를 나르고 있는 모습이 보였다. 그동안 많이 좋아졌다고는 해도 아직 이 도시 내에서 가장 쉽게 볼 수 있는 건 역시 저런 병사들일 것이다. 아마도 당분간은 계속 저런 모습이겠지.

끼이익.

그때 등 뒤에서 문이 열리는 소리가 들려왔다. 문가에 기름칠이라도 해야겠어. 소리가 귀에 거슬리는걸.

"뭐 하고 있지?"

"그냥… 창밖을 보고 있어요."

"그건 그렇고… 정말 갈 건가?"

"네."

"꼭 당신이 아니라도 상관없잖아? 안 그래?"

"하지만 제가 가장 유능하죠. 아시지 않나요, 폐하."

"그건 인정하겠어. 당신은 강한 기사이고 병사들의 신뢰도 높아. 하지만……."

그 신뢰가 공포에서 시작된 것이라는 게 조금 문제이긴 하지만 어쨌든 난 이번 일로 또 명성이 올라 버렸다. 하긴 웨어 울프조차 힘으로 찍어 누르고 박살 내버렸는걸.

"하지만 당신은 여자의 몸이잖아. 거기다 로렌도 당신이 없으면 많이 울 거야."

"괜찮아요. 당신의 아이인걸요. 로렌은 강한 왕이 될 거예요."

"후우, 차라리 내가……."

"이 불안한 상황에서 왕이 수도를 떠나면 어떻게 될까요? 폐하는 이곳을 장악하시고 통치하셔야죠."

"그렇지만……."

"싸우는 건 저 같은 기사에게 맡기세요, 폐하. 그리고 폐하께서는 우리가 마음 놓고 싸울 수 있도록 도와주세요."

"후우… 정말 생각 같아서는 당신을 성탑 옥상에 가둬놓고 싶어."

"그랬다간 벽을 부수고 탈주해 버릴걸요? 후훗."

"그렇겠지. 당신 성격에 참고 있을 리가 없으니까."

"저도 싸움을 좋아하는 건 아니라고요, 뭐. 단지 폐하와 우리 로렌이 마음 편히 발을 뻗고 잘 수 있도록 해주고 싶은 것뿐이에요."

"그래, 할 수 없지. 아넬리안, 당신은 내가 말한다고 순순히 들어줄 여인도 아니니까. 그 대신 몸조심하라고. 또 저번처럼 사람 놀라게 만들면 난 진짜 성탑 안에 당신을 가둬 버릴 거야."

"후훗, 명심하죠."

난 그렇게 말하면서 로이드의 어깨에 살며시 기대었다. 어라라? 로이드가 은근슬쩍 내 어깨에 손을 올려놓네? 호오~ 로이드도 이제 분위기를 잡을 만큼 성장한 건가?

"언제 출발할 거지?"

"바로 떠날 거예요. 화격단 병력도 예정 지역에 모일 테니 얼마간 시간이 있긴 하지만 그래도 넉넉한 건 아니에요."

"음……."

"그동안 로렌과 많이 놀아줘야겠어요. 후훗. 눈만 뜨면 이 못난 어미를 꽉 잡고 놓아주려 하지 않으니 원."

"외로웠던 거야."

"아무래도 조만간 동생이라도 하나 만들어줘야겠죠?"

"……."

왜 얼굴을 붉힐까? 다 큰 남자가 말이야. 우훗. 나보다도 한 뼘이나 더 큰 주제에 아직도 속은 애라니까. 아아~ 누가 말했더라~ 남자는 아무리 나이를 먹어도 언제나 어린애라고 하더니 그 말이 딱 맞다. 뭐, 그 점도 나쁘지는 않지만 말이야.

한밤중, 창문 하나 없는 어두운 골방. 원형 테이블, 그리고 테이블 주변에 둘러앉아 인상을 쓰고 있는 인간들. 딱 지하 조직의 수괴들이 모여 음모를 꾸미고 있는 분위기였다.

"다들 준비됐지?"

"예, 마마. 시작하십시오."

"좋아."

난 쥐고 있던 주먹에 살짝 힘을 주면서 이마를 살며시 찌푸렸다. 실수해서는 안 돼, 절대로.

"이제… 간다!"

"우오오!"

왼손으로 테이블 위에 올려져 있는 빈 나무 컵을 들어 올렸다. 그리고 오른손에 쥔 작고 네모난 돌 조각을 그 안에 집어넣고 힘차게 흔들었다. 다각다각.

"하압!"

쾅!

나무 잔이 부서질 듯 요란한 소리를 내면서 테이블 위에 거꾸로 뒤집힌 채 놓여졌다.

"로우! 로우! 로우!"

"낮은 수다! 신의 계시가 있었어! 분명히 낮은 수야!"

"제발… 제발……."

원탁에 둘러앉아 있는 인간들이 손을 부들부들 떨면서 중얼거린다. 난 그런 인간 군상을 보면서 한쪽 입꼬리를 씨익 올리며 나무 잔을 들어 올렸다.

"우갸!"

"말도 안 돼! 사기야!!"

나무 잔이 위로 올라가면서 나온 것은 육각형 모양의 주사위. 그리고 나온 숫자는 11. 외팔이 덴과 자신의 트레이드마크라면서 귓가에 붉은 장미를 꽂고 있는 디온, 그리고 마치 수전증 걸린 듯 손을 부들부들 떨고 있는 랭스턴 자작 외 기타 등등의 인간들이 마치 사형 선고라도 받은 듯 각자의 머리를 쥐어뜯으면서 비명을 질러댔다. 후후후.

"안됐지만 열하나. 하이야, 자자. 다들 어서 내놔."

"끄으으……."

"신이여!"

"조작이다! 승복 못합니다!"

"훗. 남자답게 깨끗하게 승복하지 그래, 응? 구차하게 그러지 말고."

난 각자의 자리 앞에 놓여져 있는 반짝이는 금화들을 손으로 쓸어 모으면서 그렇게 말했다. 오호호호. 또 한 번 긁어먹었구나. 턱. 응?

"뭐냐, 덴?"

"마마… 정말 이런 말씀은 드리고 싶지 않았습니다만……."

"남자면 남자답게 깨끗하게 물러나지? 응?"

"하지만… 그 돈만은 안 됩니다. 제발… 선처를……."

"웃겨. 도박판에 그런 게 어디 있어? 손 치워. 맞을래?"

"제발… 우리 예니 드레스 사주려고 꼬불쳐 놓은 비상금이란 말입니다."

"훗. 그런 돈을 도박하는 데 써? 덴, 네놈은 그런 말 꺼낼 자격도 없어."

"마마아아아……."

"시끄럿! 어서 손 치워."

"마마, 저도 좀… 아르케네스 경에게 빌린 돈마저 잃으면 영지까지 돌아갈 경비도 없습니다."

"랭스턴 자작까지? 졌으면 졌다고 인정하란 말이야. 자자, 다들 어서 손 떼! 승부란 원래 냉혹한 법이야!"

"나, 나도 좀 봐주면 안 될까?"

"폐하까지 왜 이러세요? 네? 신하들에게 모범을 보이시라고요!"

"으응……."

참나 남자들이 말이야, 쪼잔하게 백 골드, 이백 골드에 저렇게 구차하게 굴지? 난 끝까지 구차하게 구는 인간들에게 으르렁거리면서 악착같이 판돈을 빼앗아왔다.

"다 털렸다."

"이 왕관 팔면 얼마나 나올까?"

"흑흑. 예니야… 네가 입을 드레스를 왕비마마께서 빼앗아 가셨단다."

뭐라는 거야, 이 인간들이? 그렇게 안 봤는데 로이드는 도박에 빠지면 왕관은 물론이고 왕국까지 팔아먹을 인간 같다. 이쪽으로는 손도 못 대게 만들어야지. 그건 그렇고… 우후후. 이게 다 얼마다냐? 2천 골드는 족히 되겠네. 우훗.

"자자, 이제 놀이는 그만 하고 일하죠, 일."

"으음… 그럴까?"

"먹을 것 좀 가져오겠습니다."

"차도 부탁해요, 아르케네스."

테이블에서 멀찍이 떨어진 곳에서 혼자 책을 읽고 있던 아르케네스가 작게 고개를 끄덕이면서 방을 나갔다. 전쟁이 나 한 명의 인재라도 필요한 어지러운 판국이었기에 난 아르케네스를 아예 왕성으로 불러들였다.

음… 이 참에 아주 둘 다 왕성 안에 눌러 살게 만들어 버릴까? 그럼 따로 멀리 갈 필요 없이 필요할 때마다 부를 수 있을 텐데. 조금 고려해 봐야겠다. 그동안 난 금화를 가죽 주머니에 집어넣은 뒤 품에 잘 갈무리하고는 주사위와 카드를 치웠다.

"크으으… 그냥 카드로 할걸."

"그럴 것을… 이렇게 처참하게 잃을 줄이야……."

"한 방에 잃은 것 다 딸 수 있다고 부추긴 게 누구였지, 워렌 자작?"
"폐하, 이런 데서 작위는 떼도 되지 않겠습니까?"
에이에이… 로이드도 참. 돈 잃더니 쪼잔해졌다니까. 하긴 가진 돈 다 잃고 속 좋은 사람은 없는 법이니까. 훗, 그러게 누가 마지막에 모두 한패가 돼서 한쪽으로 몽땅 걸래? 후후후. 낮은 수가 나왔다면 정말 내가 번 거 다 돌려줘야겠지만, 내가 이기면 모조리 쓸어버리게 되잖아. 그리고 실제로도 쓸었고. 오호호홋. 난 도박에도 재능이 있나 봐.

혼자 실실거리면서 노는 동안 랭스턴 자작이 원탁 위에 커다란 지도를 올려놓았다. 그리고 덴과 디온은 그동안 둘이서 작은 목소리로 뭐라고 소곤거렸고 그때 마침 아르케네스가 과일 바구니와 바싹 튀긴 닭요리를 들고 들어와 지도 위에 올려놓았다.

"드십시오."
"주방장이 벽 붙잡고 신세한탄하겠는걸? 벌써 새벽도 다 간 것 같던데 말이야."
"뭘 그러십니까? 시키면 새벽이든 야밤이든 한낮이든 만들어야죠."
"불쌍해."

정말 불쌍해. 하지만 주방장보다는 이 나라의 사내들이 더 불쌍하지. 크레센트 국이 기본적으로 귀족에게 징집의 의무를 부여하고 이를 일반 평민들에게도 부여하는 게 너무나 다행스럽다. 싸움의 '싸' 자도 모르는 사내에게 무기를 쥐어주고 나가서 싸워라, 라고 말해 봐야 잘 싸울 리도 없고 겁만 먹을 거다. 하지만 한때 군인이었던 귀족들이 앞장서고 역시 군 경력이 있는 시민들이라면 쉽게 적응하여, 교육시키면 빠른 시간 내에 한 명의 병사로 써먹을 수 있을 거다. 물론 전력은 좀 떨어지겠지만 그 정도면 충분하다 못해 넘쳐 과분하지.

노는 거라면 자다가도 일어나서 끼어드는 녀석들—특히 덴 녀석과 디온—이긴 했지만 막상 일로 들어가면 사람이 바뀐다고 해야 할까? 하여간 방금 전까지 도박으로 잃은 돈 때문에 침울하다 못해 자살이라도 할 것 같던 녀석들의 눈빛이 변했다. 할 때는 한다… 라고나 할까?

"그래서 덴, 결론이 뭐지?"

"확증으로 잡을 수 있는 건 아무것도 없지만 역시 로세니아가 뒤에서 손을 쓴 것이라 생각됩니다. 브리츠의 프리스트들과도 손을 잡았을 테고요."

"그래? 하지만 역시 이해할 수 없어. 아무리 그래도 그렇지 갑자기 쳐들어오다니 말이야."

"나도 아넬리안과 같은 생각이다."

"면목없습니다, 폐하. 하지만 상대는 브리츠의 프리스트들. 그들이 나섰다면 아주 불가능한 것도 아닙니다."

"왜? 브리츠 신이라면 어둠과 음모를 관장하잖아. 아무리 음모를 꾸미기 좋아하는 놈들이라 해도 그 음모의 대상이 자신이 되는 건 싫을 텐데?"

"브리츠의 프리스트들은 대놓고 부와 권력을 얻을 수 있을 것이라고 말합니다. 특히 그들은 보통 사람의 약점이나 콤플렉스를 붙잡고 협박하기를 선호합니다, 마마. 오른손에는 권력을 왼손에는 부를. 이 달콤한 꿀로 목표를 현혹하고 끈끈한 거미줄로 옭아매어 약점을 가지고 협박하는 게 그들의 상투적인 수법입니다."

"다른 신의 사제를 욕하는 건 왠지 자기 얼굴에 침 뱉는 것 같지만… 레이디, 브리츠 놈들은 미친 데다 한술 더 떠서 돌아버린 놈들입니다. 같은 프리스트들끼리도 서로 음해하는 걸 주저하지 않고, 자신의 이익을 위해서라면 절친한 동료라도 아무런 망설임 없이 팔아버리는 녀석들이죠. 웬만하면 그놈들이랑은 얽히지 않는 게 좋습니다."

"가능하다면야 나도 쉽고 편하게 살고 싶지만… 그 자식들이 가만히 놔두지를 않으니 별수없잖아."

브리츠 놈들은 같은 직종 종사자에게도 혹평을 받는군. 하긴 그놈들 하는 짓거리를 보면 충분히 그럴 만도 하지만. 난 주위를 환기시킬 겸 고개를 몇 번 까닥인 뒤 다시금 회의를 진행시켰다.

"자자, 이제 지나간 일은 지나간 일이고, 앞으로의 일이나 생각하자고. 괜찮겠죠, 폐하?"

"음… 다시 말해 봐야 입만 아플 테니까. 그보다 수도 외부의 상황은 어떻지, 워렌 자작?"

"특별한 변동 사항은 없습니다. 케센 국과 다른 세 나라에 보낸 사신들도 대부분 무사히 크레센트 영토를 빠져나갔다고 합니다."

"잘됐군. 잘하면 동맹군이라도 끌고 올 수 있을 테고 그게 안 되더라도 최소한 중립을 지키고 있으라는 서신을 보냈으니 생존과 출세를 위해서라면 알아서들 잘할 거야. 아르케네스 경, 징집병 모집은 어떻게 되어가고 있지?"

"우선적으로 군 경험이 있는 서른 살 이하의 젊은 병사들을 모으고 있습니다. 앞으로 일주일 정도만 지나면 일곱 개 천인대 7천 명 정도 징집이 가능할 것 같습니다. 그 외의 시민병이나 농민병은 별 도움이 안 될 것이라 생각됩니다. 그쪽도 우선 지원자 중심으로 병사를 뽑고 있습니다. 하지만 장기간의 흉년으로 비축한 식량이 거의 바닥이라는 보고가 들어와 있습니다. 추수철까지 앞으로 얼마 남지 않았지만 이 정도의 인력이 빠져나간다면 제대로 가을 추수를 끝마칠 수 있을지도

의문입니다, 폐하."

"여유가 없으니까. 폐하, 아크레닌이든 로세니아든 둘 중 한 곳을 격파해야 합니다. 한쪽을 무너뜨리고 나면 다른 쪽이 위축되는 법입니다."

"으음. 그렇군."

로이드가 고개를 끄덕였다.

난 펼쳐진 지도 위에 붉은색의 작은 깃발이 달려 있는 조그만 막대기를 아크레닌과 로세니아에 가져다 놓았다.

"현재 두 곳에서 동시에 침공을 받고 있는 중이죠. 사태는 시급합니다. 우선 브래드릭 장군이 이끄는 중앙군 병단이 로세니아를 저지하기 위해서 원군으로 파병되었지만 솔직히 적을 얼마나 격퇴할 수 있을지… 아니, 패배나 하지 않을지 정말로 걱정됩니다. 현재로서는 저희 쪽이 열세이니까요."

"아크레닌 측 상황은?"

"적은 농민병 1만 2천 명과 정규 병력 5천 명으로 셔우드 자작령 내의 요새들과 성을 공격하는 중입니다. 그리고 로세니아는 선발로 국경을 넘은 1만 명의 적 병력과 우리가 이곳 일에 몰두하고 있는 동안 로세니아 본국에서 추가로 2만 명의 병사가 징집되어서 국경을 향해 진군 중이랍니다. 물론 추가 병력은 용병 1천여 명과 정규군 소속 병력 수백을 제외하고는 대부분 시민군이나 농민병이라고 합니다."

"그래도 그 정도 수라면 위험해. 동부의 제펠 요새 도시를 제외하고는 그 정도 수의 적을 막아낼 만한 요새는 없어. 크레센트 동부 지역 모두가 로세니아의 손아귀에 넘어가는 거나 다름없는 상황이야. 대응은?"

"그쪽 지역 사령관도 초반에 로세니아와 국지전을 벌이다가 적의 추가 병력 소식을 듣고 요새로 회군했다고 합니다. 주변 영주들을 끌어모아 농성전을 벌일 생각인 것 같습니다만……."

"평원 지대인 아넬 공국을 먹어치웠으니 보급선에는 문제가 없겠군. 쳇. 시간을 끌면 로세니아에서 지속적인 추가 병력과 다량의 공성 병기가 넘어올 거야. 그렇게 되면 적들이 크론발까지 몰려오는 건 시간문제겠지."

"역시 로세니아가 아넬 공국을 침공했을 때 무력 행사를 해서라도 저지했어야 했나."

당연히 그랬어야지! 하여간 로이드는 전쟁이나 싸움 같은 거와는 너무 거리가 멀다니까!

"원래대로라면 케센 국이 로세니아의 공국 침공에 개입하고 우리 크레센트가 중간에서 중재를 해야 했어요. 하지만 이젠 아넬 공국 자체가 로세니아의 전초 기지 같은 성격을 띠고 있어요, 폐하. 너무 늦은 거죠."

"으음… 목 끝에 드리워진 검날인 건가……."

"하긴 국제 정세에 신경을 쓰지 않은 건 잘못이긴 했어요. 최소한 동부 지역에 병력을 더 늘려야 했죠."

"만약 로세니아가 아넬 공국을 침공한 게 저희를 공격하기 위한 준비였다면 이건 하루 이틀 만에 계획된 게 아닐 겁니다, 마마."

"그렇겠지. 공국이라 해도 어쨌든 한 나라야. 단순히 국경선을 넓히기 위해서 싸움을 걸거나 한 건 아니겠지. 문제는 적이 어디까지 그 손길을 뻗치는가였는데… 놈들이 이번엔 단단히 준비했나 봐. 선전포고도 없이 전면전을 벌이는 걸 보니."

"케센이 조용한 걸 보면 두 나라 간에 밀약이 맺어졌을지도 모릅니다."

"……."

"……."

아아, 그런 가정 따윈 듣고 싶지 않아. 단순히 지키는 것뿐이라면 아크레닌 국과 로세니아 양국의 침공을 막아낼 수 있겠지만, 거기에 케센 놈들까지 합세하게 되면 지키는 것도 버거워질 거다. 그것도 나라 안에 있는 모든 남자들, 그러니까 싸울 수 있는 모든 남자들을 전쟁으로 내몰아야만 가능할걸? 그렇게 한판 벌이고 나면 크레센트가 현 수준까지 회복되는 데 최소한 20년은 걸릴 거야. 으음… 잘못하면 크레센트 최후의 국왕과 왕비로 역사서에 기록되겠는걸.

"덴."

"예, 마마."

"만약 여기 남아 있는 중앙군 병사들까지 동부 지역으로 이동시키면 얼마나 버틸 수 있을까?"

"음… 그거야 상황에 따라 다르겠지만 주변 영주의 협조를 받고 민병들을 전투에 투입시킨다면 석 달… 아니, 두 달 정도는 막아낼 수 있을 겁니다. 물론 수성전을 전제로 해서요."

"그래… 그 정도면 충분하겠지. 좋아. 아크레닌의 침공군은 내가 막겠어. 그동안 덴은 브래드릭 장군에게 최대한 협조해서 로세니아 군대가 수도로 진입하는 걸 막아봐."

"알겠습니다, 마마."

"그리고 폐하."

"알았어. 내 이름으로 된 명령서가 필요하겠지?"

"네."

"그런 종이 쪼가리 정도야 얼마든지 써주지. 대신… 죽지 마."

"후훗. 전 안 죽어요. 우리 귀여운 로렌을 두고 어떻게 죽을 수 있겠어요? 거기다 동생도 만들어줘야 하는걸요. 우훗."

"휘익~ 마마, 그거 너무 노골적이지 않습니까?"

"레, 레이디이……."

시끄럽다, 다들! 부인이 남편 좀 유혹한다는 데 뭔 말이 많아? 확 다 엎어버릴까 보다. 난 야유를 부리는 녀석들을 가볍게 무시한 뒤 랭스턴 자작을 바라보았다.

"하명할 말씀이라도?"

"그대는 폐하를 보좌해서 일해주기 바라요. 말 안 해도 잘 알고 있겠지만."

"물론입니다. 위대하신 국왕 폐하의 옆에서 일할 수 있다는 것만으로도 가문의 영광입니다, 마마."

훗. 술은 끊었나 보네? 하긴 그간 랭스턴 자작도 꽤 바쁘다고 했으니 술 마시고 있을 틈도 없었겠지. 지금껏 그가 해온 일은 누가 맡아도 상관없는 서류 관계 일들뿐이었는데. 사실 랭스턴 자작도 그렇게 무능한 건 아닌데 너무 유능한 인간들 사이에 끼어 있다 보니 격이 떨어져 보이는 건 어쩔 수 없더라고. 거기다 첫인상마저 최악이었으니 좋게 봐줄 수가 있어야지.

"그럼 난 여기 왕성을 지키고 있도록 하지. 병력의 충원과 물자 보급은 내가 알아서 할 테니까 마음껏 싸우도록 해."

"예. 알겠어요, 폐하."

"내가 할 수 있는 건 이 정도뿐이니까……."

"아니에요, 폐하. 폐하께서 저희 뒤에 굳건히 버티고 계셔야 저희가 마음 놓고 싸울 수 있죠. 자고로 정신적 지주가 없고 배고픈 군대는 늘 지기만 하는 법이잖아요."

"음. 나도 당신과 함께 가고 싶지만 도시 꼴이 말이 아니니……."

"석 달 뒤면 겨울이에요, 폐하. 그때까지만 버티면 저희 승리죠. 그 뒤에 왕국 안에 들어온 녀석들을 깨끗이 청소하고 이 빚을 갚아주면 되는 거예요. 그때쯤이면 대륙 통일도 꿈은 아닐걸요?"

"대륙 통일이라……."

"황제가 되시는 거죠. 기쁘세요?"

"으음… 글쎄, 나 지금도 서류에 치어 죽을 것 같은데… 황제씩이나 되면 정말 과로사할 것 같은걸?"

"후후, 폐하다운 말씀이시네요."

"자, 그럼 음모는 여기까지 하기로 하고 이만 가서들 쉬자고. 밤은 수면을 위해서 있는 거니까."

"네, 폐하. 다들 수고했어요."

난 그렇게 말한 뒤 로이드와 함께 밀실을 나왔다. 로이드는 황제라는 말을 작게 되뇌면서 생각에 잠긴 듯 내가 이끄는 대로 끌려왔다. 그리고 등 뒤에서 덴이 우리의 눈치를 보며 잽싸게 어디론가 사라지는 게 보였다. 에린에게 간 거겠지? 부러웠나? 훗. 아직 멀었다, 덴. 네 녀석의 행동 패턴은 너무 단순해. 아니, 너무 단순해졌어.

우리가 막 국왕 침실로 들어섰을 때 잠옷 차림의 로렌이 내 쪽으로 쪼르르 달려왔다. 그리고 그 뒤를 에레니아 시녀장이 좇아왔다.

"마마아……."

"응? 우리 로렌 안 잤어? 착한 어린이는 일찍 자야지. 응?"

"마마께서 안 계셔서 무서우셨나 봅니다."
"그랬어, 로렌? 괜찮아. 엄마가 있으니까 이제 안 무섭지?"
"응! 응!"
"그래. 오늘은 엄마랑 같이 잘까?"
"응! 응! 같이 잘 거예요. 같이 잘 거예요."
"자아~ 이리 오련, 우리 로렌."
웃차. 이 녀석, 날이 갈수록 무거워진다니까. 후후. 이젠 내 힘을 늘려주는 속바지를 벗으면 로렌을 안아 들기도 힘들어. 으음… 좀 더 운동을 해서 근력을 늘려야 할까? 아~ 로렌, 동생을 만들어주는 건 조금 연기해야겠다. 로렌아, 외로워도 조금만 참으렴.

왕성 중앙, 높다란 첨탑 위에 커다란 깃발이 펄럭이고 있었다. 세찬 바람에 휘날리는 커다란 깃발. 푸르른 하늘을 올려다보고 있는 황금 사자가 수놓아진 그 깃발은 크레센트의 상징이자 이 나라의 국왕인 로이드 1세 국왕 폐하가 건재하다는 것을 의미하고 있다. 왕은 건재했고 왕의 군대도 건재했다. 전쟁 발발 소식으로 어수선하던 수도의 시민들도 평범한 일상으로 돌아갔다. 단지 몇 가지만 빼고.

왕실의 이름으로 공식적인 금주령이 선포되었다. 포도주를 제외한 모든 주류의 제조가 금지되었고 2년 이상 숙성된 주류 이외의 술은 판매가 금지되었다. 시장에 유통되던 주류의 대부분은 국가에 귀속되었고 대상인들이 보관 중이던 식량은 국채로 모두 사들였다.

일설에 의하면 억지로 빼앗은 거라고도 하지만… 크레센트 왕국이 무너지면 같이 목을 멜 상인들이 여럿 되겠군. 더군다나 타국과의 교역이 전면 금지되었기 때문에 앞으로 6개월 이내에 여러 상단이 문 닫을 것으로 추정된다.

또한 국가 비상시에 발효되는 징집제가 선포되었다. 만 16세 이상의 성인 남성은 모두 각 지역의 행정 관청에 귀속되어 부역을 하거나 병영으로 가 훈련을 받도록 했다.

의무 기간을 끝마친 남성들이 우선적으로 징집되었는데, 그들은 2주 내외의 적응 훈련을 끝내자마자 곧바로 각 지역의 전선으로 투입될 것이다. 이는 지방도 별 차이가 없어서 각 지역의 영주들은 자기 영지 내의 최소 할당량으로 배정된 병사들과 보급품을 충당하기 위해서 영주민들을 쥐어짜고 남자들을 강제로 군에 집어넣었다. 크레센트는 빠른 속도로 전시 체제로 돌아선 뒤 국경을 침범할 침략자들을 격퇴할 준비를 하기 시작한 것이다.

왕성을 나온 지 일주일. 왕국 북부 지방에서 남하한 화격단 병력들과 수도 근교 지역에 밀집해 있던 병사들을 끌어 모은 난, 가도를 따라서 남부 지방의 요충지인 셔우드 자작령으로 이동해 갔다. 크레센트의 오래된 농담 중에 '크레센트는 병사보다 보급품이 먼저 전장에 도착한다' 라는 말이 있다. 하지만 이건 농담 수준이 아니다.

"꾸물대지 마! 마차를 옆으로 빼!"

"정지! 이름과 목적지."

"니린 영지의 보급품입니다. 여기 통행증이오."

"음… 운용 인원과 물자량은?"

"인부 서른네 명과 마차 열두 대입니다."

"지원병들은 안 왔나?"

"아마… 하루 정도 뒤에 도착할 겁니다."

"좋아. 통과!"

이렇다. 크레센트의 강점 중 하나인 넓은 가도는 물자의 이동을 손쉽게 해주었는데, 이 이동이라는 게 너무 빠른 게 문제다. 병사들이 걷는 속도를 추월해 버리는 것이다. 그래서 병사는 도착도 안 했는데 식량과 무기들이 먼저 도착하기도 한다. 그리고 지금처럼 가도 바로 옆에 요새나 요새 도시가 있어 길을 가로막고 검문이라도 할라 치면 밀리고 밀리는 짐 더미의 행렬 때문에 본대의 행군에 지장이 갈 정도이다.

"크렌, 밀러."

"예, 마마."

"싸그리 밀어버려. 아니아니, 그냥 치워 버려. 여기서 낭비할 시간 없다."

"예, 알겠습니다."

난 말 위에서 작게 하품을 하며 그렇게 말했다. 그러자 밀러 대대장―얼마 전 열 개 중대를 지휘하는 대대장으로 진급했다―이 선두에 서 있는 중대원들 일부를 이끌고 북적이는 가도 앞으로 달려갔다. 가도를 중심으로 양쪽에 커다란 돌 성벽을 쌓아 올린―그리고 가도 위에 석재 브리지를 세우고 성문을 달아놓은―쌍둥이 요새 에리켄. 동 에리켄 요새 오른쪽으로는 길게 펼쳐진 숲이 길을 가로막고 있었고 서 에리켄 왼쪽으로는 요새에 귀속되어 있는 도시 에리켄이 낮은 성벽 안에 자리잡고 있었다. 어느 쪽으로든 요새의 성문을 지나지 않고 우회하자면 최소한 2km 이상은 돌아가야 한다. 특히 숲 쪽은 10km 이상은 우회해야 한다.

그래도 밀러 대대장이 잘해주어서 기다리는 시간이 길지는 않았다. 밀러 대대장은 길 위에 세워진 채 대기하고 있는 마차들을 모조리 길

옆 밀밭으로 억지로 밀어 넣은 뒤 병사들이 행군할 만한 공간을 만들어냈다. 물론 아직 추수도 시작하지 않은 밀밭이 말과 마차에 밟혀서 엉망이 되었지만 우리는 내일 먹을 양식보다 지금 전쟁터에서 피를 흘릴 병사가 한 명이라도 더 필요한 상황이었다.

"출발."

"선두 앞으로!"

다시 병사들의 긴 행렬이 길을 따라 이동하기 시작했다. 이곳만 지나면 셔우드 자작령까지는 금방이지. 긴 행군에 지쳐 있는 병사들이 열을 이루면서 짐마차 사이를 헤치며 앞으로 나아갔고 검문소 앞에서 경계를 서던 요새 주둔 병사들이 우리를 신기한 눈초리로 힐끔거렸다.

하긴 그도 그럴 것이 이 화격단은 정확하게 일주일 전까지만 해도 내 개인 사병인데다 주업이 산적질을 하던 녀석들이었는데 엿새 전부터는 왕의 재가를 받은 '공식적인' 크레센트 왕국의 군대가 되었으니까. 거기다 지휘관과 장교를—역시 사람은 출세하고 볼 일이다—제외한 모든 병사들이 보병이다. 그것도 등에는 둥근 활통을 메고 있는 특이한 병사들인 것이다.

화격단 병사들은 하루 평균 45km. 전체 거리 300km의 거리를 단 일주일 만에 주파했다. 정말로 속도에 미쳤다고밖에는 할 수 없는 엄청난 속도인 것이다. 하루 열두 시간씩 강행군을 해대고 그러고도 모자라면 한밤중에도 가도를 따라 행군하기를 일주일. 화격단 병사들의 몰골은 척 보기에도 열흘은 굶은 거렁뱅이 수준이었다.

하긴 그나마 화격단이 그 정도 속도로 달릴 수 있었던 것도 대부분의 병사들이 20~30대의 젊은 사내들인데다 달랑 활과 20발들이 활통 하나, 그리고 가죽 갑옷과 투구만 쓰고 있었기 때문이기도 했다. 숏 소드나 메이스 방패 같은 무거운 물건은 모조리 한데 모아서 포장해 버렸고, 따로 수송 부대를 두어서—전투 병력은 모자라지만 비정규 병력은 남아돈다. 웃기게도…—운송하도록 시켰다. 병사들은 최소한의 비상 식량과 모포, 옷가지 정도만 몸에 지니는 등 최대한 몸을 가볍게 하고 돌로 된 가도 위를 걸어온 것이다. 또한 산악과 숲 속을 헤매고 다녔던 전적도 많은 도움이 되었다. 다른 건 몰라도 속도 하나만큼은 대륙 어디에 내놔도 꿀릴 게 없을 거다.

"왕비마마."

"응? 뭐지?"

"여기서 1㎞ 남동쪽 지점에서 세 개 중대가 합류하기로 예정되어 있습니다. 어떻게 할까요?"

"전령을 보내서 대열 후위에 합류하라고 해. 이동은 계속한다."

"예, 알겠습니다. 그리고… 병사들이 긴 행군으로 많이 지쳐 있습니다. 합류하는 동안 잠깐 쉬는 게 어떻겠습니까?"

"음… 일주일간이나 꼬박 행군했으니 그럴 만도 하겠지. 하지만 그래도 계속 가야 돼. 앞으로 반나절이면 셔우드 자작령에 들어서니 거기서 쉬기로 한다."

"예. 전령! 전령!"

크렌의 외침에 대열 밖에서 말을 몰던 전령이 병사들 사이를 헤치고 그에게 달려왔다.

"합류는 예정 지점에서 한다. 휴식없이 바로 이동하니 가도 근처에서 대기하라고 전해."

"예! 알겠습니다."

그의 명령을 접수한 전령이 크게 복창한 뒤 다시 대열 밖으로 빠져

나갔다. 그리고는 채찍을 들어 말을 재촉하면서 빠른 속도로 달려갔다.

중간에 세 개 중대 병력이 합류한 것을 제외하고는 셔우드 자작령 내에 도착할 때까지는 별일없었다. 셔우드 자작령에 도착한 난 곧바로 추수가 끝난 넓은 공터에 야영지를 건설하고, 특별한 명령이 있을 때까지 휴식을 취하라고 말했다. 그리고 자작의 성으로 전령을 보내서 그간 부족했던 식량을 보급받아 왔다.

늘상 딱딱한 빵과 멀건 스튜, 그리고 맛없는 육포를 씹던 병사들에게 신선한 야채와 피가 뚝뚝 떨어지는 고기가 배급되었다. 난 크렌과―크렌은 부사령관이자 내 부관이다―같이 식사를 하면서 남부 지역의 지도를 훑어봤다.

"흠… 지역 대부분이 평야 지대라 특별히 막아설 장소가 마땅치 않네."

"예. 자작령 내 숲들도 모두 규모가 작고 나무의 숫자도 적어서 방벽 역할은 좀 힘듭니다. 장애물이 있다 해도 한 시간 정도만 우회하면 충분히 지나갈 만큼 사방이 개방되어 있어 방어하는 입장에서는 상당히 불리합니다. 그나마 성벽에 의지해서 지킬 수도 있겠지만 그것도 적이 멀찍이 피해서 북상하면 수도가 위험해집니다."

"흠. 그걸 저지하기 위해서 우리가 여기 있는 거잖아. 그리고 놈들이 셔우드 자작령을 피해 주력을 북상시키면 우리야 더 좋지. 근처 영주들의 병사들로 적을 상대해 시간을 벌게 하고 우리가 뒤를 치면 되니까."

"여러 영지가 파괴될 것입니다."

"그래도 우리 병력의 피해는 줄어들잖아? 난 저쪽 지휘관들이 그렇게 움직여 줬으면 좋겠는걸."

 이건 내 솔직한 심정이다. 저들이 서우드 자작령을 지나쳐 북상한다면 주변 영주들을 규합해서 앞을 막게 하고, 우리와 자작령 내의 병사들을 이끌고 뒤를 쫓는 편이 훨씬 효율적이지. 음음. 후방에 아직 전력이 남아 있는 우리 부대와 서우드 자작의 병력이 있으니 식량이나 무기의 보급이 불가능할 테고 병력의 보충도 쉽지 않을 테니까. 그들이 주변 영지들을 상대로 힘을 소모하는 동안 전력을 한곳에 집중 투입시켜서 박살 낼 수 있겠지. 그러면 편할 텐데. 그렇게 적의 주력만 끝장내면 곧바로 로세니아를 상대하러 북상할 수도 있을 테니까.

 "적들도 바보가 아닌 이상 무모하게 진격해 나가지는 않을 겁니다. 아마도 보급선을 지키면서 착실하게 주변을 제압하며 올라오겠죠. 주전장은 서우드 자작령 영내가 될 것이 확실합니다."

 "그렇겠지. 나라도 그렇게 할 테니까. 그런데 아크레닌 놈들이 어디까지 진출했다고 했지?"

 "양국 국경 부근에 있는 윈폴드 남작령과 오슨 요새, 그리고 게롤드 자작령 일부를 점령했다고 합니다. 서우드 자작령 바로 남쪽에 위치한 곳들입니다."

 "흠… 생각보다 진군이 늦네? 난 지금쯤이면 이 영지 안에서 싸우고 있거나 최소한 자작령 남부까지 진출했을 거라 생각했는데."

 "상대 지휘관이 신중한 성격인가 보죠. 지도를 보면 아시겠지만 저들은 착실하게 보급선을 지키면서 천천히 주변 영지를 점령 중입니다. 그 덕에 그쪽에 주둔 중이던 대부분의 병력이 별다른 피해 없이 서우드 자작령으로 후퇴했다고 합니다. 실제 교전도 두 번밖에 없었고 둘 다 그리 크지 않은 전투였습니다."

"흠. 그렇다면 놈들이 진출한 위치를 먼저 선점하고 공격하는 게 낫겠군. 그건 그렇고, 낙오병은 얼마나 되지?"

"전체 8천 2백 명의 병사 중 2천 4백 명이 낙오했습니다. 우선은 후방의 보급 부대에 낙오병을 수용하라고 명령은 해놨지만 최소한 1천 명 내외의 병력 손실은 감수하셔야 할 것입니다. 지독한 강행군이었지 않습니까?"

"음. 그건 그렇지만 조금 아쉽네."

거의 3할의 병사들이 낙오했다는 소리잖아? 생각보다 많다. 물론 나중에 일부는 합류한다고는 해도 역시 상당수의 병사들을 잃었다. 하긴 이런 무모한 행군에 낙오병이 없다면 그게 더 신기한 일이겠지만. 뭐, 어쨌든 도착은 했으니 된 거지. 모자라는 병력이야 어떻게든 되겠지 뭐. 으음… 그래도 아쉬운 건 어쩔 수 없다. 두 개 대대 병력이라니…….

저녁 식사를 마치고 크렌과 함께 지도를 보며 머리를 굴리고 있을 때 셔우드 자작이 찾아왔다. 이 남부 지방의 유력한 귀족 셋과 유리아, 그리고 페이핀을 같이 대동하고 안으로 들어온 셔우드 자작은 나와 크렌이 머리를 맞대고 지도를 보면서 쑥덕이고 있는 모습을 보고, 헛기침을 몇 번 하면서 자신의 존재감을 피력하였다.

"흠흠……."

"아! 언제 왔나요? 셔우드 자작."

"방금 도착하였습니다, 마마. 바쁘신 것 같군요."

"뭐… 머리 좀 굴리느라고요. 앉아요, 자리는 많으니까."

"감사합니다, 마마."

내가 그렇게 말하면서 의자를 당기고 앉자 크렌이 병사들에게 의자를 가져오라고 명령했다. 잠시 뒤 모두 자리에 앉았는데, 조금 특이한 점은 유리아가 바로 내 옆에 자리를 잡았다는 것이다. 그 옆에는 페이핀이 앉았고. 보통 나와 같은 상급자—어쨌든 난 왕비니까—옆에는 이인자가 앉는 법인데 셔우드 자작이라면 모를까 그의 딸이 내 옆에 붙으니까 조금 이상한걸? 이건 마치 유리아가 나와 친하다고 노골적으로 선언하는 것 같잖아. 뭐, 사실이기도 하니 별 상관은 없지만.

"그럼 시간이 부족하니 바로 본론으로 들어가죠. 지금 상황은 어떤가요?"

"오늘 오전 중에 척후조로 보이는 적과 작은 교전이 있었습니다. 당연히 적은 밀어내었습니다, 마마. 그리고 아군 정찰병의 말에 의하면 적의 야영지가 소란스러운 걸로 봐서 곧 적이 움직일 것 같다고 보고해 왔습니다."

"놈들도 우리 원군이 오고 있다는 소식 정도는 들었을 것입니다."

"식량은 6개월 분이 저장되어 있습니다. 병사들뿐만 아니고 영지 내 영지민과 주변 영지의 주민들이 먹어도 남을 정도입니다. 무기류가 부족하기는 하지만 그건 어느 정도 커버가 될 것 같습니다. 페이핀 양의 공이 큽니다."

"과찬이세요, 셔우드 자작님."

"그리고 병력에 관해서입니다만… 제 병사들과 각 지방 영주들의 사병, 그리고 치안병들까지 모조리 끌어 모아서 3천 명 정도 됩니다. 그중 기사가 55명이고 중갑 기병의 숫자는 320명입니다. 또한 시민병과 농민병을 모집하고 있지만 마마께서 무기 지급을 막으셨기 때문에 대부분이 성벽 보수 공사나 물자 이동에 투입되고 있습니다. 이들 숫자가 대략 5천 명 수준으로 완벽하지는 않지만 그럭저럭 전장에 투입

될 통제력은 갖추고 있습니다. 그리고 에리켄 요새로 보낸 원군 요청은 거절당했습니다. 그곳을 지키기에도 병력이 모자란다고 하더군요."

"음… 그렇다면 내가 끌고 온 5천여 명과… 다 합쳐서 1만 3천 명. 한 개 연대 수준이군요. 이 정도면 할 만하겠어요. 적이 움직이면 우리도 맞대응하기로 하죠."

"그 건에 관해서입니다만, 굳이 직접 교전을 벌일 필요가 있겠습니까? 우리 측이 이런 짧은 기간 동안 이 정도 병사를 모았다는 걸 아크레닌에서 알게 되면 굳이 쳐들어오지 않을 것이라 생각됩니다만……."

"셔우드 자작의 말씀도 일리가 있는 것 같습니다."

저건 누구지? 셔우드 자작 옆에 앉아 그를 옹호하는 귀족을 어디선가 한 번쯤은 본 것 같았다. 어딘가의 파티장에서 본 걸까? 그런 것치고는 낯이 익은데. 에이, 모르겠다. 중요한 인간이면 알아서 자기를 밝히거나 귀띔할 테고 아니면 말라지. 그 많은 귀족들을 모조리 외울 수야 없잖아?

"하지만 우리에게 부족한 건 시간이에요. 지금은 조용히 있지만 케센 국이 언제 마음을 바꿔 시비를 걸어올지 모릅니다. 그리고 로세니아와 교전을 벌이고 있는 동부 지역의 전황도 내일은 어떻게 되어 있을지 알 수가 없으니까요."

"으음……."

"한시라도 빨리 이곳의 전황을 마무리 짓고 응원군을 보내야 합니다. 이미 서부 지역에 있는 지역 수비군 역시 병력을 모아 전선으로 이동 중입니다. 이건 총력전이에요. 상대가 시비를 걸어오지 않는다면 우리 쪽에서 시비를 걸어서라도 적을 쫓아내야 합니다. 현재로서는 그게 가장 중요해요."

"그렇다면… 적이 영지 내로 들어오기 전에 요격할 생각이십니까?"

"네. 물론 그만큼 위험이 따르긴 하겠지만 그 정도는 감수해야죠. 그건 그렇고… 요청했던 장비의 보충은 어떻게 되어가고 있죠?"

"제 영지와 주변 영주들의 무기고를 모두 털어서 보급 중입니다."

"좋아요. 아쉽지만 시기가 시기인지라 환영 파티에는 참석 못하겠군요. 양해해 주세요."

"그럼 저희는 이만 물러가겠습니다."

그 말을 끝으로 셔우드 자작 외 귀족들이 우르르 몰려나갔다. 그런데 자기 아버지와 같이 갈 줄 알았던 유리아가 페이핀과 함께 남아서 자리를 지키고 있는 게 아닌가? 으음…….

"크렌, 잠깐 나가 있어."

"예, 마마."

내 말에 크렌이 자리에서 일어섰다. 마침 그도 다른 일이 있는지 가슴 한가득 종이 뭉치를 들고 낑낑거리면서 밖으로 나갔고 막사 안에는 나와 유리아, 그리고 페이핀만이 남게 되었다.

"오랜만이에요, 두 분."

"뵙게 되어서 영광입니다, 마마."

"수도에서 큰일이 있었다고 하던데 멀쩡하시네요?"

"얘~ 페이핀!"

"왜? 내가 뭐 못 물어볼 거 물어봤어?"

"괜찮아요. 뭐… 조금 시끄럽긴 했지만 별일없었어요."

"헤에~ 많이 죽고 다쳤다던데 무사하시다니 다행이네요, 마마. 아 참! 유리아 이 애가 글쎄 결혼한데요."

호오~ 유리아가 결혼? 아니지. 유리아가 나보다 두 살이 많으니 지금 스물셋이잖아? 여자치고는 엄청 늦은 결혼이구나. 물론 행동거지나 생김새를 봐서는 절대 나보다 연상 같지는 않지만.

"페이핀! 그만 해. 나 화낼 거야."

"뭘… 좋으면서. 너, 괜히 부끄러우니까 그러는 거지?"

"페이피인!"

"후훗. 축하해요, 유리아 양. 그런데 상대는 누구예요?"

"에리히요. 에리히 폰 디크센 준남작! 자작님의 개인 기사예요. 부하 주제에 딸을 빼앗아 갔다고 자작님께서 이를 갈고 계신다던걸요?"

"…난 몰라."

결국 포기했나 보다. 새빨개진 얼굴로 어쩔 줄 몰라 하던 유리아는 그대로 고개를 떨구고 손으로 얼굴을 가렸다. 흐음. 저거 좋아하는 거야, 싫어하는 거야? 아니아니, 결혼 약속까지 받아냈다니 좋아하기는 하는 거겠지. 그래도 아버지의 부하라니… 싫다, 정말.

"혹시… 어릴 때부터 한 저택에서 같이 살던 남자랑……."

"맞아요! 에리히도 어릴 때 셔우드 가에 들어왔거든요. 그전에는 로세니아에 있었다는 것 같은… 흡!"

"페이핀! 그 사람은!!"

흐으음. 셔우드 자작의 속이 좀 타겠군. 유일한 상속녀의 상대가 적국이 되어버린 로세니아 출신이라니. 보나마나 데릴사위일 텐데 말이야. 하지만 저 유리아의 얼굴을 보니 그런 것 정도로 마음이 식을 것 같지는 않다. 그런데… 그는 얼마나 오랫동안 유리아의 주위를 돌면서 환심을 사기 위해 노력했을까?

내가 이런 생각을 하는 동안 페이핀이 내 눈치를 살피면서 조심스럽게 말을 건넸다.

"아… 죄송해요, 마마. 제가 실언을……."

"괜찮아요, 괜찮아. 어차피 저도 이제 크레센트 사람인걸요. 태어난 곳은 로세니아지만 전 크레센트 인이에요."

"맞아요! 왕비마마만큼 이 나라를 생각하시는 분도 없죠!"

피식. 나도 모르게 웃음이 나왔다. 이 두 여인이 내 속마음을 알게 되면 뭐라고 할까? 안됐지만 난 애국심이 넘쳐흘러서 이런 짓을 하고 다니는 게 아니란 말이야.

그 뒤로 별 영양가 없는 잡담을 주고받던 우리는 내가 유리아의 결혼식에 꼭 참석한다는―귀족으로서는 둘도 없는 영광이다―약속을 끝으로 두 사람을 내보냈다. 커다란 사령부 막사 안에 홀로 남은 난 작게 한숨을 내쉰 뒤 자리에서 일어섰다. 기분도 울적하고, 시간도 늦었으니 잠이나 자야겠어. 완전히 삶에 찌든 중년 아저씨가 된 것 같은 기분이야…….

"풋."

웃긴다. 아직 20대 초반이면서 벌써 이런 소리를 하다니……. 하지만 사는 게 피곤한 건 사실이야. 하루하루가 쓰러질 것같이 힘드니까.

나를 위해 지어진 막사로 들어가 나무 침상에 누우니 피로가 파도처럼 몰려왔다. 아우… 등이 아파. 이럴 때는 그냥 영주의 성으로 들어가서 손님방이라도 얻어 쓰고 싶어진다. 주인의 침실을 빼앗을 수는 없으니 그 정도로 만족해야겠지만 그래도 이 딱딱한 나무 침상보다는 몇 배는 나을 거야.

"후우……."

한숨만 느는구나. 젊어서 고생은 사서도 한다던가? 정말 난 사서 고생하는 타입인가 봐. 여기도 직접 내가 와서 지휘할 필요는 없었는데.

크렌도 있고 셔우드 자작도 있고, 그 외의 다른 장교들과 지휘관들이 많은데도 불구하고 직접 지휘하지 않고는 못 배기겠는걸. 나도 알고는 있다. 지위도 지위이고 여자의 몸으로 늘상 전장을 쫓아다니는 것도 좋은 소리 못 듣는 일이라는 걸 알고 있다. 하지만 남의 손에 맡겨놓고 기다리는 건 죽어도 싫어. 다른 이들이 대신 해주고 대신 싸워주고 대신 활동해 주고… 그리고 그 결과에 따라서 내 앞날이 변하겠지? 그런 건 싫어! 타인의 의도에 따라서 내 운명이 바뀌는 건 한 번으로 족하단 말이야!

그럴듯한 지위도 얻었다. 남들에게 밀리지 않을 만한 권력도 구축했다. 그리고 사랑하는 남편과 아이도 생겼다. 나도 모르게 눈물을 흘리게 만드는 행복감에도 빠져 봤다. 그래서? 이제 좀 편하게 살 만해졌으니까 또 결과나 기다리면서 손가락 놓고 있자고? 아넬리안아, 아넬리안아, 마음이 약해져서 어떡하겠다는 거야? 그동안 조금 행복했다고 이제 와서 포기하겠다는 거야? 독해져야 돼. 악으로 버텨야 돼. 비록 나의 행복을 위해서 남에게 상처를 주는 한이 있더라도… 그렇더라도… 나중에 위선에 가득 찬 참회의 눈물을 흘릴지라도 지금은 남보다 배는 독하고 강하게 나가야 돼. 그래, 그런 거야. 조금만 더 참자. 언젠가는 불행과 고난으로 점철된 내 인생에도 행복한 나날이 기다리고 있을 테니까.

군대 내의 아침은 빠르다. 간밤에 어떤 일이 일어났든 각자의 생각이 어떻든 상관없이 태양은 다시 떠오르고 잠들어 있던 막사 안에서 하나둘씩 병사들이 빠져나온다. 식수를 충당하는 것만으로도 벅차기에 빨래는커녕 세수조차 못한 지저분한 얼굴의 병사들이 우르르 몰려

나와 아직 다 끓지도 않은 스튜를 한 국자라도 더 받으려고 아우성친다.

어른 허리만큼이나 커다란 무쇠 솥 안에는 전에는 어떤 모양이었는지 확인조차 불가능한 내용물이 둥둥 떠다니고 가끔 올라오는 기포와 솥 가장자리에서 피어오르는 하얀 김이 냄새와 함께 허공을 떠돌며 굶주린 병사들을 괴롭혔다.

"배식 시작."

"배식 시작한다. 1중대부터 시작해."

"거기 줄 서! 새치기하지 마!"

"식사를 끝마친 부대부터 행군을 시작할 테니 장비 빼먹지 말도록."

"빨리빨리 가! 언제까지 받고 있을 거야?"

"뒤에 기다리는 사람도 있다고! 빨리 받아서 사라져!"

"보리 빵은 네 명에 하나씩이다! 더 들고 가다 걸리는 놈은 죽을 줄 알아!"

"밀지 마! 쏟을 뻔했잖아!"

어수선한 배식 행렬 주위를 뛰어다니면서 열을 맞추기 위해 악을 쓰는 장교들과 스튜 한 스푼, 빵 한 조각이라도 더 얻기 위해서 욕설도 마다하지 않는 병사들. 이게 현실이지. 흐음……. 이게 바로 대크레센트 왕국의 정예 병사들의 모습이란 말이다. 훗.

막사 옆, 공터 주변에 모여서 지저분한 나무 그릇을 들고 아침을 먹고 있는 병사들을 지나친 난 배식이 이뤄지고 있는 곳으로 천천히 걸어갔다. 내가 모습을 드러내자 바닥에 주저앉아서 게걸스럽게 식사를 하던 병사들이 슬금슬금 물러서며 좌우로 갈라졌다.

나무 그릇을 싹싹 핥아 먹고 있던 한 어린 병사와 눈이 마주치자 그 병사가 씨익 웃는다. 누런 이를 드러내면서 양손으로 그릇을 쥔 채 나를 보며 웃는 것이다. 나도 마주 웃어주면서 그 소년병 옆을 지나쳐 갔다.

가득 담겨 있던 스튜가 반쯤 줄어든 무쇠 솥 근처까지 다가가니 나를 알아본 장교들과 백인장들이 우르르 몰려왔다. 그들은 내 앞에 서 있는 병사들을 뒤로 밀어내면서 소리쳤다.

"배식 중지! 배식 중지!"

"물러서! 뒤로 물러서!"

"뒤로 빠지란 말이야, 자식들아!"

단번에 배식구 주변이 텅 비었다. 마침 자기 차례였다가 나 때문에 뒤로 밀리게 된 병사는 나를 보면서 불만스러운 표정을 지어 보였다. 조금 미안한걸?

"무, 무슨 일이십니까, 사, 사령관 각하."

내가 이곳에 나타났다는 소식을 들은 2대대 대대장 웰링턴 남작—물론 몰락 귀족이다. 잘 나가는 영지의 귀족이 산적질이나 하고 있을 리가 없으니까—이 약간 통통한 얼굴에 땀을 가득 매단 채 내게 달려와서는 물었다.

"별로. 그냥."

"예에?"

의아해하는 그를 손으로 밀어 옆으로 치운 난 무쇠 솥 근처로 다가가 국자를 들고 있는 취사병에게 물었다.

"그릇 남는 거 있나?"

"예? 아… 예! 있습니다! 여기!"

내 물음에 당황해하던 취사병은 즉시 바닥에 놓여 있던 나무 그릇을 들고는 내게 넘겨주었다. 난 그것을 들고 그 취사병 앞에 서서 흔들었고 내 의도를 알아챈 병사는 국자를 들어서 솥바닥을 몇 번이나 휘저은 뒤 나무 그릇 가득 스튜를 담아주었다. 뜨끈한 김이 올라오는 따스한 스튜 한 그릇. 하지만……

"냄새가 이상해."

"……"

두 손으로 나무 그릇을 쥐고 한 모금 마셨다. 후룩. 으윽. 저절로 인상이 찌푸려진다.

"맛없어. 꼭 돼지죽 같잖아?"

"그, 그게……"

앞에 선 취사병이 땀을 뻘뻘 흘리면서 내 눈치를 살핀다. 뭐라고 말은 해야겠는데 무슨 말을 해야 할지 모르는 듯한 표정으로 말이다. 그때 등 뒤에서 웃음소리가 들려왔다.

"와하하하하!!"

"꿀꿀. 꿀꿀."

"꿰에에에엑!!"

"시끄럽다! 이 돼지새끼들아! 하루 종일 진창 위에서 굴러볼래? 닥치지 못해!"

"조용! 조용! 조용히 하라고! 조용!!"

졸지에 돼지 무리가 된 병사들은 장교들이 나서서 악을 쓰고 욕설을 내뱉어도 계속 '꿀꿀' 거렸고, 무슨 일인가 해서 몰려온 다른 병사들도 거기에 합세해서 웃어댔다.

난 그런 병사들을 바라보며 쓴웃음을 지으면서 그 옆으로 걸어갔다. 어설프게 급조한 나무 탁자 위에는 딱딱한 보리 빵이 수북하게 쌓여 있었다. 난 그릇을 탁자 위에 올려놓은 뒤 그 둥글넓적한 보리 빵 중 하나를 집어 들었다. 그러자 그 앞에 서 있던 취사병이 급히 크고 네모난 식칼을 내게 들이대면서 말했다.

"이, 이걸로 자르십시오."

"응? 왜?"

"다, 단단해서……."

"그래?"

난 그 말에 씨익 웃으면서 보리 빵을 머리 위로 들어 올렸다. 그러자 병사들이 '와아~' 하고 소리친다. 개중에는 휘파람을 부는 녀석도 있다. 물론 그런 짓을 한 녀석들은 단번에 장교들에게 잡혀서 막사 뒤로 끌려갔지만. 모두의 시선이 내게 집중되었을 때 난 머리 위로 들어 올린 보리 빵을 두 손으로 잡고 힘을 주었다.

뚜둑… 찌이익…….

무슨 천 자르는 소리가 나잖아? 후두둑, 머리 위로 빵 조각이 우수수 떨어져 내렸다.

"와아아아!"

병사들이 환호성을 지르면서 두 손을 들어 올리며 껑충껑충 뛰어댄다. 그렇게 신기했을까? 후후후. 그런 병사들을 향해 손을 두어 번 흔들어준 후 내 옆에 서서 안절부절못하고 있는 대대장에게 말을 건넸다.

"웰링턴 남작."

"말씀하십시오, 각하."

"배식 계속하도록 해요."

"예! 알겠습니다."

"배식 시작! 어서 처 먹어라, 돼지새끼들아!"

"우아아아!!"

"비켜! 비켜!"

"내가 먼저야! 먼저라고!"

다시 배식이 시작되자마자 병사들이 서로 조금이라도 먼저 받기 위해서 우르르 몰려갔다. 그런 병사들의 대열 사이로 뛰어든 장교들은 줄을 세우기 위해서 악다구니와 발길질마저 마다하지 않은 채 욕설을 내뱉고 다녔다.

"흠……."

난 반 조각난 보리 빵 중 조금 더 큰 쪽을 탁자 위에 내려놓고는 스튜가 들어 있는 나무 그릇을 다시 들어 올렸다. 그리고 막 자리를 떠나려고 할 때 갑자기 그 취사병이 내게 말을 걸었다.

"저, 저기……."

"응? 뭐지?"

"빠, 빵은 네 명당 하나이, 입니다. 그, 그러니까… 바, 반의 반 조각만……."

"아아~ 무슨 말인지 알겠어."

발걸음을 돌린 난 다시 그릇을 내려놓고 반쪽인 빵 조각을 다시 반으로 부러뜨리고는─찢는다는 표현보다는 부순다는 표현이 맞을 정도로 딱딱하다─남은 한쪽을 보리 빵 사이에 올려놓았다.

"이럼 되지?"

"예에."

"그대의 이름은?"

"예? 저, 저 말입니까?"

"응."

"미, 민스입니다, 각하! 위젠버그 마을의 민스입니다."

"민스라… 좋은 이름이군. 거기다 강직하고. 나중에 큰 인물이 될 것 같아. 물론 그대의 상관이 그대를 말려 죽이지만 않는다면. 그럼 배식 계속하라고."

난 그 말을 끝으로 내 몫의 음식을 들고 몸을 돌렸다. 걸어가다가 힐끔 뒤를 돌아보니 그 민스라는 취사병은 멍한 얼굴로 나를 보며 서 있다가 두 명의 중대장에게 잡혀 어디론가 질질 끌려갔다. 명복을 빌어줄까?

보리 빵… 맛없어. 진짜 맛없다, 이거. 어떻게 이런 걸 먹고 살 수 있지? 텁텁하고 딱딱해. 거기다 겉이든 속이든 모조리 부스러기투성이라 먹기도 힘들다. 우득… 퉤에.

"돌멩이까지……."

"맛있습니까, 마마?"

"응? 크렌?"

내가 맛없는 이 보리 빵 조각과 스튜가 든 그릇을 들고 어떻게 처리할까 고민하던 중에 갑자기 크렌 녀석이 뒤에서 불쑥 튀어나왔다. 놀랐잖아!

"식사 준비가 끝났는데 마마께서 안 보이셔서 찾아다니던 중이었습니다."

"그랬어?"

"예. 한데… 식사는 필요없겠군요. 다른 대대장들에게 넘겨줄까요?"

"아니, 필요해. 가자."

"네. 하지만 마마께서 그런 퍼포먼스를 좋아하시는 줄은 몰랐습니다."

"그냥 기분이 내켜서 말이지."

난 건성으로 대답하면서 크렌의 뒤를 따라갔다. 앞서서 걷는 크렌 녀석은 얼굴에 '난 뭐든지 다 알아요' 라고 써놓은 것처럼 보였다. 흠. 그 상관에 그 부하라고 이 녀석도 덴처럼 빤질거리고 느물거리는 데 선수라니까. 예전엔 안 그랬던 것 같은데 기사 직위를 벗어버린 뒤에는 완전히 사람이 변한 것처럼 되었다니까.

내 막사 안에 차려진 아침 식사는 조금… 아니, 많이 화려했다. 푹 삶은 양배추로 싸 튀긴 소시지, 후추로 냄새를 제거하고 간을 한 돼지고기 수육, 비싼 후추가 뿌려져 있는 맑은 고기 수프, 그리고 갓 구운 듯 김이 모락모락 피어오르는 밀 빵. 물론 왕성 안에서라면 이 정도 아침이야 그리 새로울 것도 없지만 여긴 허허벌판. 그런 곳에서 이런 식사를 하는 건… 엄청난 사치지.

"괜찮네. 누가 준비한 거야?"

"셔우드 자작이 요리사와 재료를 보내왔습니다. 웬만하면 성으로 들어오시라고 하더군요."

"그래? 그거 고맙군. 하지만 성안에 들어가지는 않아. 내 병사들을 모두 성안으로 집어넣은 뒤라면 모를까 부하들을 여기 두고 나만 거기서 편하게 있는 건 남들은 둘째 치고 이 내가 용납할 수 없으니까. 지휘관은 언제나 병사들과 함께 있어야 하는 법이야."

"물론입니다, 마마. 그럼… 드시지요."

"크렌은?"

"전 조금 후에 따로……."

호오~ 그런 건가? 내 앞에 놓여진 음식들. 서너 명이 모여서 먹어도 될 정도로 많다. 그렇다는 것은… 내가 먹고 나면 남는 걸로 다른 대대장들과 모여서 끝장내겠다는 속셈이겠지? 지휘관이라 해도 야전에서 이런 음식을 먹어볼 일은 거의 없을 테니까. 후후후. 조금 골려주고 싶은 생각이 드는걸?

"크렌도 앉아."

"예? 하지만… 제가 어찌 감히……."

"앉으라면 앉아."

난 그렇게 말하고 아직도 손에 들고 있던 스튜 그릇과 보리 빵을 식탁 위에 올려놓은 뒤 자리에 앉았다. 다른 음식들과 비교하니까 굉장히 초라해 보이는걸? 크렌은 구석에 있던 의자를 하나 끌어와 내 맞은편에 앉았다. 난 그에 상관하지 않고 손으로―에레니아 시녀장이 봤으면 거품 물고 졸도했을 거다―기름이 잔뜩 묻은 소시지를 입에 하나 집어넣고 스튜 그릇과 보리 빵을 그에게 밀어주며 말했다.

"크렌도 먹어. 내가 아침 일찍 일어나서 직접 타 온 거니까 남김없이 다 먹어야 돼. 알았지? 사실은 내가 먹을 거지만 크렌이 이렇게 진수성찬을 차려줬으니 나도 보답해야 하잖아? 뭐 해? 아침 아직이지? 배고플 텐데 어서 먹어. 사양할 필요 없어."

"…여, 영광입니다."

영광이라고 말하면서 인상은 왜 쓰는데? 후후후. 요즘 내 부하 놈들의 기강이 해이해진 것 같던데, 우선 크렌부터 시작해서 한 녀석씩 기합을 팍팍 넣어주마. 와하하하하!

보통의 이런 대규모 전쟁은 언제나 수비 측이 유리하다. 그 유리함 중 하나가 바로 공격 측의 공격로를 파악하고 미리 전장을 선점할 수 있다는 데 있다. 즉, 전투 장소를 수비 측에서 고를 수 있다는 거다. 물론 공격 측이 압도적인 전력이라면 당연히 불가능하겠지만 아무리 크레센트가 내전으로 약해졌다 해도 순식간에 무너질 정도로 약해지는 않거든.

"마마, 병력의 배치를 끝마쳤습니다."

"적들은?"

"1㎞ 전방에서 대열을 유지한 채 서 있습니다."

"그래? 생각 왼데? 난 바로 쳐들어올 줄 알았는데 말이야."

"저들도 우리가 이렇게 빠른 시간 내에 이만한 숫자의 병력을 모을 줄은 상상도 못했을 것입니다."

"흠… 아무래도 크레센트는 만만한 나라인가 봐. 매일 이렇게 당하기만 하고 말이야."

"그건……."

"아아~ 알아. 나도 안다고. 그냥 해본 말이야."

"예에……."

난 말꼬리를 흐리는 크렌을 무시한 채 손을 들어 눈가로 가져가 평원 너머를 바라보았다. 저 멀리 개미 떼처럼 꼬물거리는 인간들과 수백 개에 달하는 깃발이 펄럭이는 게 보인다. 허참, 내전으로 치고 박고 싸우던 나라치고는 좀 너무하다 싶은 생각이 드는걸?

"크렌."

"예."

"단순히 농민병이라고 하기엔 움직임이 너무 좋지 않아?"

"그게… 크레드 족이 섞여 있는 것 같다고 정찰조에서 보고해 왔습니다."

"크레드 족? 그 사막 민족?"

"네, 마마."

"……."

침울해지려고 한다. 크레드 족이라니… 나도 직접 본 적은 없지만 책을 통해서 두어 번 정도 그 민족에 대해서 읽어본 적이 있다. 까만―이라기보다는 구릿빛―피부에 검은색 계통의 머리 색이 많은 크레드 족은 아크레닌 동남부에 위치한 대사막 주변에 거주하는 민족이다. 남부 연합 국가인 아크레닌, 모레니안, 아리츠반 삼국이 크레센트와 로세니아의 유민들이 남쪽으로 몰려가 세운 나라이고, 그중 아크레닌 국은 건국 초기에 그 땅을 차지하고 있던 크레드 족과 많은 마찰을 빚었다. 그리고 어찌어찌 그들 크레드 족을 쓸모없는 땅인 사막으로 밀어내고 지금의 황무지와 초원을 차지한 것이다. 그렇기에 크레드 족과 아크레닌은 당연히 사이가 나쁘다. 아니, 거의 원수 보듯이 한다. 그런데 그 둘이 손을 잡았다? 훗, 이거야 원… 차라리 내가 커트렌 그 자식과 사랑을 나눈다는 소문을 믿는 게 백 배는 신빙성이 있겠다. 망할.

"사막 부족은 강하다지?"

"예에… 아무래도 거친 환경에서 사는 자들인지라……."

"거기다 잔인하다지?"

"죽인 자의 피를 마실 정도로 흉포하긴 합니다만……."

"그리고 그 불모지에서도 엄청난 숫자를 자랑한다지?"

"현재 파악된 5천 명 이상의 부족만도 수십 개가 됩니다만……."

"그런 녀석들이 왜 아크레닌의 머저리들과 대가리 터지도록 싸우지 않고 우리에게 검을 들이미는 건데? 엉?"

"그건… 저도 잘……."

"도대체! 외교부 머저리들은 다 뭘 하고 있는 거야? 정보실 멍청이들은 책상물림이나 하고 있는 거냐?"

"그 친구들 중 절반은 저번 반란으로 죽었지 않습니까."

"그래도 그렇지! 저놈들의 저 꼬라지를 보라고! 내 맹세컨대 왕실로 돌아가면 싸그리 다 뒤집어 버릴 거야! 진짜로!"

정말 한숨이 나온다. 제발이지… 난 쉽고 편한 싸움만 하고 싶단 말이야. 왜 만날 나한테는 어려운 싸움만 일어나는 건데. 망할이다, 망할이야!

서로 대열을 이룬 채 잠시간 대치 상태에 놓였다. 그때 아크레닌 쪽에서 백기를 든 사내가 우리 쪽으로 말을 몰고 달려왔다.

"사신인 것 같습니다만."

"쏴버려."

"…예?"

"아니, 정정. 항복이라거나 길을 비키라거나 물러가라고 하면 쏴버려."

"하, 하지만……."

왜? 설마 사자를 쏘는 건 비겁하다고 할 심산인가? 그런 거 알게 뭐야? 이기면 장땡이지. 때마침 우리 쪽 화살 범위까지 말을 몰고 달려온 사자가 입을 열었다.

"항복하라! 지금 군대를 해산하고 항복한다면 그대들의 통치권을 인정해 주고 대아크레닌 국의 속령으로 인정해 주겠…… 크헉!!"

말은 잘한다. 그 덕분에 가슴에 구멍났다. 쯧쯧. 그러게 말이라는 건 분위기를 봐가면서 해야 하는 건데. 안됐군. 하긴 저 녀석이 무슨 죄겠냐. 죄라면 내가 무진장 기분 나쁠 때 괜히 와서 신경을 긁은 죄밖에 더 있을까.

"크렌."

"네, 마마."

"뒷정리해야지?"

"예에."

내 말에 크렌은 웅성거리는 병사들 사이를 뚫고 앞으로 말을 몰고 나아갔다. 그리고 쓰러져 있는 사신에게 다가간 뒤 말에서 내렸다. 롱 소드를 뽑아 든 크렌은 무표정한 얼굴로 검을 높이 들었다가 피를 흘리며 헐떡이고 있는—물론 보이지는 않았지만 분명히 그랬을 거다—그 사신의 가슴에 롱 소드를 찔러 넣었다. 그리고 피 묻은 롱 소드를 들고 다시 말 위에 올랐다. 말에 오른 크렌은 롱 소드를 높이 치켜들면서 소리쳤다.

"제군들! 그대들은 내가 심한 짓을 했다고 생각하는가?"

웅성웅성. 숙련된 병사들은 물론이고 대여섯 번의 전투를 치른 농민이나 아직 어린 소년병들이나 모두 좌우의 동료들과 소리 죽여 웅성거렸다. 잘하고 있는걸? 역시 크렌 녀석도 덴의 부하인 게 맞군.

"그대들 중에는 내가 인도적으로 너무했다거나 아니면 전장의 예의를 무시한 데 대해 분통을 터뜨리는 자들도 있을 것이다. 하나! 뒤를 돌아보라! 고개를 돌려 너희의 뒤를 바라보라! 무엇이 보이는가?"

웅성거림이 더욱 커졌다. 몇몇 병사는 동료들 사이로 고개를 돌리고 자신들의 뒤를 바라보는 자들도 있었다. 나 역시 슬쩍 뒤를 돌아보니 이 남부 지방에서 가장 커다란 도시인 셔우드 자작의 성과 성벽 근처에 옹기종기 모여 있는 도시들이 보였다.

"무엇이 보이는가? 크레센트의 아들들이여, 대답해 봐라!"

"성이요!"

"도시요!"

"우리의 마을이 보입니다!"

크렌이 묻자마자 곧바로 대답이 들려왔다. 저런 녀석들은 대부분은 정보실 요원이거나 이미 매수한 목소리 큰 놈들이겠지. 음음… 뭐, 일반 병사들이 알 필요는 요만큼도 없지만 말이야.

"그렇다! 보이는가? 너희 뒤에는 성이! 도시가! 그리고 마을이 있다! 그곳에 있는 너희의 가족과 재산! 그리고 나아가 이 크레센트 왕국에 거주하는 모든 주민들이 있다! 물러설 곳은 없다! 도망칠 곳도 없다! 너희가 도망치면 저 아크레닌의 악적들이 너희의 집을 불태우고 아내와 여동생을 겁탈할 것이다! 너희 아버지와 남동생을 죽이고 약탈을 일삼을 것이다! 제군들! 물러설 곳은 없다! 이곳은 절대적으로 지켜져야 한다! 무슨 일이 있어도! 어떤 희생을 치러서라도!"

"와아아아아!!"

"겁없는 땅두더지 새끼들을 죽여 버리자!"

"배를 갈라 버려! 목을 따버려!"

"죽인다! 죽이자!"

"와아아아아아!!"

그 불쌍한 사신의 피가 묻어 있는 롱 소드를 높이 치켜든 채 말을 몰아 도열해 있는 병사들의 앞을 크렌이 지나가자 거대한 함성 소리가 그의 뒤를 따라 울려 퍼졌다. 크렌의 외침과 선동 덕분에 잔뜩 긴장한 채 목을 움츠리고 있던 병사들과 농민병들이 목이 터져라 고함을 지르며 손에 들고 있는 무기를 휘둘렀다.

쿵. 쿵. 쿵.

병사들의 발 구르는 소리에 지면이 들썩거리는 것 같다.

음… 도대체 몇 명의 요원을 아군 진영 속에 집어넣었을까? 진짜 궁금해지는걸? 크흠… 아무래도 난 죽었다 깨어나도 순수하게 열혈에 불타오르거나 하지는 못할 것 같아. 음음.

크렌 녀석이 떠드는 동안 주인을 잃은 말이 아크레닌 측 진영으로 도망쳤다. 빈 안장을 등에 메고 돌아간 그 말을 보고 상대측에서도 크렌 녀석처럼 누군가가 나와서 '죽이자', '처부수자' 어쩌고 하면서 떠들어댔다. 그리고 잠시 뒤 상대측 병사들이 우리 쪽을 향해 다가오기 시작했다.

"멀리서 봤을 땐 잘 몰랐는데… 다가오는 저 모습을 보니 많군요."

"응."

어느새 연설을 마치고 내 옆으로 다가온 크렌은 병사가 가져온 천으로 롱 소드를 닦으면서 내게 말을 걸었다. 그의 말대로 아크레닌의 병사들은 횡으로 길게 늘어선 채 우리 쪽을 향해 한 발 한 발 다가오고 있었다. 고개를 한껏 좌우로 돌려야 다 들어올 정도로 엄청난 숫자. 상대측 전력이 1만 5천이었던가? 결코 적은 숫자는 아니지. 아니, 이전에 읽은 대로 아크레닌 국의 총인구가 100만이 조금 안 된다고 한다면 엄청난 숫자이다. 아마 젊은 청년들을 모조리 끌어 모았을걸?

"화격단 전진시켜."

"예. 깃발을!"

크렌의 명령을 받은 장교 중 하나가 검과 활이 교차되어 있는 커다란 깃발을 하늘 높이 들어 올린 뒤 좌우로 크게 흔들었다. 그러자 대열 중간에 끼어 있던 화격단 소속 1대대 병사들이 앞에 서 있는 창병들 사이를 지나쳐 전열로 나섰다. 창병들로부터 대략 열 걸음쯤 앞으로 나간 화격단 병사들은 곧바로 등에 메고 있던 활을 꺼내서 활줄에 메겼다. 그리고 화살 대여섯 개를 바닥에 꽂은 뒤 한쪽 무릎을 꿇고 앉았다.

"기사단은?"

"대기 중입니다."

"그… 에리히라고 했던가? 그놈 믿을 만해? 너무 젊어서 신용이 안 가던데."

"셔우드 자작의 신임을 받는 기사이니 괜찮을 겁니다. 아마도……."

으음… 신용이 안 가. 그래도 뭐… 크렌의 말대로 셔우드 자작의 기사이고—덕분에 다른 수십 명의 기사를 통솔하는 기사단장이 되었다. 역시 사람은 줄을 잘 서야 하는 법인가?—능력이 없다면 아무리 자작이라도 자기 딸을 주지는 않겠지. 그렇게 생각하고 있는 동안 어느새 적들이 200미터 앞까지 다가왔다.

"마마."

"아아… 알아서 사격하라고 해."

"예, 마마."

내 말이 끝나기 무섭게 선두에 있던 화격단 병사들이 활줄에 화살을 걸었다.

"각 사수 사격 준비!"

"사격 준비!"

"자율 사격! 사거리 내로 들어오면 명령없이 각자의 판단에 따라 사격해!"

불타오를 듯한 뜨거운 열기가 조금 가시자 그 빈자리를 험악한 몸짓과 욕설로 채워 넣은 장교들이 대신했다. 일렬로 죽 늘어선 화격단 병사들은 점차 다가오는 적군을 바라보면서 대기했고—아마 침을 꿀꺽 삼켰을 거야―대충 150미터 거리까지 적들이 다가오자 내 앞쪽에 있던 화격단 병사 중 한 명이 활줄을 놓았다.

퉁, 투두두둥.

수백 발의 화살이 연달아서 허공으로 날아올랐고 이내 저 멀리 떨어진 적진 사이로 내리 꽂혔다. 적의 전열에 서 있던 적병 중 몇몇이 바닥에 풀썩 쓰러지는 게 보인다. 그러는 사이에도 화살은 연신 적진을 향해 날아갔다. 그러자 아크레닌의 병력들이 그 자리에 멈춰 서면서 방패를 높이 치켜든다. 그리고 그 방패들 앞으로 궁병들이 뛰어나와서 화살을 메기기 시작하는 게 보였다. 이쪽보다는 적은 숫자였지만 궁병들은 이내 화살을 우리 쪽으로 날리기 시작했고 몇 초도 되기 전에 아군 진영 곳곳에 화살이 떨어져 내렸다.

씨잉― 퍽.

"……"

"화살이 날아옵니다, 마마. 좀 더 뒤로 물러서시는 게……"

"괜찮아. 그보다 부상자 후송을 지시해."

"예, 마마."

대열 곳곳에서 한두 명씩 쓰러지는 병사가 생겨났다. 상대 쪽도 마찬가지겠지만 둥근 라운드 실드 정도로는 몸을 완전히 커버할 수 없는 것이다. 특히나 농민병이나 시민병의 경우에는 갑옷도 방패도 없는 경우가 많아서 그저 고개를 숙이고 자기 머리 위로 화살이 떨어지지 않기를 비는 모습이 역력했다. 기사들이야 말안장 위로 카이트 실드를 올려놓고 가리면 거의 온몸을 커버할 수 있지만 병사들에게 그런 비싼 장비로 무장시켜 줄 돈 많은 귀족이나 지휘관은 없을 테니까.

"응사해! 응사하라고! 어서 쏴, 이 빌어먹을 잡것들아!"

"한 발이 날아오면 열 발로 되갚아줘라!"

"끄아아아악!!"

"방패 머리로! 방패 머리로!"

장교들의 새된 고함 소리와 귀를 찢는 듯한 비명 소리가 사방팔방에서 들려왔다. 곧 이어 대열 곳곳에서 후위로 이탈하는 병사들이 생겨났다. 두 명이 한 조가 되어서 부상자들을 질질 끌며 대열 뒤로 후송시키는 것이다. 부상자가 내지르는 비명 소리와 줄을 선 뒷열의 병사들을 뚫고 후위로 이동하는 호송병들 때문에 내 주위의 병사들이 동요하기 시작했다. 자기도 곧 저렇게 될 것이라는 걸 알고 있는 병사들은 불안해했고 당장이라도 등을 돌려서 도망치고 싶다는 듯한 얼굴이었다. 그들 뒤에서 롱 소드를 뽑아 들고 도망치는 자를 즉결 처형하는 장교들만 없었으면 모두 무기를 버리고 도망쳐 버렸겠지.

"간격을 유지해! 떨지 마라!"

"저 자식들이 쏘는 화살이 몇 발이나 되겠냐? 안 맞으니까 물러서지 마!"

병사들도 살아남기 위해서 필사적이었고, 장교들은 그런 병사들을 통제하기 위해서 필사적이었다. 그런 전장 한복판에 서 있는 나만 홀로 떨어져 있는 것 같다. 내 갑옷을 믿어서일까? 아니면 이 정도로는 별 감흥이 없는 걸까? 훗.

화격단 1대대는 2백여 명의 사망자를 내는 큰 피해를 당했다. 방패 하나 없이 적 궁수대와 교전을 벌여야 했으니 당연하지. 하지만 그들 중 대부분은 바로 옆에 화살이 떨어져도 꿈쩍도 하지 않고 화살을 날리는 데 열중했다.

그렇게 30발들이 화살통 하나를 다 비운 화격단 병사들은 미련없이 활을 한 손에 든 채 창병들 뒤로 물러섰고, 방패 뒤에 몸을 숨긴 채 자리를 지키고 있는 창병들을 지나 뒤로 물러선 1대대 병사들 중 멀쩡한 병사는 채 6백 명도 되지 않았다. 그래도 상대의 궁수대 병사 절반을 물리쳤으니—보기에는 그래 보였다—상당한 성과이기는 하지만 말이야.

"크렌."

"예! 일제 사격 준비! 각 병사대는 돌격 준비!"

우리 뒤에서 수십 개의 깃발이 허공에서 펄럭였다. 그에 따라서 병사들이 움직이기 시작했고, 내가 뒤를 돌아보자 화격단 소속 병사들이 허공을 향해 활을 들어 올린 채 준비 자세를 갖추었다. 적들은 서로 간의 화살 공격이 끝나자 다시 꾸물거리면서 전진하기 시작했고 그들이 100미터쯤 다가왔을 때 난 공격을 명했다.

"사겨억!!"

크레이츠 밀러 대대장이 굵고 낮은 목소리로 명령을 하자마자 투두둥, 하는 커다란 소리와 함께 화살들이 우리 머리 위로 날아올랐다. 순간적으로 하늘을 가득 뒤덮을 정도로 엄청난 숫자의 화살들이 적진을 향해 날아갔고 방패를 앞세운 채 돌격 거리를 잡으며 천천히 다가오던 적진 한복판에 떨어져 내렸다.

상대 측 왼쪽 전열 일부분이 순식간에 허물어지면서 수백에 달하는 적들이 바닥으로 쓰러졌다. 당황한 적 지휘관이 뭐라고 크게 떠들어댔지만 그도 잠시—대략 6초 뒤—날아간 두 번째 사격에 고슴도치가 된 말과 함께 바닥으로 떨어져 내렸다.

"크렌, 저들이 돌격해 올까? 아니면 물러날까?"

"글쎄요… 하지만 대단하십니다. 충분한 사거리 내로 적들을 끌어들여서 단번에 집중 사격으로 기세를 꺾어버리시다니. 감탄했습니다,

마마."

"흠… 그냥……."

아부는 누구나 할 수 있는 일인 걸 뭐. 네 번째 일제 사격이 우리 머리 위로 날아갔을 때쯤이 되어서야 적들은 머리 위로 방패를 들어 올린 채 자세를 낮추는 게 보였다. 눈으로 보고 화살을 날리는 조준 사격이 아닌 지역 사격인지라 화살의 연사 속도는 굉장히 빨랐고 순식간에 3만 발 이상의 화살을 소모했다. 이제 각자 두세 발 정도씩밖에는 안 남았겠군. 아쉬워라. 화살 숫자만 더 많았다면 상당수의 적을 처리할 수 있었을 텐데.

"크렌, 발사와 동시에 돌격시켜."

"옛! 마마!"

투두두두둥.

"와아아아아아아!!"

우두두두두두……

하늘을 새까맣게 뒤덮은 화살들이 적진을 향해 날아가자마자 곧바로 전열의 창병들이 고함을 지르며 앞으로 내달리기 시작했다. 날아간 화살들은 몸을 낮춘 채 방패를 들어 올리고 있는 적들 때문에 이전보다 훨씬 적은 수의 적을 처리했다. 그리고 나서 우리 편이 달려가는 걸 본 적들이 몸을 일으켜 세웠다. 그때 화격단에서 마지막으로 발사한 화살들이 막 몸을 일으키려는 적들의 머리 위로 날아들었고 사방에서 피보라가 튀어 올랐다. 그리고 아군 창병대의 창날 끝이 우왕좌왕하는 적들 사이로 파고들었다.

"이긴 것이나 다름없군요, 마마."

"흠… 돌격은 성공인 것 같네."

크렌의 말마따나 적과 접전을 벌인 창병대와 그 뒤를 따라서 달려간 농민병들의 돌격은 적을 10여 미터나 뒤로 밀려나게 했고—아마 천여 명에 달하는 적들이 아군 발 아래 짓밟힌 채 죽어 나갔을 거다—화살을 막느라 자세를 낮춘 채 방패를 들고 있던 적의 전열은 그 뒤 날아온 화살과 곧 이어서 돌격해 들어간 창병대의 공격에 몸조차 제대로 가누지 못한 채 쓰러졌다.

넓은 초원 한가운데 두 줄로 된 긴 전선이 생겨났고 우리 측이 조금씩 전진하고는 있지만 쉽게 돌파하지는 못하고 있었다. 흠. 역시 난전 상태가 되면 훈련받지 못한 농민병들은 별 쓸모가 없단 말이야.

지금까지는 나와 다른 장교들이 골머리를 앓아가면서 계획한 대로 진행되었다. 하지만 원래 예정대로라면 이번 난전에서 적진을 돌파해서 각개격파를 했어야 하는 건데… 쯧.

"마마! 적 중진에 아크레닌 보병 기사단이 투입되었습니다. 그리고 아군 우익이 밀리고 있습니다."

"크레드 족이야?"

"예!"

쯧, 그럴 줄 알았다. 화살 공격으로 그놈들에게 큰 피해를 입히기는 했지만 그 후 난전에서 크레드 족 전사들은 오히려 이쪽을 압도하고 있다. 그래 봐야 전세에는 큰 영향을 못 미치겠지만, 문제는 적이 무너지는 시기가 더 늦어진다는 거다. 쳇. 피해가 더 커지게 놔둘 수는 없지.

"중앙과 좌익에 남은 예비대를 모두 투입시켜! 그리고 경기병대는 적의 우익으로 돌격시키고 기사단은 경기병대를 호위한다!"

"옛!"

"아직 적은 기병대와 기사단을 내보내지 않았다. 충분히 주의하도록!"

"알겠습니다!"

기병 전력은 뒤에 쓰려고 했는데 별수없지. 곧 이어 내 주위에 모여 있던 경기병들과 기사단 병력들이 전선 왼쪽으로 이동했고 화살을 대부분 소진한 화격단 대대들이 내 호위를 위해서 주변에 모였다.

시미터를 휘두르는 크레드 족의 공격은 거셌다. 특히 아크레닌 국의 명물이라 할 수 있는 보병 기사단을 막기 위해 중앙에 다수의 중갑 보병과 무장한 병사들을 투입해서인지 대부분이 농민병인 우리 측 우익은 순간 여지없이 돌파당할 뻔했다. 남은 병력을 몽땅 투입시켜서 간신히 전선을 유지하기는 했지만 예비로 남아 있던 병사들은 치안대 소속 병사들이나 시민군들이라 어느 정도나 버텨줄지는 알 수가 없었다. 농민병보다는 부유해서 어설프게나마 무장하고는 있지만 그래 봐야 제대로 훈련받지 못한 민간인 수준을 벗어나지는 못하기에 무리가 따르는 것이다. 뭐, 다른 쪽이 돌파할 동안 시간만 끌어주면 그만이긴 하지만 말이야. 훗. 이거 날이 갈수록 소녀적 감수성과는 거리가 멀어지는 걸. 후후.

"오늘은 전선에 안 뛰어드십니까?"

"내가 나가고 나면 니가 지휘할래?"

"호… 성장하셨군요."

크윽… 저것이! 진짜 누가 덴의 부하가 아니랄까 봐 빤질거리고 은근슬쩍 비꼬는 것까지 닮았담.

"주둥이 함부로 놀리다 죽고 싶냐?"

"마마를 호위하느라 죽어 나가나 입 놀리다 죽나 죽는 건 마찬가지 아닙니까? 어차피 죽는 거라면 할 말은 다 하고 죽고 싶습니다."

어쭈? 정말이지… 간이 배 밖으로 나왔군. 망할 녀석, 네놈은 진짜 죽을 때까지 부려먹어 주마. 홍!

"흠… 교착 상태야."

"그렇군요."

"돌파구를 마련해야 하는데……."

"그렇군요. 아! 마마, 아군 기병대와 적 기병대가 교전에 들어갔습니다. 역시 저들도 바보는 아니었나 봅니다."

크아아악! 지금 그걸 말이라고 하는 거냐? 으으아! 짜증난다. 난 빨리 전투를 끝내고 돌아가서 샤워하고 싶단 말이다! 이놈의 갑옷은 입고 있는 걸로도 엄청난 땀이 흘러나온다고! 하지만 크렌의 말대로 아군 기병대와 기사단은 적의 기병대와 접전을 벌이고 있다. 병력의 여유가 있다면 좋을 텐데……. 쯧. 아군 좌익 부근에서 말과 말이 한데 엉킨 채 접전을 벌이고 있다. 하지만 이쪽의 병사가 더 많이 보이고 기사단―비록 그게 귀족들의 기사들을 대충 끌어 모아 만든 급조 기사단이라 해도―도 끼어 있으니 이기긴 하겠지만 그동안 입은 피해를 생각하니 눈물이 다 나려 한다. 쳇.

"크렌! 화격단 4대대와 5대대를 지원 보내! 당장!"

"예, 마마. 들었지? 가봐."

……크으으으으!! 이 자식! 모가지를 분질러 버리고 싶다! 아아아아! 왜 난 이렇게 인재복이 없는 거야!

화격단 소속 두 개 대대 2천여 명이 구보로 뛰어가기 시작했다. 이제 어느 한쪽이 밀리거나 뚫리면 전쟁은 거기서 끝나겠지. 불행히도 지금은 어느 쪽으로도 추가 기울지 못하고 있지만 말이야.

"밀러 대대장, 대대장 어디 있지?"

"부르셨습니까, 사령관님?"

"그래. 지금 화격단에 화살 잔고가 얼마나 돼?"

"대략 개인당 두세 발 정도입니다. 지급받은 화살 숫자가 워낙 적어서……."

흐음… 그렇단 말인가? 이럴 줄 알았으면 좀 늦더라도 무기와 물자들을 같이 가져올 걸 그랬나? 아니, 그랬다면 여기 전쟁이 끝난 다음에나 도착했을지도 모르지. 휴… 엄밀히 따지면 이곳도 국경은 국경인데 무기나 화살의 재고량이 형편없다. 하긴 이 남부 지방은 크레센트 북부나 동부 지방처럼 큰 왕국이 없으니 당연한 거겠지만. 검이나 창, 활과 갑옷을 만드는 데 드는 비용이 굉장히 크다는 건 알고 있지만 그래도 이건 좀 너무하잖아? 서우드 자작령 내 영지는 물론이고 주변의 다섯 영주의 무기고를 다 털어서 가져왔는데도 화살의 재고량이 이렇게 부족하다니. 그렇다고 크롬발에 물자를 보내달라고 할 수도 없고 거긴 지금 로세니아와 전투를 치르느라 모든 게 부족할 테니까. 결국 알아서 해야 하는 건가.

"각 대대에서 활을 잘 쏘는 자들에게 화살을 모아서 넘겨. 그리고 그들을 소속에 상관없이 임시 궁수대로 편성하고 그대가 지휘하도록. 나머지 병사들은 근접 무기로 무장하고 대기한다."

"예! 알겠습니다, 사령관님."

그래! 바로 이거야! 밀러와 같은 반응! 바로 저게 진정한 군인이자 장교지! 암! 빌어먹을 덴이나 닐크, 크렌 같은 자식들이 밀러 대대장을 보고 좀 배웠으면 좋겠다!

밀러 대대장이 다른 두 명의 대대장과 부대 개편을 하고 있을 때였다. 내 주위에 대형을 이룬 채 전장을 바라보고 있던 자 중 외곽에 있던 한 병사가 갑자기 지평선 너머를 가리키면서 소리쳤다.

"적이다!! 적이다아!!"

"응?"

그 병사의 시끄러운 외침 소리에 전장을 주시하고 있던 난 고개를 돌렸다. 전장에서 수백 미터 떨어진 넓은 평원 한쪽에서 작은 흙먼지가 일었고 곧 이어 그 병사가 가리킨 방향에서 많은 수의 기사들이 나타났다. 선두에서 말을 몰아 우리 쪽으로 달려오고 있는 상대 기사의 랜스 끝에는 붉은 바탕에 흰 장미가 수 놓여진 깃발이 펄럭이고 있었다.

"저놈들은?"

"아크레닌 왕실 친위 기사단 화이트 로즈입니다! 마마! 적은 돌격 태세입니다! 명령을!"

"시끄럿, 크렌! 이럴 때만 급한 척하지 마! 밀러, 후방에 산개해서 사격 준비! 사거리 내에 들어오면 알아서 사격해! 나머지는 전방에 벽을 만든다! 창을 든 병사는 앞으로 나서라! 기타 다른 병사들은 창병 뒤에 붙는다! 당장 시행해! 어서!"

"무리입니다, 마마! 화격단은 기사의 돌격을 막아낼 정도로 무장이 충실하지 못합니다!"

"시끄럿! 저 자식들이 지금 대열에 뛰어들면 온 전선이 무너진다! 그럼 패배야!"

"그, 그렇다면 마마께서라도 피하십시오! 이곳 지휘는 제가 하겠습니다."

"닥쳐! 크렌 경! 그대는 지금 내게 부하들을 버리고 도망치는 겁쟁이가 되라고 말하는 거냐? 가고 싶으면 그대나 가! 거기! 어깨를 붙여! 동료들을 믿어라! 물러설 곳은 없다!"

나를 말리는 크렌을 밀쳐 내고 전선을 바라보았다. 아직도 교착 상태. 아군의 좌익이 앞으로 몇 미터쯤 전진했지만─피와 시체로 바닥을 포장하면서─중앙은 한 치의 나아감도 물러섬도 없었다. 그리고 좌익에 비해 두 배 가까운 병력을 투입한 우익은 오히려 뒤로 몇 미터쯤 물러섰다. 좌익 쪽 초원에서 교전을 벌이고 있는 아군 기병대와 기사단은 적 기병대 일부를 패퇴시킨 것 같았지만 아직도 한창 접전을 벌이고 있었다. 저들을 지금 불러들인다 해도 이미 늦었겠지? 적 기사단은 이미 전장을 우회한 뒤 8백 미터 거리까지 다가왔으니까.

"실수였어. 주변 경계를 게을리 하다니 말이야."

"예……."

"본대에도 병력을 좀 더 남겨놨어야 했는데, 너무 일찍 투입했나 봐. 나도 아직 경험이 부족한 것 같아."

"마마께서는 최선을 다하셨습니다. 그리고 아직 진 것이 아닙니다."

크렌이 위로의 말을 건넸지만 착잡한 내 마음은 별로 나아지지 않았다. 적들은 이걸 노리고 혼전 상태의 전선에 보병 기사단을 투입한 건지도 모르겠다. 중갑을 입고 롱 소드와 카이트 실드로 무장한 채 방패의 벽을 이루며 전진하는 보병 기사는 중무장의 기사라 해도 상대하기 힘든 법. 그런 적을 상대하기 위해서는 그 두 배의 전력을 투입해야 하고, 그 전력이 나올 곳은 당연히 내가 있는 이곳이겠지. 거기다 난 이미 기병대와 기사들도 투입시켰으니……. 쳇. 차라리 나도 저 앞에 나가서 싸울 걸 그랬군. 아무래도 상대 쪽이 만만치 않아 보이는군.

"당황하지 마! 기사라 해도 창에 찔리고 화살 맞으면 죽는 건 마찬가지다! 거기 너! 동료를 믿고 더 바싹 붙어!"

"함부로 자리에서 이탈하는 자는 죽인다! 이 새끼야! 지금은 전시 상황이야! 떨지 말고 창대나 꽉 잡아!"

"우린 저 자식들보다 열 배가 넘는다고! 지지 않는다! 이길 수 있다! 우린 이길 수 있다!"

"어깨를 붙여! 돌파당하면 말 뒷굽에 뒤통수가 깨진다! 뒈지고 싶지 않으면 더 바싹 붙어서 벽을 만들어!"

병사들을 통솔하는 소대장이나 중대장들이 병사들 사이를 오락가락하면서 욕설과 주먹으로 화격단 소속 병사들을 윽박질러 댔다. 개중에는 다른 병사들과 같이 창대를 붙잡고 선두에 선 장교들도 있었다. 아니, 상당수의 장교들이 병사들과 같이 어깨를 맞댄 채 선두에 섰다.

"크렌, 넌 여기서 전황을 살펴!"

"예? 그럼 마마께서는…….'

"가만히 있으려고 했는데 아무래도 체질에 안 맞아! 나도 싸운다! 넌 여길 지켜! 지휘자가 한 명쯤은 있어야 하니까."

"안 됩니다!"

"시끄럿!"

난 반대하는 크렌을 뒤로한 채 말에서 내렸다. 말안장에 매어놓은 클레이모어를 허리에 차고 투구를 쓰고 내 앞에 서 있는 병사들을 헤치며 앞으로 걸어갔다. 그리고 대열의 맨 앞까지 걸어간 난 한 병사의 창대를 빼앗아 쥔 뒤 뒤로 물러서라고 손짓했다.

"어… 어어?"

내게 창날을 빼앗긴 그 병사는 입을 반쯤 벌리며 우물쭈물거리다가 어떻게 해야 할지 모르겠다는 듯 엉거주춤하게 서 있었는데, 그 옆에서 내가 하는 양을 본 한 장교가 내 옆의 다른 병사를 밀쳐 내고는 그 자리로 파고들었다.

"그대 이름은?"

"한스 짐머멘입니다, 사령관 각하."

"중대장?"

"예."

"재수가 없군."

"예, 재수가 없지요. 사령관 각하까지 싸우시는 마당에 겨우 중대장 따위가 몸을 사릴 수는 없으니까 말입니다."

"훗."

"큭큭."

"푸흡."

주변에서 다른 병사들이 킥킥거리는 소리가 들려왔다. 그리고 곧 병사들을 윽박지르는 장교들의 목소리가 사라졌다. 대신 '날 봐라!' 라든지 '같이 싸운다' 라는 소리가 들려왔다. 밀러 대대장이 이끄는 궁사대를 제외한 다른 화격단 장교들은 모두 나처럼 전열로 나와서 창대를 잡았고, 덕분에 다른 병사들까지도 물러설 수 없다는 결사적인 다짐을 하게 만들었다.

그때 500미터 거리까지 속보로 다가온 적 기사들이 말을 거세게 몰아 가속해 오기 시작했다. 멀리서부터 두두두… 하는 소리가 들려오면서 바닥이 작게 요동치기 시작했다. 슬쩍 뒤를 돌아보니 내게 창을 빼앗긴 그 병사가 아직도 내 뒤에 서 있었다.

"이봐, 내 뒤에 있는 녀석."

"예? 예?"

"이름이 뭐냐?"

"시플입니다. 아스덴 마을의 시플……."

"그래? 시플, 검 가지고 있냐?"

"예, 숏 소드를……."

"잘됐군. 만약 내 머리 위나 좌우로 적의 전마가 지나가면 그 검으로 말의 다리를 베라. 그럼 재수 좋으면 살 수 있다. 알았지?"

"예."

내 말에 시플이란 그 병사는 허리춤에 차고 있는 숏 소드를 꺼내 들었다. 그러자 주변에 있던 눈썰미 좋은 병사들이 알아서 무기를 꺼내 들었고 일부는 바닥에 그것을 꽂아 넣었다. 저렇게 하면 급할 때 검 손잡이만 쥐고 뽑아 들 수 있겠지. 그때 등 뒤에서 큰 목소리가 들려왔다.

"선두 제자리 앉아!"

"주저앉지 마! 한쪽 무릎만 꿇어라! 자세를 낮춰!"

"거기 주저앉지 말라고! 전마 밑에 앉아 있으면 말발굽에 내장이 터진다! 죽고 싶지 않으면 자세를 잡아! 창대는 바닥으로 내려놔! 방해된다!"

"고개를 숙여! 뒤통수에 화살 꽂힐 거다!"

그 말에 따라 난 무릎을 꿇으면서 자리에 앉았다. 바닥에 창대를 내려놓고 뒤를 돌아보니 사 열로 주저앉아 있는 병사들 뒤로 활을 든 병사들이 이 열로 서서 적 쪽을 보고 있었다. 곧 이어 투두두둥, 하는 소리가 등 뒤에서 들려왔고 그 익숙한 음향 뒤로 허공을 향해 뻗어 나가는 화살의 꽁무니가 보였다.

날아간 화살은 이제 거의 백오십 미터 정도까지 다가온 적 기사단을 향해 떨어져 내렸다. 선두에서 달려오던 몇몇 기사가 화살에 맞은 채 뒤로 떨어지거나 쓰러지는 말과 함께 바닥을 굴렀다. 그 위를 뒤따르던 다른 기사의 말이 내달렸고 이내 시끄러운 비명 소리와 함께 자취를 감췄다. 부족해. 이 정도로는 도저히 저들의 돌진을 막을 수 없…….

"발사 준비! 한 발이다! 한 발에 모두 꿰뚫어 버려!"

"세 명에 하나! 세 명에 하나!"

"말보다는 기사를 노려!"

"지금! 발사!"

투두둥.

아까보다는 작은 소리가 났다. 하지만 이번 화살은 이전과 같이 포물선을 그리며 날아간 것이 아니라 우리 머리 위로 스치듯 지나갔다. 직선으로 죽죽 뻗어 나간 화살들은 적 선두의 기사들에게 집중되었고 그들 중 상당수가 비명을 지르며 말에서 떨어졌다. 바닥에 쓰러진 말들과 뒤따르던 다른 말이 엉켜서 몇몇 기사가 바닥으로 굴렀다. 하지만 적들은 동료들을 짓밟으면서까지 우리를 향해 달려오고 있었다, 그것도 무시무시한 속도로.

"선두 일어서! 거창!"

"거창!"

"일어서! 말에 채이고 싶냐? 어서 일어서! 자세를 잡아!"

좌우에서 떠드는 소리에 나 역시 창대를 잡고 일어섰다. 그리고 창대의 끝을 바닥에 깊이 박은 뒤 창대의 중간을 잡고 두 발을 강하게 바닥에 디뎠다. 그런 내 뒤로 병사들이 달려와 지지해 주었고 수백 개에 달하는 창날이 적들을 향해 내밀어졌다.

"함성을 질러라! 으아아아아아!!"
"와아아아아아!!"
"와아아아아!!"
"우아아아아!!"

사방에서 귀가 멀 정도로 커다란 함성 소리가 터져 나왔다. 나 역시도 목이 터져라 고함을 질러대면서 적들을 노려보았다.

두두두두두두…….

바닥이 퍽퍽 패이면서 흙무더기가 말들 뒤로 날아가는 게 보인다. 씩씩거리면서 내 쪽을 향해 달려오는 거대한 체구의 전마가 눈앞에 가득 들어왔다. 그리고 그 위에 앉아서 랜스의 끄트머리를 내 쪽으로 향하고 있는 적 기사.

빠아아아아!

내 왼쪽 어깨를 스치고 지나간 랜스의 끝이 괴상한 소리를 내면서 허공으로 치솟았다.

"크흑……."

지독한 통증이 어깨를 타고 전신으로 퍼진다. 그래도 내 등 뒤에서 온몸으로 날 받치고 있는 다른 병사들 덕분에 뒤로 넘어가거나 하지는 않았다. 그리고 눈 깜짝할 사이에 바닥을 두들기는 말의 거대한 체구가 크게 확대되어 나타났고 내가 창날의 끝을 그쪽으로 향하자 빠각, 하는 소리와 함께 말 가슴에 창날 끝이 파고들었다. 지이익… 두 발이 끌리면서 몸이 뒤로 밀렸다.

히히히히힝! 히히히힝!

창날에 찔린 말이 비명과 같은 소리를 내면서 갑자기 제자리에서 앞발을 들어 올리며 발광했다. 그 덕분에 말의 가슴을 찌른 창날이 앞으로 쑥 딸려갔지만 난 온 힘을 주면서 버텼고, 창대 끝이 뚝 하고 부러지면서 앞부분이 뒤로 반쯤 삐져 나왔다. 그 사이로 붉은 피가 뿜어져 나왔다.

"으아아아악!!"

쿠웅!

바로 옆에서 난 비명 소리에 놀라 고개를 돌려보니 말과 한 덩어리가 된 기사가 아군 병사 서넛을 깔아뭉개면서 창날의 숲 안으로 뛰어들었다. 아니, 떨어져 내렸다는 표현이 맞을 것 같다. 그때 우리 앞에서 앞발을 들고 있던 말 뒤에서 쿵 하는 소리가 나면서 말이 앞으로 확, 넘어졌다.

쿠우웅!

고개부터 떨어진 말은 그대로 목이 꺾였고, 그 말 뒤에서 무언가가 내 쪽을 향해 날아왔다. 난 반사적으로 반으로 부러진 창날을 들어 그것을 찔렀다.

가가각… 퍼억!

괴상한 소리와 함께 창대 끝 부분에 무언가가 걸렸다. 쿵쿵거리며 뛰는 심장을 진정시키며 그것을 바라보니 플레이트 아머를 입고 있는 기사였다. 가슴 부분이 안으로 우그러들고 그 중앙 부분이 뚫린 기사는 몇 번 몸을 꿈틀거리다가 그대로 축 늘어졌다.

비명 소리와 고함 소리가 사방에서 들려왔다. 그리고 끝없이 밀려올 것 같던 적 기사의 숫자가 점점 줄어들다가 이내 뚝 끊겼다. 그리고 나타난 황량한 풀밭. 초원이라 부르기도 좀 그렇지만—말발굽에 땅이 패어서 검은 흙덩어리가 사방에 널려 있었다—파란 하늘과 푸른 초원이 눈에 들어오자 내 머리 속에서 현실감이 사라졌다. 마치 꿈을 꾸고 있는 듯한 기분이랄까?

들고 있던 묵직한 창대를 놔버렸다. 털썩… 작은 소리와 함께 창끝에 매달려 있던 적 기사가 바닥으로 떨어졌고, 눈가가 시큰해지는 느낌이 들었다. 그때 갑자기 눈앞이 깜깜해지더니 커다란 충격과 함께 목이 뒤로 젖혀졌다.

"어억?"

"우아아악!"

비명 소리와 함께 뒤로 넘어가던 내 몸이 허공에서 딱 멈춰졌다. 눈을 굴려 옆을 바라보니 나와 비슷한 모양의 투구를 쓴 기사 하나가 피가 잔뜩 묻은 메이스를 든 채 나를 노려보고 있었다. 그리고 이내 메이스를 고쳐 쥔 기사가 손을 높이 들어 올리고는 나를 향해 내려치려 하고 있었다. 머리보다 먼저 내 팔이 올라갔다. 떨어져 내리는 메이스를 향해 팔을 들어 올렸다.

까강!

낮인데도 불구하고 작은 불똥이 튀어 오른다. 팔목이 좀 시큰거리기는 하지만 다친 것 같지는 않다. 말 위에 올라타고 있던 그 기사가 '어엇?' 하고 작은 소리를 내는 게 들렸다. 의외였냐? 빌어먹을 자식아!

"으아아!"

자세를 잡고 선 난 허리춤에 매달린 클레이모어를 꺼낼 생각도 안 한 채 주먹을 쥐고 섰다. 그리고 다시 메이스를 어깨 위로 들어 올리는 그자의 무릎을 향해 휘둘렀다.

뼈어억! 콰드득.

"크아아악!"

놈의 무릎 부위가 피로 물들었다. 내 주먹에 부서진 관절 부위 갑옷이 살을 파고들었고 뼈가 부서지는 소리와 함께 놈의 무릎이 반대쪽으로 꺾였다. 피가 튀었고 곧 이어 내 쪽으로 몸이 숙여진 놈을 난 한 손으로 붙잡고 잡아당겼다.

쿠웅.

기사는 말에서 떨어져 바닥에 쓰러졌다. 꿈틀거리는 기사가 고개를 들어 나를 바라보며 무언가 중얼거리려 할 때 화격단 병사 하나가 그 자에게 달려가서는 숏 소드를 거꾸로 쥔 뒤 등을 찔렀다. 콰직. 철판과 체인을 뚫고 살 속으로 파고든 검날은 피를 잔뜩 머금은 채 다시 뽑혀져 나왔다.

"…쿨럭."

"잡았다! 내가 잡았다고! 와하하!"

기사의 투구 사이로 피가 울컥 뿜어져 나왔다. 그리고 그 위에 올라탄 병사는 뭐가 그리 좋은지 피 묻은 숏 소드를 든 채 미친 듯이 웃어댔다. 난 고개를 돌려 다른 곳을 바라보았다. 말과 사람이 바닥에 한가득 깔려 있었다. 그리고 아직도 싸움 중인 기사와 병사들이 주변에 가득했다. 바닥에 쓰러진 자는 죽은 자이고 아직 서 있는 자는 산 자들. 난 허리 쪽으로 손을 가져간 뒤 클레이모어를 뽑아 들었다. 그리고 아직 살아 있는 자들을 향해 달려갔다.

반으로 부러진 랜스를 집어 던지고 막 롱 소드를 뽑아 드는 적 기사를 향해 달려든 난 두 손으로 힘껏 움켜쥔 클레이모어로 기사가 타고 있는 말의 뒷다리를 후려쳤다.

퍼억!

붉은 피가 튀면서 기사가 탄 말이 쓰러졌다. 내가 뒤로 물러서자 쿵 소리를 내며 쓰러진 말과 그 위에 타고 있던 기사에게로 주변에 있던 병사들이 우루루 몰려들었다. 순식간에 말 위에 올라타 있던 그 기사는 분노한 병사들의 숏 소드와 나무 클럽에 너덜너덜하게 변해 버렸다.

"죽어! 죽어! 죽어엇!"

"갑옷을 벗겨내! 배를 갈라 버려!"

또 다른 기사 하나가 말 위에서 끌어내려진 뒤 갑옷이 해체당했다. 그리고 잔인하게 난도질당한 채 죽어 나갔다.

"말! 말을 노려라!"

"뒤로 물러나! 깔린다!"

"으아아악!!"

히히히힝!!

쿠웅!

말과 함께 적 기사가 바닥에 쓰러졌다. 한쪽 발이 말에 깔린 그 기사는 바닥을 기면서 어떻게든 벗어나려고 버둥거렸지만 먹이를 노리는 하이에나처럼 달려든 병사들의 발길질과 몽둥이세례에 갑옷과 함께 피범벅이 된 채 늘어졌다. 깨어진 투구 사이로 검붉은 피가 새어 나온다. 피와 땀으로 범벅이 된 클레이모어의 자루가 미끈거린다. 난 클레이모어를 두 손으로 쥔 뒤 다시 전장을 뛰어다녔다.

방금 전까지 내가 있던 전장은 이미 난장판이 되었고 적 기사들은 화격단 병사들 속에 갇혔다. 일부 적 기사들이 대열을 뚫고 반대편으로 빠져나갔지만 대부분의 적들은 병사들 사이에 갇혀 이내 말 위에서 끌어내려진 채 죽임을 당했다. 나 역시도 네 명의 적 기사를 끌어내린 뒤 그들의 목숨을 끊었다. 그리고 얼마 지나지 않아 사방에는 주인을 잃은 말들만이 남게 되었다.

"승리다!"

"와아아아아!!"

"와아아아!!"

"함성을 지르자! 우리 동료들이 들을 수 있게! 우아아아!!"

"와아아아아아아!!"

공포심이 마비되고 승리에 도취된 병사들이 목이 터져라 고함을 질러댔다. 난 그들 한가운데 서서 그런 병사들의 모습을 바라보았다. 그리고 투구의 바이져를 올리려고 한 손을 들었다.

끼익… 끼기긱…….

또 부서졌나 보군. 쳇, 앞이 잘 안보이잖아.

"후우."

저절로 한숨이 나오는걸.

푸르릉.

등 뒤에서 말 울음소리가 들려왔다. 슬쩍 고개를 돌려보니 말 위에 탄 기사가 날 내려다보고 있었다. 설마 적은 아니겠지?

"마마, 다친 데는 없으십니까?"

"크렌이냐?"

"예, 마마. 말을 가져왔습니다. 오르십시오."

"그러지."

난 순순히 그의 말대로 말 위에 올라탔다. 그리고 주변을 돌아보니 사방에 시체와 중상자들이 널려 있었다. 병사들의 함성 소리에 묻혀 고통에 찬 신음 소리가 들리지는 않았지만 많은 병사들이 죽거나 다쳤을 거다. 씁쓸한 기분. 널브러져 있는 시체와 가끔 꿈틀거리는 부상자들에게서 고개를 돌린 난 크렌 쪽을 바라보았다.

"너……."

다친 거야? 라고 물으려다가 입을 다물었다. 크렌의 왼쪽 어깨 부위부터 팔목 부근까지 붉은 피가 잔뜩 묻어 있었고 그 외에 갑옷 여러 곳이 부서져 있었다. 그곳에는 피가 흘러내리고 있었고. 질문 자체가 우스운 상황이었다. 그런 내 시선을 느꼈는지 크렌은 오른손으로 자기 왼쪽 어깨를 툭툭 치면서 말했다.

"아직 괜찮습니다, 마마."

"다쳤으면 뒤로 빠져 있어. 가서 치료나 받아."

"아닙니다. 견딜 만합니다."

"그래? 그럼 됐고. 우리 측 피해는?"

"대충 칠팔백 정도? 더 될지도 모릅니다. 하지만 적들도 스물 정도만이 대열을 돌파했으니 밑지는 장사는 아니죠."

"……"

"그리고 아군 기사단이 적 기병대를 패퇴시켰습니다. 경기병대는 아군 우익과 함께 적들을 압박하는 중입니다."

적들이 돌격해 오기 전에는 미처 생각 못했는데 적 기사들은 어딜 기준으로 돌격해 왔을까? 만약 나라면 말 위에 올라타 있는… 그리고 깃발과 가까운 자를 목표로 삼았을 거다. 내 앞으로 나서기 전 말 위에 있던 시점이라면 당연히 나에게 달려들었겠지만 난 병사들과 함께 창을 들고 있었고, 그들의 눈에 띈 다음 타깃은 크렌이었다.

그는 여타 기사들과 마찬가지로 플레이트 아머를 입고 있었고 또한 말을 타고 있었으니 투구 사이로 난 작은 구멍으로도 쉽게 찾아낼 수 있었을 거다. 대열을 돌파한 기사들은 크렌에게 달려들었을 테고… 그가 입은 부상은 원래대로 따지면 내가 당했어야 하는 거겠지. 쳇, 입맛이 쓰다.

"크렌, 넌 여기서 부상자를 수습해 후방으로 후송시켜. 사지 멀쩡한 병사들은 곧바로 전장에 투입한다. 당장 시행하도록!"

"옛! 마마!"

어느새 투구를 벗어 옆구리에 끼고 있던 크렌은 나를 보며 씨익 웃었다. 그리고 씩씩하게 대답한 뒤 병사들 사이로 말을 몰아 다가갔다.

잠시 전열을 가다듬은 나는 화격단의 남은 병사들을 이끌고 곧바로 기병대가 날뛰고 있는 아군의 좌익 쪽으로 달려갔다. 그렇지 않아도 심한 공격에 압박을 받으며 밀리고 있던 적들은 우리까지 가세하자 더 이상 버틸 수 없었던지 우리에게서 등을 돌리며 도주하기 시작했고, 포위당할 것을 두려워한 적의 중진이 뒤로 빠졌다. 덕분에 크레드 족으로 구성된 적의 좌익이 아군에게 포위당했고, 난 나머지 병사들과 아직 여력이 있는 기병대에 등을 돌린 채 도주하고 있는 적들을 공격하라고 명령했다.

상대적으로 굼뜬 적의 보병 기사와 중장 보병이 가장 먼저 기병들의 먹이가 되었다. 대열을 갖춘 채 후퇴하던 적들은 전면에서 아군의 보병이 압박하고 측면으로 기병들이 달려들자, 이내 등을 보이며 도주하기 시작했다. 처음에는 후방에 있던 한두 명이었지만 이내 수십, 수백 명씩 도망치기 시작했고 내가 그곳에 도착했을 때쯤에는 중앙에 있던 적들 대부분이 뒤돌아 서서 도망가고 있었다. 그 뒤를 따라 말을 탄 기병들이 달려들었고, 상당수의 보병 기사와 중장 보병들이 뒤통수에 메이스나 롱 소드를 맞고 쓰러졌다. 그리고 뒤따르는 병사들에게 포로로 잡히거나 죽임을 당했다.

상당수의 적들이 포로로 잡혔고 아직도 도주하는 병사들을 쫓아다니는 기병들은 양 떼 속에 뛰어든 늑대처럼 적들 사이를 헤집고 다녔다. 전장의 추는 급속도로 크레센트 쪽으로 기울었고 균형은 깨졌다.

대부분의 적들이 전장에서 이탈한 채 도주했는데도 크레드 족 전사들은 원형 진을 만든 채 저항하고 있었다. 그쪽을 향해 말을 몰아간 난 적들을 포위한 병사들 사이를 헤치며 앞으로 나섰다. 붉은색으로 변한 터번과 긴 천으로 몸을 감은 크레드 족 전사들의 눈이 내 쪽으로 쏠렸다. 난 그런 적들을 바라보다가 입을 열었다.

"그대들의 수장이 누구인가? 있다면 앞으로 나서라!"

웅성웅성.

적들뿐만 아니라 아군 속에서도 작은 웅성거림이 들려왔다. 그리고 잠시 뒤 앞 열에 서 있던 크레드 족 전사 중 한 명이 내 쪽으로 몇 발짝 나섰다. 그리고 억센 억양으로 말했다.

"이 무리를 이끌고 있는 알 세르다! 넌 뭐냐?"

"이 군대의 지휘관. 어때? 전쟁은 끝난 것 같은데, 항복하는 게 좋지 않겠어?"

"……."

"솔직히 말해서 너희를 몰살시키기 위해 내 부하들의 목숨을 잃게 하고 싶지 않다. 그러니 항복해라. 목숨만은 살려주마."

"우리… 전사들에게 항복이란 없다. 마지막 한 명까지 싸운다!"

"그래? 그렇게 개죽음당하고 싶어? 전쟁은 끝났다고 말했지? 승패가 갈린 시점에서 더 싸워봐야 학살당할 뿐이야. 전황에는 아무런 영향을 못 미치지. 그래도 싸울 건가?"

"……."

그자는 무언가 골똘히 생각하는 듯 입을 다물었다. 이에 난 투구에 걸린 걸쇠들을 풀어낸 뒤 투구를 벗었다. 후아… 머리 위로 뜨끈한 김이 모락모락 피어오른다. 시원해. 쪄 죽는 줄 알았네.

"여, 여자?"

그래, 나 여자다. 내가 여잔데 뭐, 보태준 거 있냐? 왜 그렇게 놀라는데? 엉? 기분 나쁘네. 난 그런 놈을 내버려 둔 채 말에서 내렸다. 그리고 투구를 대충 바닥에 내던진 뒤 그놈 쪽으로 몇 발짝 걸어갔다.

"이봐, 정말 항복할 생각 없는 거야?"

"무, 물론!"

"그럼 너! 알… 알…어쩌구……."

"알 세르디!"

"그래, 알 세르디. 너 나와 싸워볼 생각은 있냐? 만약 네가 이긴다면 지금 여기 있는 너희 크레드 족을 그냥 풀어주겠다. 하지만 내가 이긴다면 너희는 들고 있는 무기를 버리고 맨몸으로 돌아가야 할 거다. 어때, 해볼 테야?"

"……."

혼란스런 표정이군. 하긴 이런 상황에서 어쨌든 목숨만은 살려준다고 한다면 의심이 가기도 하겠지. 또한 내 말을 믿고 싶어지기도 할 테고. 저자가 바보가 아니라면 지금 같은 상황에서 무사히 포위망을 벗어나긴 힘들다는 건 잘 알 테니까. 잠시 고민하는 듯하던 그는 크레드 족 전사들을 돌아보았다. 그리고 다시 나를 보며 말했다.

"좋다! 하겠다! 약속 지켜라!"

"물론. 나 아넬리안의 이름을 걸고 약속은 꼭 지켜주지."

"믿는다. 무엇으로 겨루나? 검? 창?"

저들 중 말을 탄 자는 없지만 크레드 족은 사막 민족으로 말과 낙타―본 적은 없지만 말과 비슷한 탈것이라고 한다. 괴상하게 생겼다고 하던데…—를 잘 다룬다고 들었다. 아마 창이란 말은 기마전을 뜻하는 건가 보지?

"음… 힘 겨루기는 어때?"

"뭐? 힘 겨루기?"

"응, 그래."

"조, 좋다. 그럼 전사 나와라. 아니, 기사 나와라? 겨룬다."

"내가 할 거야. 너나 앞으로 나와."

내 말에 그 알… 어쩌고—그새 까먹었다. 요즘 기억력이…—는 미간을 찌푸리면서 나를 노려보았지만 난 싱긋 웃으면서 들고 있던 클레이모어를 흙바닥에 꽂은 뒤 앞으로 걸어나갔다. 크레드 족 전사들이 모여 있는 곳과 내 부하들이 몰려 있는 중간쯤까지 걸어나간 난 그 자리에 못 박힌 듯 멈춰 섰고 여전히 입가에 미소를 머금은 채 그를 바라보았다. 잠시 뒤 그자가 내 쪽으로 걸어와 맞은편에 섰다.

가까이서 본 알… 알… 하여튼 그는 상당한 근육질이었다. 팔뚝 하나가 내 허벅지만했고 키도 상당히 커서 나보다 머리 하나는 더 큰 것 같았다. 검은빛이 도는 구릿빛 피부에 긴 수염을 기른 그는 서른이 조금 넘어 보이는—혹은 더 들어 보이는—외모를 가지고 있었다.

"여자라고 봐주지 않는다."

"그래? 그럼 나도 남자라고 봐주지 않을 테니까 조심해. 무엇보다 네 부족민들이 걸려 있으니 처음부터 최선을 다하는 게 좋을 거다. 망신당하고 싶지 않다면 말이야."

"흥!"

내 말이 거슬렸는지 그는 코웃음을 치면서 두 손을 들었다. 마치 두 발로 대지에 꼿꼿이 서 있는 곰 같은 느낌이 드는 자다. 정말 큰걸. 난 웃으면서 그의 두 손을 붙잡고 깍지를 끼었다. 그리고 입을 열었다.

"자, 셋을 세고 시작하자. 셋."

"둘."

"하나… 시작!"

우둑.

잡힌 뼈마디에서 작은 소리가 나면서 강한 압력이 느껴졌다. 하지만 그 정도는 충분히 버틸 수 있기에 난 여전히 웃으면서 서서히 힘을 주었다. 단번에 날 밀어버릴 듯 힘을 주던 그 알… 어쩌고는 이내 인상을 쓰면서 얼굴을 붉혔다.

"끄으윽……."

그의 입에서 작은 신음 소리가 터져 나왔다. 알… 어쩌고의 양팔 근육이 터질 듯이 튀어나왔지만 그보다 훨씬 왜소한 나 하나를 어쩌지 못한 채 꿈틀거리기만 했다. 생각 외로 힘이 상당하다. 웬만한 남자라면 아예 상대가 안 되겠어. 아르케네스 정도는 되어야 할까? 흠… 뭐, 조금 사기이긴 하지만 져줘야겠어, 알… 어쩌구.

"겨우 이 정도야? 실망인걸?"

"크흑."

우두둑… 내가 온 힘을 다하자 그의 손목에서 뼈마디가 부딪치는 소리가 났다. 그리고 조금씩 그가 뒤로 밀리기 시작했다.

"이, 이건… 말… 도… 크아아아악!!"

뚜둑.

알 세르… 딘이었나? 단이었나? 하여간 그자의 손가락이 뒤로 굽혀지면서 팔목이 꺾였고 이내 그는 한쪽 무릎을 꿇으면 주저앉았다. 완전히 그를 밀어낸 난 간단하게 두 손을 풀어낸 뒤 한 손으로 손목을 주물렀다. 건틀렛이 없었다면 살갗이 다 찢겨졌을 정도로 강한 악력이었다.

"내가 이겼어. 이의없지?"

"……."

"대답해."

"져, 졌다."

그의 고개가 푹 하고 꺾였다. 마치 죽은 자의 그것처럼 말이다. 그의 입을 통해 졌다는 소리를 들은 난 주먹을 쥔 오른손을 높이 들었다.

"와아아아아아아!!"

주변에 있던 병사들이 목이 터져라 함성을 질러댔다. 그와는 반대로 크레드 족 전사들은 고개를 떨구거나 무기를 바닥에 떨구며 기가 죽은 모습을 보여주었다. 훗, 남자쯤이야. 음후후후후.

"자, 졌으니 약속을 지켜라."

난 팔짱을 끼며 그렇게 말했고 무릎을 꿇은 채 나를 올려다보던 알… 알… 세르디는 이내 고개를 떨구면서 크레드 족 전사들 쪽으로 걸어갔다. 그리고 얼마 뒤 크레드 족 전사들이 무기를 바닥에 떨군 뒤 두 손을 들고 항복해 왔다. 아아, 이제야 겨우 이 무겁고 답답한 갑옷을 벗을 수 있겠군.

전투가 끝나자 난 야전 막사로 돌아와 더운물에 몸을 담갔다. 후아아~ 살 것 같아. 이러고 있으니 온몸이 노곤한 게 한잠 푹 자고 싶다는 생각이 마구마구 피어오른다.

"흐으으음……."

하지만 아직 해도 안 떨어졌고 뒷정리도 조금 남았으니 침대에 눕는 건 조금 뒤로 미뤄야겠지? 물이 미지근해질 때까지 몸을 누이고 있던 난 쏟아지는 졸음을 물리치면서 둥근 나무 욕조에서 나왔다. 장미향이 나는 비누라든지 꽃잎이 있었다면 좋겠지만 전쟁터 한복판이라 그런 사치스러운 물건을 쓰다간 욕을 바가지로 얻어먹을 거다. 원하기만 한다면 그까짓 것쯤 못 구할 것도 없지만 비누 한 조각이면 밀가루 스무 포대 값은 될 테니 더운물로 만족해야지 뭐. 대충 수건으로 물기를 닦고 새 옷—물론 셔츠와 바지다. 치마는 아무래도 갑옷 입을 땐 거추장스러워서 말이지—으로 갈아입은 뒤 내 막사로 돌아가 보니 머리와 가슴, 그리고 팔에 붕대를 두르고 있는 크렌과 역시 머리에 붕대를 두른 셔우드 자작이 기다리고 있었다. 내가 막사 안으로 들어서자 자리에 앉아서 대화를 나누고 있던 두 사내가 일어서더니 내게 말을 했다.

"승리를 축하드립니다, 마마."

"축하드립니다."

"둘 다 수고했어요. 다치신 건가요, 셔우드 자작?"

"별것 아닙니다. 그저 좀 긁힌 것뿐입니다, 마마."

"다행이군요. 자작께서는 중앙에서 직접 부대를 지휘했다죠?"

"예."

"가장 치열한 곳에서 힘겹게 싸웠겠군요. 그대와 이곳 영주들의 공은 폐하께 잘 말해 두도록 하죠."

"영광이옵니다."

"그리고 크렌."

"예, 마마."

"보고하도록."

"예. 현재 경기병대 병력과 일부 보병단이 이 지역을 돌면서 패잔병들을 처리하고 있습니다. 적의 주력은 완전히 궤멸되어서 20㎞ 밖까지 도주했으며 채 3천 명이 못 되는 것으로 추정되고 있습니다. 적 사상자는 대략 2천 2백여 명, 포로는 4천 1백여 명으로 포로는 무장을 해제한 뒤 몇 무리로 나눠서 감금 중입니다. 또한 아크레닌의 귀족 열셋과 기사 서른넷을 포로로 잡았습니다. 이들의 처리를 명해 주십시오."

"아군의 피해 상황은?"

"화격단 병력은 사망이 530여 명, 중상자 이상의 부상자가 6백여 명입니다. 치명적인 부상을 입은 병사들이 많아서 사망자는 앞으로 더욱더 늘어날 것이라 생각되옵니다. 특히 화격단 소속 장교들의 피해가 컸습니다. 전 장교 중 절반 이상이 죽거나 크게 다쳐서 지휘 체계가 흔들리고 있습니다."

쯧. 마지막 기사단과 싸울 때인가. 하긴 전열에 섰던 대부분의 병사들과 기사들이 죽었을 테니……. 할 수 없지.

"공을 세운 병사들을 승진시켜. 모자라는 인력은 내부에서 끌어 모아야지 뭐."

"예. 그리고……."

"내가 하지. 에… 저희 남부 귀족연합 소속 병사 중 7백여 명이 죽었고 그 배 정도 되는 숫자의 부상자가 생겨났습니다. 기사들은 열두 명만이 죽거나 다쳐서 피해가 경미한 편입니다만 중장 보병과 치안병들의 피해가 컸습니다. 이들 대부분은 거의가 저희 사병인지라……."

"무슨 말인지 알겠어요. 피해 보상에 대해서는 나중에 하도록 하죠. 지금은 그럴 여력이 없으니까요. 그리고 적의 침공으로 빼앗긴 영토 수복은 셔우드 자작, 그대가 맡도록 해요."

"예. 알겠습니다, 마마."

"그런데… 다른 병사들의 피해는?"

"시민병 측과 경기병대 소속 병사들 일부가 죽기는 했지만 그리 많은 수는 아니니, 마마께서 신경 쓰실 정도는 아닙니다."

"아니, 그들 말고 그… 농민병들의 피해 상황은?"

"그들에 대해서는 저도 잘… 대충 1천여 명 정도 죽었을 겁니다. 예상외로 잘 싸운 편이라 살아서 돌아갈 자들이 많다고 들었습니다."

흐음… 그런가? 하긴 영주씩이나 되어서 농민들까지 신경 쓰지는 않겠지. 하지만 조금 아깝단 말이야.

"마마께서 그런 천한 자들까지 신경 쓰실 필요는 없지 않습니까? 식량만 축내는 것들인데……."

"아니오. 셔우드 자작, 우리는 한 명의 병사라도 더 필요한 상황이죠. 전투 경험까지 있는 '숙달된' 병사라면 더욱 가치가 높고요. 크렌, 가서 화격단 장교들에게 농민병 중 지원자가 있는지 알아보도록 해. 조건은 이전의 다른 병사들과 마찬가지로 하고."

"예, 지금 바로 가보겠습니다."

크렌은 내 말에 즉각 대답하곤 자리에서 일어섰다. 그리고 셔우드 자작 역시 그런 크렌과 함께 자리에서 일어선 뒤 내게 인사를 하고 막사 밖으로 나갔다. 후우… 전후 처리도 이제 끝난 건가? 지친다.

저녁조차 먹지 않고 의자에 앉은 채 꾸벅꾸벅 졸고 있을 때 밖에서 누군가가 나를 부르는 목소리가 들려왔다. 쓰읍. 에… 침이잖아? 에이. 소매를 입가로 쓱쓱 닦은 뒤 난 의자에서 반쯤 흘러내린 자세를 바로 하고는 말했다.

"들어와."

펄럭.

휘장이 젖혀지면서 두 명의 사내가 안으로 들어왔다. 흐릿한 눈가를 손등으로 쓱쓱 문지른 뒤 다시 바라보니 크렌과 거구의 사내였다. 어… 저 사람은 알… 어쩌구 하는 그 인간이잖아? 웬일이지?

"아직 안 갔군요. 갈 길이 멀지 않던가요?"

"관대한 결정 감사합… 합… 고맙다. 고개 숙이러 왔다."

풋. 저 친구 억양만 억센 게 아니라 어휘력도 부족한걸? 저들은 공용어를 사용하는 게 아닐까? 음… 그럴 수도 있겠군. 사막 부족은 폐쇄적인 경향이 강하다고 하니까.

"그거라면 됐어요. 난 내 부하들을 아끼기 위해서 나선 것뿐이고 내 이름을 건 약속을 지킨 것뿐이니까."

"……."

"그럼 고향까지 잘 돌아가도록 해요. 크렌, 이들에게 식량을 나눠 줘라. 넉넉하게."

"예. 알겠습니다, 마마."

은혜를 베풀어서 나쁠 건 없지. 더욱이 그것이 아크레닌과 사이가 나쁜 사막 부족이라면 더욱더. 겨우 수백의 목숨으로 아크레닌을 견제할 세력을 만들 수 있다면 식량이 아니라 보석 보따리라도 던져 주고 싶은걸. 내 말이 끝나자 크렌은 그의 한 팔을 잡고 밖으로 나가려 했다. 하지만 순순히 나가던 그가 갑자기 크렌의 팔을 뿌리치더니 내 쪽으로 성큼성큼 걸어왔다. 그리고는 갑자기 셔츠 사이로 드러난 내 팔을 가리키며 말했다.

"그… 팔… 팔 만진다."

"무슨?"

"팔! 어깨! 팔목! 손! 팔꿈치! 주물주물!"

알… 어쩌구는 내가 못 알아듣자 답답한지 자기가 아는 단어들을 마구 나열해 댔다. 내 팔을 가리키며 말이다. 그제야 난 그가 하는 말의 뜻을 이해했고 이내 씨익 웃으면서 오른 소매를 걷어 올렸다. 어깨까지 말아 올린 소맷단 사이로 새하얀—요즘 햇볕에 조금 탄—팔뚝이 드러났다. 내가 팔을 들어 올리자 알… 어쩌구는 조심스럽게 내 손목과 손가락을 쥐었다. 그리고 뭐라고 알아들을 수 없는 말로 중얼거리면서 손끝으로 팔목을 쿡쿡 찔러보더니 이내 팔목을 한 손으로 꽉 쥐었다.

"믿음없다. 믿음없다."

"믿을 수 없다고?"

내 팔뚝을 만지며 고개를 젓던 그는 내가 믿을 수 없냐고 물었더니 잠시 생각하다가 이내 고개를 마구 끄덕였다. 역시 아직도 진 걸 인정 못하는 건가? 후후후. 하지만 뭐… 내가 굳이 이 사람의 궁금증을 풀어 줄 필요는 없겠지? 난 물러선 그를 빤히 바라보다가 소매를 내리면서 말했다.

"비록 내가 허락하긴 했지만 방금 그대의 행동은 내게 있어 굉장히 무례한 행동이에요."

"무례? 나? 잘못인가?"

"그래요. 무례했어요. 왕의 부인을 함부로 만지다니, 그대가 우리 왕국민이었다면 당장 목이 잘려도 하소연할 수 없었을 거에요."

"미안이다. 잘못이다."

내가 미간을 찌푸리며 낮은 목소리로 말하자 그는 곧바로 고개를 숙이며 사과해 왔다. 아마도 자기가 아는 단어와 내 분위기를 보고 말하는 것 같았다. 그렇게 생각하면 굉장히 머리가 좋은 자인 것 같은걸?

학문과는 거리가 멀어 보이는데 말이야.

"하지만… 그래도 약속은 약속이니까. 대신 내 질문에 대답해요."

"좋다. 사과다. 대답이다."

"그럼. 왜 당신들… 그러니까 크레드 족이 여기서 아크레닌과 손을 잡은 거죠? 내 말은 둘이 원수지간 아니던가요?"

"…검은 옷 사내. 우리에게 와서 말했다. 같이 싸운다. 초원 준다. 혼자 싸운다. 우리 죽인다. 겁나지 않다. 하지만 초원 탐난다. 곡식 필요하다."

그래? 호오… 결국 아크레닌 녀석들은 우리의 평원을 노리고 저들과 손을 잡은 건가? 하지만 그 자존심 높은 놈들이 이들괴 같이 싸울 리가 없을 텐데. 대륙인과 사막민들은 고대부터 지금까지 사이가 나쁘기로 유명했으니까. 뭐, 그 이유야 먹을 것 때문이겠지만. 아마도… 제삼자가 끼어든 거겠지? 쳇. 속이 쓰렸지만 여전히 내 얼굴을 보면서 내 기분을 살피는 알… 어쩌구를 앞에 두고 인상 쓸 수는 없기에 난 입가에 미소를 지으며 말했다.

"좋아요. 그 정도면 만족할 만한 답변이로군요. 그럼 가보도록 해요. 그리고 크렌, 기왕 인정을 베푸는 김에 좀 더 쓰도록 하자고. 수거한 무기들 중 이들 부족의 검을 돌려주도록 해."

"예? 하지만 마마… 그것은……."

"아아, 괜찮아. 내가 허락한다. 대신 우리 왕국 국경을 넘을 때까지는 감시를 게을리 하지 말도록. 무기는 국경을 넘은 뒤에 돌려주도록."

"명이시라면……."

내 말에 크렌은 약간 불만이라는 듯한 표정이었지만 이내 얼굴을 풀고는 고개를 숙이며 답했다. 고개를 끄덕인 난 두 사내에게 나가보라고 손짓했다. 곧 이어 크렌과 알… 뭐시기가 밖으로 나갔고 혼자 남은 난 끊임없이 밀려오는 졸음을 이기지 못한 채 그대로 나무 침대에 몸을 뉘었다. 배에서 꼬르륵 소리가 나기는 했지만 침대에 누운 채 기절하듯 잠에 빠져들었다. 쿠울.

Chapter 20

공성전

피의 마녀 전설? 흠, 그걸 아직도 입에 올리는 놈이 있나? 뭐? 몰랐어? 책에서 읽었다고? 그런 책이 아직도 남아 있다는 게 더 신기하네. 하여간 황후마마의 귀에 들어가지 않도록 조심하라고. 그분의 심사에 거슬리면 황실 도서관 전체가 잿더미가 될 테니까. 충분히 그러고도 남을 분이시지. 어이, 고개 끄덕이지 말라고. 농담이야, 농담. 어디 보자, 황후마마께서는 그 전부터 전장의 사신, 피의 마녀라는 별칭을 달고 다니셨지만 본격적으로 대륙에 명성을 날리게 만든 결정적인 전투는 아크레닌 국에서 벌어진 예츠나 공성전이었지. 맨손으로 사람 목을 뽑고, 갈비뼈를 부수고 심장을 꺼낸다던가, 척추를 뜯어낸다던가, 내장을 뽑아서 활줄을 만들었다는 소문도 있었고……. 아~ 물론 황후마마께서 실제로 그랬던 건 아니야. 어디까지나 소문일 뿐이니까. 하지만 그 소문이 얼마나 무서운 것인지 난 그 전투에서 처음으로 알게 되었지. 그래, 정말 소문만큼은 끔찍했지.

―제2대 황실 서기관이자
궁중 역사학자인 후렌 경이 집필한 '황실 비사' 중.
―초대 로얄가드 단장이신
크렌 드 마트레인 후작 각하와의 대담 중.
오늘도 취해 있었음.
―주: 마트레인 후작 각하의 표정은 정말 끔찍했다.
마치 세상에 다시 볼 수 없는
그런 흉측한 것을 본 것 같다는 표정이었다.
얼마나 끔찍하기에……. 으음, 나로서는 상상이 안 간다.

공성전

―대륙력 999년. 가을. 아크레닌 국 북부 교역 도시 예츠나. 동쪽 2km 지점

높다란 목책이 우리 앞길을 가로막고 있다.

푸르릉.

날 태우고 있는 갈색 암말은 무거워서인지 아니면 뭔가 신경에 거슬리는 게 있는지 자꾸 투레질을 하면서 고개를 흔들어댔다. 난 그런 말의 목을 건틀렛을 낀 손으로 쓰다듬어 주었다.

"마마, 준비 끝났습니다."

"응. 공격 준비."

"예."

내가 대답하자마자 크렌이 손을 들었고 우리 뒤에서 깃발을 들고 있던 장교가 깃발을 높이 치켜 올린 뒤 좌우로 크게 흔들었다.

우우우우우우웅.

긴 나팔 고동과 함께 대열을 맞춰 서 있던 병사들이 앞으로 한 발씩 걸어 나갔다.

쿵.쿵.쿵.

지축을 울릴 듯한 커다란 소리와 함께 수천 명의 병사들이 일제히 목책을 향해 다가갔다. 날씨가 화창해서 전쟁을 하기엔 딱 좋겠어. 한 손으로 눈가를 가린 난 그렇게 생각하면서 고개를 들었다.

내가 주먹으로 테이블을 후려치자 중구난방으로 떠들고 있던 귀족들과 휘하 장교들이 금세 입을 닫았다. 긴 테이블의 맨 끝 자리를 차지하고 있던 나는 지금껏 입을 놀리던 귀속늘을 노려보았다.

"다시 한 번 말하지만 내 의지는 변함이 없으며 그대들은 내 명령을 따라야 할 의무가 있습니다. 반론은 거부합니다."

"하나, 마마. 지금 시국에 아크레닌 국을 공격한다는 건 불가능한 일입니다."

"그렇습니다, 왕비마마. 지금은 로세니아의 침략군을 이 땅에서 몰아내는 데 전력을 다해야 할 때입니다."

올렌드 자작과 류케스 남작이 입을 열었다. 하지만 내가 두 귀족을 노려보자 이내 찔끔하는 표정으로 고개를 돌린다. 쯧쯧. 나보다 배는 넘게 살아왔을 텐데 어떻게 스무 살짜리 여자보다도 머리가 안 돌아가는지……. 그냥 한껏 화를 내면서 명령대로 하라고 윽박지르고 싶다. 그게 편할 것 같아.

"후우. 두 분은 지금껏 제 말을 뭘로 들었는지 궁금하군요. 다시 말할까요? 지금 아크레닌 국을 치는 데는 두 가지 의미가 있습니다. 첫째, 적 주력의 완벽한 격퇴. 대승리를 거두었고 수천의 적군 포로를 붙잡았지만, 그중 대부분은 훈련조차 제대로 받지 못한 농민병들이에요. 아크레닌 국의 주력인 보병 기사단과 중장보병대는 상당한 피해를 입긴 했지만 아직도 위협적입니다. 둘째, 이건 남부 국경을 맞대고 있는 다른 두 나라 모레니안과 아리츠반에 대한 경고이기도 합니다. 우리 크레센트에 적극적으로 가담할 것이 아니라면 최소한 중립을 지키라는 의지 표명입니다. 만약 다른 나라들이 아크레닌 국처럼 우리 크레센트를 침략한다면⋯ 그들은 대크레센트 왕국의 속령이 될 것입니다.”

“하나 그렇다 해도 아크레닌 국을 점령할 만한 병력도 물자도 부족한 실정입니다, 마마. 이미 추수철인데도 징집령으로 인하여 밀을 거두지 못하고 있는 농토가 태반입니다. 게다가 젊은 인력의 부족으로 영지 곳곳에서도 인력 부족 현상을 겪고 있으니 더 이상의 인력 및 물자의 충당은 힘들 것으로 보입니다만.”

“사세요. 물론 여기 모이신 영주 분들의 개인 주머니를 열어야겠지만 말이에요. 지금은 전쟁 중입니다. 북부 지역은 물론이고 남부 지역에서도 다수의 난민이 떠돌고 있죠. 그런 난민들 중 대부분은 농부이거나 농노들이죠. 그런 그들에게 돈을 주고 먹을 것을 주며 또한 집을 지어준다면 전장으로 불려 나간 청년들만큼의 노동력은 확보할 수 있을 겁니다.”

“그러나……..”

“아직 제 말 안 끝났습니다, 베릴 백작. 물론 여러분의 재산을 쓰는 건 여러모로 기분이 안 좋을 것입니다. 하지만 이렇게 생각해 보세요. 아크레닌 국의 왕성이 있는 포트 로얄과 우리 크레센트 왕국의 수도인 크롬발까지는 엄청나게 먼 거리이죠. 왕의 직할령이 된다 해도 너무 멀어서 제대로 통치하기가 힘듭니다. 하지만 이곳 서우드 자작령에서 포트 로얄까지는 겨우 삼 일 거리. 거기다 공을 세운 귀족을 몰라볼 정도로 로이드 폐하께서는 무심하시지 않습니다."

"과연……."

테이블 끄트머리에 앉아 있던 통통한 얼굴의 귀족이 팔짱을 끼면서 고개를 끄덕였다. 그리고 다른 여러 귀족들 역시 생각에 잠기거나 고개를 끄덕이면서 내 말을 곱씹고 있었다. 내 제안이 상당히 좋은 조건이라는 걸 모두 알고 있을 테니까. 재산의 일부를 사용해서 싼값에 점령지를 살 수 있다면 그만큼 영지가 늘어난다는 뜻이고, 후에 그 영지에서 들어오는 수입은 영주의 몫이 될 테니 누군들 안 끌릴까?

"하지만 모레니안과 아리츠반은 어떻게 하실 생각이십니까? 이런 말씀은 드리고 싶지 않습니다만, 모레니안의 경우 저희 영지에서 얼마 떨어져 있지 않고 아리츠반의 대륙 식민지와는 상당한 거리가 있지만 그들의 해군력과 항해술이라면 그리 어렵지 않게 이곳으로 진출할 수 있습니다. 아, 물론 그 나라들이 우리와 적대적이라는 것은 아닙니다만, 이곳의 방어도 생각해야 하고 또 아크레닛의 잔당들도 생각하면……."

요는 병사가 부족하다? 라는 거겠지? 흠.

"직접적인 전투는 저와 제가 이끌고 온 화격단에서 맡습니다. 여러분은 병력 지원과 물자의 보급에만 힘써주시면 됩니다. 특히 무기류의 보급에 중점을 두세요. 아무리 용맹스러운 화격단이라 해도 맨손으로 적을 쓰러뜨릴 수는 없으니까요."

"하하하!"

"그리고 현 화격단의 전력으로는 점령한 도시 및 마을을 관리할 수가 없습니다, 크렌."

"예, 마마. 에… 아크레닌의 수도 포트 로얄까지는 직선거리로 봤을 때 대략 100㎞ 정도의 거리입니다. 그리고 그 사이에 큰 도시가 두 개, 작은 도시가 여섯 개이고 열두 개의 마을이 속해 있습니다. 아크레닌 국은 수도에 병력을 집중 운용하고 주변 지역으로 병사를 파견하는 전술을 채택하고 있기 때문에 이들 도시 및 마을의 저항은 미약할 것으로 판단됩니다."

"하지만 각 도시에 화격단을 주둔시키면 정작 병력이 필요한 포트 로얄 공성전에서는 병사가 부족하게 되죠. 그러니 이들 도시 및 마을의 치안 유지는 여기 모이신 분들이 힘써주시기를 바랍니다."

"흠흠, 한 가지 질문을 드리겠습니다."

"네. 말씀하세요, 베릴 백작."

"하면 점령지의 통치권을 주시는 것입니까? 아니면 임시로……."

거참, 싸움에 참가하지도 않고 바로 점령지를 내달라는 거야? 웃기는군. 그야말로 날강도 같은 짓이잖아.

"그건 제 권한으로 말할 수 있는 게 아니군요. 영지의 하사는 국왕 폐하께서만 하실 수 있는 권한이니까요. 지금부터 점령할 영토는 우선 국왕 폐하의 직할령으로 소속될 것입니다. 하지만 아크레닌 국을 완전히 점령한 이후에는 각 도시 및 영토를 관리해 주신 여러분께 우선적으로 하사할 것입니다. 혹은 아주 저렴한 가격에 팔 수도 있겠죠. 어느 쪽이든 손해를 보지는 않을 것이라 생각됩니다만……."

"흠."

내가 말꼬리를 흐리면서 말을 마치자 회의실 안에 모인 영주들이 서로 귓속말을 하거나 작은 소리로 속닥거리면서 의견을 나누었다. 왕의 직속 병력인 중앙군 병사들만 있으면 굳이 이들에게 이런 말을 하고 있을 필요는 없겠지만, 불행하게도 그 병력들은 모두 로세니아 군의 침략을 막는데 활용되고 있으니 별수없지. 쯥.

"자, 결론을 내리지요. 내일 해가 뜨는 즉시 화격단은 아크레닌 국으로 진군합니다. 저쪽에서 먼저 공격해 들어온 것이니 선전포고는 필요없고, 바로 국경을 넘어서 포트 로얄로 진격합니다. 여러분은 보급 물자와 점령지를 다스릴 병사들을 이끌고 뒤따라오면 됩니다."

"하나 다시 말씀드리는 것 같지만… 이곳의 방어는 어떻게 해야 할지……."

아~ 짜증나! 그런 소소한 것까지 내가 명령해야 한단 말이야? 그 정도쯤은 다들 알아서 하란 말이야!

"그 건에 대해서는 뭐라 드릴 말씀이 없습니다만… 한 가지 조언을 하자면, 점령지를 다스리는 데 굳이 정예 병사들이 필요하지는 않겠지요? 직접 교전을 벌이는 것도 아니니 소수의 병사들이 지휘하는 농민병 정도면 충분하지 않겠습니까? 물론 추가로 징집을 해야겠지만 각 영주 분들의 영지를 지킬 병사 정도는 충분히 남으리라 짐작됩니다."

"흠. 듣고 보니 그렇군요, 마마."

"역시 뛰어나신 전략입니다. 감탄하였습니다."

"그리고 점령지의 분할 및 통치에 관해서는 여러분끼리 협의하셔서 정하도록 하세요. 하지만 만약 불미스러운 사태, 예를 들어 폭동이라든지 반란이라든지 그런 상황이 발생한다면 그 무능함을 꾸짖겠습니다. 당연히 이번 건에서도 탈락될 것입니다. 그러니 각자 점령지 관리 및 통치에 만전을 기해주세요."

"최선을 다하겠습니다, 마마."

"그럼 이만 회의를 마치도록 하지요."

그렇게 말하고 먼저 의자에서 일어선 뒤 난 미련없이 회의실을 나갔다. 등 뒤로 각 영주들끼리 떠들어대는 소리가 들려왔다. 앞으로 바빠지겠군. 저 영주들, 자기가 먹어치울 땅덩어리를 얻어내야 할 테니 정신없겠어. 회의실에 걸려 있는 아크레넌 국 지도가 낙서판이 될지도 모르겠는걸?

전쟁터와 같은 회의실을 빠져나와 서우드 자작의 저택에 마련되어 있는 내 방으로 돌아갔다. 몸은 별로 피곤하진 않은데 떽떽거리기만 하는 영주들을 상대하고 있자니 정신적 피로감이 몇 배가 된 것 같은 기분이었다.

의자에 무너지듯 앉은 뒤 테이블에 엎드려 있으니 잠시 뒤 저택에서 일하는 시녀들이 들어와 차와 조그마한 빵이 들어 있는 바구니를 내려놓고 나갔다. 그리고 곧바로 크렌이 방 안으로 들어왔다. 한 뭉치의 종이를 품에 안은 채 말이다.

"그게 내가 봐야 할 서류들이라면 난 크렌을 해고할 거야."

"직업을 잃게 되겠군요. 아쉬운걸요. 후후."

"별로 아쉬운 듯한 표정이 아니잖아."

"말이라도 섭섭하다는 느낌을 드려야 하지 않겠습니까? 그래야 진짜로 자르지 않으실 테니까요."

"아아, 어디 줘봐."

몸을 일으켜 세운 난 의자 등받이에 등을 기댄 채 손을 들어 올렸다. 그러자 내 옆에 서 있던 크렌이 냉큼 다가와서는 품에 안고 있던 서류 뭉치를 내게 넘겼다.

"거기서 얼쩡거리지 말고 와서 차나 따라."

"예. 하지만 전 시종이 아닙니다."

"시끄러워. 로이드 빼고는 모두 내 아래야. 명령을 듣지 않으면 교수형시켜 버릴 테야."

"예이~"

능글맞게 웃으면서 내 맞은편에 앉는 크렌 녀석. 날이 갈수록 덴 그 자식과 닮아가는구나. 그 스승의 그 제자라고—물론 나이 차이는 거의 안 나긴 하지만—저 능글맞은 폼까지 닮다니. 왠지 기분 나빠. 돌아가면 우선 덴부터 박살 내놔야겠다. 그러면 다른 녀석들이야 알아서 길 테지. 아참, 그러고 보니…….

"덴은 어떻게 됐지?"

"의수를 달고 다닌다고 합니다. 썩 만족스럽지는 못해도 사인 정도는 할 수 있다고 하더군요."

"그래? 아쉽게 됐네. 쓸 만한 기사였는데 말이야. 크렌도 아쉬워?"

"전 워렌 자작님의 검술에 반한 게 아닙니다. 그분의 인품과 능력, 그리고……."

"됐어, 거기까지. 차나 내놔."

"예. 여기……."

크렌 녀석은 내가 중간에 말을 끊자 약간 불만인 듯 살짝 인상을 썼지만, 이내 능숙한 솜씨로 홍차를 따른 뒤 내 앞에 내려놓았다. 뜨거운 김이 모락모락 올라오는 홍차를 한 모금 마신 난 크렌이 내민 서류들을 뒤적거리면서 읽기 시작했다.

"호, 로세니아와의 전투 보고서군."

"예. 자세한 건 서류에 적혀 있지만 간략하게 요약하자면 이틀 전 벌어진 접전에서 브래드릭 장군이 이끄는 중앙군이 승리했습니다. 소규모 접전이긴 했지만 적의 정규군을 완파시켰다고 합니다. 덕분에 병사들의 사기가 높아졌다더군요."

"흐음. 아군 사상자가 1,200여 명, 적군이 2,700여 명. 이기긴 했지만 결정적인 승패는 겨루지 못했다는 건가?"

"양측 모두 수만의 병력이 몰려 있는 곳이니까요. 아마 장기전이 될 것 같습니다."

"그렇겠지. 아군은 주로 수성전 위주인 것 같은데? 치고 들어갈 만한 전력이 못 되는 건가?"

"그렇지는 않습니다. 아군의 전력도 중앙군과 주변 귀족들, 그리고 다른 지방의 지원군들까지 해서 총 4만 명이 넘는 전력이고, 적들도 대략 5만 명 내외의 병력을 구아넬 공국 영토와 국경선 부근에 배치한 채 전력을 모으고 있으니까요. 그리고 상대적으로 훈련받은 병력 비율이 저희 왕국 쪽이 더 높습니다. 로세니아에 있는 여러 기사단 중 다수가 모여 있어서 기사의 비율은 조금 낮지만 그리 밀리는 전력은 아닙니다. 일전을 벌인다 해도 충분할 것이라 생각됩니다."

"하지만 벌써 10월이야. 한 달만 지나면 첫눈이 내릴걸? 그렇게 되면 로세니아로부터의 군수품 운송은 불가능해질 게 분명해. 그렇게 되면 수만이나 몰려 있는 로세니아의 병사들은 장비 부족, 식량

부족에 시달리겠지. 아마 첫눈이 오기 전에 놈들은 전쟁을 끝내려 할 거야."

"아무래도 그렇겠지요, 마마. 어쩌면… 아니, 아닙니다."

"뭔데? 계속해."

"예. 확실한 건 아닙니다만 케센으로 보낸 스파이로부터 들어온 보고서가 있습니다. 거기 열두 번째 서류일 겁니다. 보시면 아시겠지만 케센의 움직임이 심상치 않다는 소식입니다. 케센 영주들이 각자 사병을 끌어 모으고 있고, 케센 국 사방에 퍼져 있는 경기병대와 보병대가 한 곳으로 모이고 있다고 하더군요."

크렌의 말대로 보고서에는 케센 왕국 내부의 병력 이동에 관한 설명과—주로 병사의 수, 마차의 수, 그리고 이동 루트 등이 적혀 있었다—케센 왕국 내부에 심상치 않은 조짐이 보인다는 설명이 곁들여져 있었다.

"이건 본격적인 침공 직전의 병력 배치잖아? 이거 언제 들어온 보고지?"

"거리상의 문제도 있고 왕성을 거친 뒤 날아온 극비 문서이니 최소한 오 일 정도, 아니, 일주일 정도의 시간차가 있을 것이라 생각됩니다."

"만약 케센이 이 나라로 쳐들어온다면 북부 지역의 수비군으로 막아낼 수 있을까? 어떻게 생각해?"

"불가능할 것이라 생각됩니다. 북부의 지방군 중 반수 이상이 로세니아 왕국과의 전투에 투입되었으니 케센의 병력이 밀고 내려온다면 버티는 것만으로도 힘들 것입니다, 마마."

"흐음."

"더욱이 불행한 일은 케센 국에 모이고 있는 병력의 사령관이 사이릭 드 케센 이왕자라고 합니다. 마마와는 안면이 있으시죠?"

"응? 아… 응?!"

아아, 그 남자답게 생긴 갈색 머리 녀석? 꽤 호감 가는 왕자였는데 말이야. 잘 벼려진 한 자루 장검과 같은 느낌을 주는 위험한 사내였지. 음… 4년 전에 보고 한 번도 못 봤으니 조금은 둥글둥글해졌으려나? 흐응. 그런데 그와 내가 뭔 상관이야? 이런 의문이 떠오른 난 의아한 표정을 지어 보이면서 크렌을 바라보았다. 그러자 그는 약간 뜸을 들이다가 말을 꺼냈다.

"사이릭 왕자는 아직도 독신이라더군요."

"그게 뭐?"

"올해로 스물아홉이고요."

"그런데?"

"한 여인을 잊지 못해 아직도 호시탐탐 기회를 노리고 있다고 하던걸요?"

"푸훗."

나도 모르게 반쯤 들이키던 홍차를 뿜어내고 말았다. 내 입에서 뿜어진 홍차 방울들이 서류와 크렌의 옷을 적셨지만 거기까지는 신경 쓰지 못했다.

"서, 설마 그 여인이 나는 아니겠지?"

"아넬리안 왕비마마, 본인이십니다. 아주 공공연히 떠들고 다닌다더군요. 케센 왕성 사교회장 안에서는 얼굴도 못 본 여인네들이 왕비마마를 대놓고 험담한다고 하더군요."

"……"

"보고에 따르면 사이릭 이왕자는 극단적일 정도로 감정적일 때가 많다고 합니다. 보통은 이성적으로 행동하지만 특정한 것에는 광적인 집착을 보인다는 견해도 있더군요. 이 경우… 국왕 폐하로부터 왕비마마를 빼앗기 위해서 침공해 올지도 모릅니다. 아니, 그렇게 될 가능성이 아주 높습니다, 마마."

"후우. 정말 되는 일이 없다니까. 아아… 뭐, 그 건은 일이 터진 뒤에 생각하도록 하자고. 어차피 지금 할 수 있는 일은 아무것도 없으니까. 그보다 크레드 족에게 보낸 사신은 어떻게 되었지? 설마 목 없는 시체로 돌아온 건 아니겠지?"

"물론 무사히 돌아왔습니다. 사막 여행 경험이 있는 스도커들을 두 명이나 붙여주었으니까요."

"그래? 대답은?"

"긍정적으로 생각하겠다고 하더군요. 하지만 정말 괜찮겠습니까, 마마? 자칫하면 이곳 영주들과 충돌이 일어날지도 모릅니다."

"상관없어."

난 걱정스러운 듯한 어투로 말하는 크렌의 말을 가차없이 잘라 버렸다. 흥. 인생은 모험이란 말이지. 투자가 없으면 소득도 없다! 위험하지 않은 길에 부와 권력이 존재하겠느냔 말이야.

"하나……."

"나와 화격단이 진군할 곳은 아크레닌 국의 북부와 서부. 그리고 크레드 족에게 약속한 초원 지대는 남부와 동부. 아크레닌 왕국이 둘로 양분되는 것이긴 하지만 내 나라도 아닌 나라가 둘로 쪼개지든 넷으로 갈라지든 알 바 아니야. 거기다 우리의 침공 루트와 크레드 족의 진출로는 겹치지 않아. 물론 그 녀석들이 욕심을 부리거나 혹은 과잉 충성

하는 멍청이 영주가 있다면 이야기는 달라지겠지만, 어쨌든 크레센트 왕국이 점령한 점령지 안에서 그들과 마주칠 일은 없어. 그렇게 협상했으니까. 어느 한쪽이 욕심만 부리지 않는다면 아무 문제 없지. 그리고 난 분란을 일으키면 책임을 묻겠다고 분명히 못박았단 말이야. 크레드 족과 말썽을 일으키는 영주가 있다면 그가 알아서 할 일이야. 크레센트와는 상관없어."

"흠, 그렇군요. 외세를 끌어들여 영주들을 견제하겠다는 것입니까?"

"그런 것도 있고, 아무래도 비율이 좀 안 맞잖아? 한쪽의 힘이 너무 강해지면 균형이 무너지기 쉽단 말이야. 그리고 여기서 사소한 분쟁이 일어나게 되면 저기서 몸 사리고 있던 영주들도 좀 더 군사력에 투자하겠지. 지방 영주의 병사들도 모아놓으면 의외로 쓸 만하거든. 무엇보다 돈이 안 들잖아. 안 그래?"

"하하하, 하하!"

"하여간 이젠 난 좀 쉬어야겠어. 요즘 너무 무리해서 그런지 쉽게 피곤해지는 것 같아."

"예. 그럼 이만 물러가보겠습니다, 마마. 편히 쉬십시오."

"응. 사소한 일들은 크렌 선에서 알아서 처리하도록 하고 웬만한 일이 아니면 내 휴식을 방해하지 마. 알겠지?"

"여부가 있겠습니까?"

크렌은 내가 훑어본 서류 뭉치를 들고는 자리에서 일어섰다. 그리고는 고개를 숙여 예를 표한 뒤 방을 나갔다. 후우, 아직 저녁 시간도 아닌데 왜 이렇게 졸린 건지. 아아~ 모르겠다. 우선 자고 보자. 밥이야 뭐, 나중에 배고플 때 먹으면 그만이니까.

새벽닭이 울 때 나를 포함한 화격단 전병력—후방 보급대와 함께 온 추가 병력 및 낙오병들, 그리고 새로 모집한 농민들이 합쳐져 근 8,000명에 달하는 숫자였다—은 곧바로 셔우드 자작령을 벗어나 아크레닌 국으로 진군했다. 이제 아침저녁에는 상당히 추워 긴 옷과 로브를 껴입은 난 말 위에 올라탄 채 병사들을 독려하면서 가도를 따라 걸어갔다.

그렇게 한나절을 걸은 뒤 우리는 성문을 굳게 닫아 건 채 숨죽이고 있는 예츠나가 보이는 평원 한복판까지 진출했다. 오는 동안 가끔 수색병 무리나 패산병 무리를 만나기는 했지만 어느 쪽도 우리의 앞길을 가로막지는 못했다. 크렌의 말에 따르면 도시 예츠나의 방어 병력은 대략 백여 명 정도. 나머지는 시민들을 끌어 모아 급조한 이백 명 정도의 시민병대라고 한다. 혹시나 이곳 전투에서 진 병력이 모여 있지는 않을까 하고 생각했는데 아마도 자기네 수도로 후퇴한 것 같다. 있는 대로 사방에 뿌린 정찰병들에게도 걸리지 않았으니까. 그렇게 판단한 난 병사들에게 휴식을 명했다. 하루 종일 걸은 터라 많이 피곤할 테니 오늘은 쉬고 내일부터 본격적으로 전투에 임할 생각이다.

다음날 해가 뜨자마자 백기를 든 채 항복 권고를 권하러 간 장교가 예츠나의 성문 앞으로 달려갔으나 그는 빈손으로 돌아왔다. 난 그 즉시 전투 준비를 명했고 일사불란한—물론 상황 파악을 못하는 어리버리한 신병들도 꽤 되었지만—움직임을 보여주며 이동하는 병사들은 전날 저녁에 회의를 통해 준비한 작전대로 대형을 이룬 채 내 명령을 기다리고 있었다.

새파란 하늘 아래 흰구름 한 조각이 둥둥 떠있다.

푸르릉.

"마마."

"아, 공격해."

난 말안장에 걸어두었던 망원경을 집어 들면서 작게 중얼거렸다. 내 바로 옆에 붙어 있던 크렌은 명령이 떨어지자마자 큰 소리로 외쳤다.

"예. 전군 공격! 각 대대장은 작전대로 행동하도록!"

"1대대 앞으로! 1대대 앞으로!"

"꾸물거리지 마! 거기 방패 더 높이 세워! 전진! 전진!"

깃발을 든 선도병의 뒤를 따라 한 무리의 병사들이 뒤따랐다. 앞으로 나선 화격단 병사들은 활을 든 병사와 파바스 방패를 든 병사가 한조가 되어서 앞으로 나아갔고, 이내 넓게 퍼져 자리를 잡았다. 그러자 목책 위에 있던 적들 중 일부와 망루 위의 적들 사이에서 화살이 쏘아져 나왔고 곧 이어 앞 열에 전개한 병사들을 향해 떨어져 내렸다. 막 화살을 날리기 위해 높이 1.6m 폭 30cm 크기의 목제 파바스 방패 뒤에서 몸을 일으켰던 몇몇 병사들이 화살에 맞아 쓰러졌다. 하지만 그도 잠시, 곧 이어 화격단 쪽에서 장교들이 뛰쳐나와 각 병사들에게 목표를 지정해 주었고 수백 발의 화살이 세 곳의 망루를 향해 날아갔다.

목표에서 벗어난 것도 꽤 되었지만 목재 망루 위에는 수십여 발의 화살이 빽빽하게 꽂혔고, 그 안에 있던 적병은 대충 보기에도 열 발 이상의 화살을 맞은 것처럼 보였다. 곧 이어 제2사가 이어졌고 내가 보는 쪽의 망루는 이제 완전히 고슴도치 같은 형상이 되었다.

"다음."

"2대대 진격한다! 2대대 앞으로!"

또 한 무리의 병사들이 우르르 몰려 나갔다. 2대대 병사들은 1대대 병사들 바로 뒤에 2열 종대로 길게 늘어섰다. 그리고는 활을 높이 들어 성벽을 조준했다. 수백 발의 화살들이 한순간 목재 방책을 덮쳤고 방책 위에 몸을 내밀고 있던 일부 재수없던 적들이 화살에 꿰인 채 뒤로 넘어가는 게 보였다. 전투라고 부르기도 민망하군. 이건 일방적인 학살이야.

"다음."

"3대대! 돌격한다! 장비 챙겨라!"

"4대대! 4대대! 돌격 준비이이이!!"

"사다리 챙겨! 사다리!"

"돌겨어어억!!"

"와아아아아아!!"

4대대 대대장이 누구더라? 거참, 목소리도 크다. 아주 쩌렁쩌렁 울리는구만. 아마 키도 클 테고 머리 속까지 근육으로 뭉친 근육질 아저씨겠지? 흠.

제3, 4대대는 앞에 나선 두 개 대대를 피해 좌우로 달려나갔다. 그 두 대대가 앞으로 달려가는 동안에도 적들은 연신 날아오는—일제 사격은 끝나지만 1, 2대대 병사들은 적이 보이면 바로 화살을 날려댔다—화살에 고개조차 제대로 들지 못했다. 대충 150m 거리를 죽어라 달려간 제3, 4대대 병사들이 곧바로 성벽 위에 사다리를 올린 뒤 올라가기 시작했다. 뾰족한 방책 위에 수십 개의 사다리가 놓여졌고 마치 개미처럼 보이는 병사들이 사다리를 타고 위로 올라가기 시작했다.

 몇 개의 사다리가 뒤로 넘어가긴 했지만 위로 기어올라 간 병사들이 성벽 위의 적들을 처리하고 나자 더 이상의 저항은 찾아보기 힘들었다. 소수의 적들이 목책 한구석에서 저항하고 있기는 했지만 그것도 얼마 지나지 않아 정리된 것 같은 분위기였다.

 "크렌."

 "예! 이동!"

 전투에 참가하지 않고 있던 다른 네 개 중대가 움직이기 시작했다. 제5중대는 나와 함께 성문 쪽으로 다가갔고 세 개 중대는 예츠나를 둥글게 포위하면서 주변 농지와 농가들을 수색해 나갔다. 활을 들고 있던 1, 2대대—화살 수가 부족해 다른 대대는 활로 무장하지 못했다—는 앞서 올라간 두 개 대대를 따라 성벽 위로 올라갔고, 내가 목재 성문 앞에 도착하자 성문이 그르릉— 하는 소리를 내면서 위로 올라갔다.

 성문 주위에는 몇몇 시체가 널브러져 있었고, 사방에는 모두 화격단 병사들로 가득 메워져 있었다. 하긴 유동 인구까지 합쳐 겨우 만 명이 조금 넘는 도시이고 그들 중 반수 이상은 목책 밖에서 생활하니 사람이 없을 수밖에 없겠지.

 "크렌, 소개시켜. 이곳을 거점 삼아 아크레닌을 공략한다. 무장한 자는 죽이고 민간인들은 모두 방책 밖으로 내쫓도록. 저항하는 자는 그 자리에서 처형하도록."

 "예."

 내 옆에 찰싹 달라붙어 있던 크렌은 고개를 숙이며 대답한 뒤 전령들과 장교들을 찾아 뛰어갔다. 난 내 뒤를 따르는 병사들을 이끌고 도시 중앙에 있는 영주의 저택을 향해 말을 몰았다.

천천히 말을 몰아가는 대로 앞에 대여섯 명의 청년이 나타났다. 몽둥이나 낫 등을 들고 있는 그들은 화격단 병사들에게 쫓겨 도망치다가 이내 사방에서 몰려든 병사들에게 포위되었고 긴 비명 소리와 함께 하나둘씩 바닥에 쓰러졌다. 우르르 몰려들었던 병사들은 이내 주변의 상가와 집들을 향해 서넛씩 모여서 뛰어갔고, 내 앞에는 여섯 구의 시체만이 덩그러니 남았다. 내가 탄 말은 그런 시체들을 피해서 앞으로 나아갔고, 시체들은 곧 내 시야에서 사라졌다.

"까아아익!!"

고음의 비명 소리에 고개를 돌려보니 건물 사이의 골목에서 상의가 반쯤 찢겨 나간 소녀가 눈물을 흘리며 뛰어나오다가 그 뒤를 쫓아온 병사에게 머리채를 붙잡혔다. 버둥거리며 도망치려는 그 소녀를 붙잡은 병사는 이내 골목 사이로 사라졌고 비명 소리도 같이 사라졌다. 한쪽에서는 병사들에게 끌려 나온 장년의 사내와 그 부인이 자식들과 함께 성문 쪽으로 내쫓기고 있었고, 그 가족이 나온 집 안에서 몇몇의 병사들이 함박웃음을 지으며 걸어나왔다. 품에 돈이 될 만한 것들을 한가득 안고서 말이다.

거리에는 흡족한 얼굴로 약탈을 자행하는 병사들이 넘쳐났고 그들 뒤로는 시체들이 즐비하게 늘어서 있었다. 흐음… 난 투구의 바이져를 내린 뒤 말 배를 걷어차면서 앞으로 나아가게 했다. 덕분에 내 뒤를 따르던 제4대 병사들이 구보를 시작해야 했지만 그 덕에 도시 중앙에 있던 영주의 저택에 금세 도착할 수 있었다.

열려진 저택의 정문을 지나쳐 안으로 들어가 보니 화격단 병사들이 정원 곳곳에 앉아 잡담을 하고 있었고, 일부에서는 육포를 뜯으면서 웃고 떠드는 모습도 보였다. 난 그들 중 가까운 병사에게로 다가가 말을 꺼냈다.

"몇 대대지? 지휘관을 불러와. 당장."

"예? 예!"

바닥에 털썩 주저앉은 채 옆의 동료와 킬킬거리면서 떠들던 그 병사는 나를 올려다보고는 급히 자리에서 일어나 대답한 뒤 어디론가 뛰어갔다. 그 병사의 등을 바라보다가 고개를 돌리니 정원 곳곳에서 쉬고 있던 병사들이 엉거주춤한 자세로 일어나 나를 빤히 바라보았다.

잠시 뒤 대대장 이하 장교들이 내 말 앞에 우르르 몰려왔다.

"밀러 대대장, 그대로군."

"예, 사령관 각하."

"여기서 뭘 하는 거지?"

"보시다시피 휴식 중입니다, 각하."

"내 기억으로는 제3대대의 임무는 적의 완전 소탕일 텐데? 이곳에서 시간을 낭비하고 있어도 되겠나? 그대의 동료들은 지금도 적들과 싸우고 있을 거란 생각이 들지 않나?"

내가 그를 바라보며 묻자 밀러 대대장은 고개를 숙이고 있다가 갑자기 얼굴을 번쩍 치켜들어 나를 노려보면서—그렇게 보였다—강한 어조로 대답했다.

"적은 없습니다."

"…뭐?"

"이 도시 내에 적은 더 이상 없습니다, 각하. 있다면 병사들에게 쫓겨다니는 일부 민간인 정도일 것입니다."

"……."

"저항하는 적이 더 이상 없다는 판단 하에 제 휘하 병사들에게 휴식을 명했습니다. 이 명령이 오판이었다면 모두 제 책임입니다, 각하."

"흐음, 그렇군. 도시 내 돌입 이후에는 각자 재량에 맞게 행동하라고 명했었지."

"그렇습니다, 각하."

"그대는 나를 비난하는 건가?"

"…그렇지 않습니다."

"그래?"

"예!"

밀러 대대장은 강하게 대답했다. 그의 눈은 나를 힐책하고 있는 것처럼 보였지만, 이건 어쩌면 내 망상일지도 모르겠다. 후우.

"좋아. 제3대대는 계속 휴식을 취하도록 하고 제4대대는 다른 대대와 함께 도시 내 민간인의 소개를 지원하도록. 밀러 대대장, 저택 내에 내가 쉴 만한 거처가 있나?"

"물론입니다, 각하. 이리로……."

난 말에서 내린 뒤 밀러 대대장의 뒤를 따랐다. 저택으로 가면서 슬쩍 정문 쪽을 바라보니 나를 따라왔던 제4대대 병사들이 밖으로 나가는 것이 보였다. 저들은 지금 기뻐하고 있을까? 아니면 투덜대고 있을까?

의외로 저택 내부는 깨끗했다. 대부분의 물건들이 손 하나 대지 않은 원형 그대로였고 시체들도 없었다. 물론 피도 없었고.

"저항은 없었나?"

"정원 쪽에서 미약한 저항이 있었지만, 대부분 항복했기에 중대 하나를 차출해 모두 성 밖으로 내보냈습니다. 영주 및 기사들은 이미 도주한 것인지 시종과 하인들밖에 없었습니다, 각하."

"그래? 흠. 아! 여기 1층을 사령부로 삼겠다. 대대 장교들에게 회의실을 꾸미라고 전해두고 각 대대장들에게 구역을 나눠 지키라고 해. 성 밖에 있는 병력들도 시민들의 소개가 끝나면 모두 들어오라고 전하도록. 휴식은 주변 민가에서 취하도록 한다."

"예, 각하."

"그럼. 그대로 쉬던지 일하던지 알아서 하도록 하고, 난 피곤하니 급한 일이 아니면 깨우지 말도록. 사소한 일은 크렌과 상의해서 결정해."

"알겠습니다, 각하."

"물러가 봐."

"예. 요셉, 각하께서 쉬실 방을 안내해 드리고 시중을 드리도록 해라."

"예! 대대장님."

대대장의 뒤에서 가느다랗지만 씩씩한 대답이 들려왔다. 슬쩍 바라보니 열대여섯 살쯤 보이는 꼬맹이가 맞지도 않는 투구와 헐렁한 가죽 갑옷을 입은 모습으로 앞으로 나섰다.

"당번병이야?"

"예, 각하. 유능한 녀석입니다."

"둘이 그렇게 서 있으니 꼭 부자지간 같군."

"하하, 하."

밀러 대대장이 작게 웃었다. 턱수염이 덥수룩하게 난 그의 얼굴에 함박웃음이 피어나는 것을 난 보았다. 진짜 부자지간이 되는 거 아닌지 모르겠군. 이 나라의 양자 제도가 어떻게 되어 있는지 신경을 안 써서 잘 모르겠지만, 전력에는 아무 도움도 안 되는 저런 꼬맹이를 옆에 두고 있는 걸 보면 내 예상이 꽤나 정확할 것 같은걸. 뭐, 그런 거야 내가 신경 쓸 일이 아니지만.

"요셉이라고 했나?"

"예! 각하!"

"그래? 씩씩해서 좋군. 음… 우선 와인과 안주부터 가져오렴. 그리고 목욕 물도."

"알겠습니다! 각하!"

꼬맹이 녀석은 씩씩한 목소리로 소리치면서 어디론가 뛰어갔다. 저 녀석, 이 저택 안에서 헤매는 건 아닌지 모르겠군. 그런데 날 안내해 줄 녀석이 저렇게 뛰어가 버리면 난 어쩌라고? 그런 생각을 하며 밀러 대대장을 바라보자 그는 '허허허' 하고 어색한 웃음을 지어 보였다.

"제가 안내해 드리지요, 각하."

"음……."

"이쪽으로 오십시오."

"전투로 피곤했을 텐데 조금 미안하군."

"아닙니다. 그쯤이야 뭐."

"그런데 유능하다라……."

"하하하, 하하! 아직 어려서 말입니다."

"그럴까?"

난 그렇게 말하면서 말꼬리를 붙잡았지만 내 앞을 걸어가는 밀러 대대장은 더 이상 말을 하지 않았다. 더 추궁하고 싶은 생각도 안 들어 뭐, 이걸로 피장파장이라 생각하자고.

촤아악.
뜨거운 김이 올라오는 욕조에서 몸을 일으켰다. 별로 한 것도 없는데, 요즘 이상하게 몸이 무겁고 쉽게 피로해진단 말이야. 그래도 목욕을 하고 나니 조금은 피로가 풀리는 것 같은 기분이 들었다. 시녀는커녕 시종조차 없기에 난 혼자서 씻고 물기를 닦은 뒤 욕탕을 나왔다. 수건을 몸에 두르고 축축하게 젖어 늘어진 머리카락의 물기를 닦으며 밖으로 나온 난 약간 싸늘한 방 안의 공기를 온몸으로 느끼며 의자에 앉았다. 테이블 위에는 이곳 여츠나의 영주가 마셨을 레드 와인이 잔과 함께 놓여 있었다. 그 옆에는 작은 접시에 잘게 잘라낸 치즈 조각이 얹혀 있었고.
"흐음."
보기보다는 영리한가 보네, 그 녀석.
병목에 걸려 있는 코르크 마개를 뽑아내자 큰 소리와 함께 마개가 뽑혀 나왔다. 흐음… 향이 괜찮은걸? 아리츠반 산 적포도주 샤토레인가? 고급 와인을 이런 후줄근한 곳에서 보다니 의외인걸. 난 병을 들어 포도주 잔에 술을 조금 따른 뒤 단번에 마셨다.
"크……."
죽인다! 맛있어! 엄청 맛있어! 몇 년 산인지 몰라도 일이 년 묵힌 건 절대 아니다! 최소 10년 이상! 와하하핫~ 의외의 소득인걸. 로이드에게 먹여주고 싶은 맛이야.

한 손에 포도주 잔을 들고 창가로 걸어갔다. 서쪽 하늘에 붉은 기운이 어른거리는구나. 창문을 열고 고개를 내밀어 밖을 내다보니 사방은 이미 어둠에 휩싸여 있었다. 그런 와중에 내가 바라보고 있는 방향의 목책 너머에서 붉은 불길이 가끔 하늘로 치솟는 게 보였다. 아마도 도시에서 생겨난 시체를 태우고 있는 것 같았다. 적게 잡아도 천여 명 이상은 죽었을 테니 하루 이틀 만에 꺼지진 않겠구나. 그들 중 대부분은 무고한 시민들이겠지만……. 뭐, 언제나 고통받고 핍박받는 건 피지배 계층이니 새삼스러울 것도 없겠지. 지배 계층은 언제나 살아남는 법이니까 말이야.

잠시 동안 밖을 내다보고 서 있던 난 싸늘한 밤공기에 몸이 으슬으슬 추워져 창문을 닫은 뒤 방 안으로 돌아왔다. 그리고 벽면 한 켠에 걸려 있는 전신 거울 앞으로 걸어갔다. 내 눈앞에 한밤중에도 빛날 것 같이 보이는 백금발의 긴 머리카락과 연녹색 눈동자를 가진 고집스러워 보이는 표정의 여인이 나타났다. 화장을 안 해서 그런지 얼굴색이 좀 거무잡잡했지만 그런대로 미인이라는 소리를 들을 만한 얼굴이군. 흥. 하긴 이정도도 못 되면 어떻게 살아가겠어? 그것도 왕족씩이나 되면서 말이야.

"……."

거울 앞에 서서 한참을 바라보고 있던 난 이내 정신을 차리고 몸에 걸치고 있던 커다란 수건을 바닥에 내던졌다. 그리고 내 짐─물론 내가 직접 들고 다니지는 않는다. 부하란 이럴 때 써먹는 법이니까!─에서 브리프를 꺼내 들었다.

"응?"

막 한쪽 다리를 들어 브리프를 입으려 할 때 거울에 비친 내 모습이

들어왔는데, 이상한 것도 눈에 들어왔다.
"뭐지?"
우선 브리프를 입은 뒤 몸을 일으킨 난 다시 거울 앞으로 걸어간 뒤 뒤돌아 섰다. 그리고 고개를 돌려 거울을 바라보니 반쯤 몸을 돌린 내 모습이 거울에 비쳤다. 이상한 것은 내 등허리께에 있는 새끼손가락만 한 검은 점이다. 거의 3㎝는 될 법한 커다란 점이 옆구리와 등뼈 사이에 자리를 잡고 있다. 그것도 바로 엉덩이 위라니, 혹시 멍이 든 걸까? 하지만 만져 봐도 아프지 않잖아. 거울을 보면서 쓱쓱 문질러 봐도 전혀 지워지지도 않고. 이상하네. 촉감도 다른 피부랑 똑같은데, 뭐야 이건? 흠.
"뭐, 점 따위야."
이상하긴 했지만 신경 쓰지 않기로 했다. 그래도 보기 흉하니까 웬만하면 다른 사람들에게 보이지는 말아야겠군. 하긴 볼 만한 인간은 로이드뿐이니 상관없으려나…….

내가 이끄는 화격단은 예츠나 도시 안에서 하루를 체재한 뒤 셔우드 자작이 보급 물자와 병력을 이끌고 도착하자마자 곧바로 행군을 개시했다. 이미 도시 주변의 민간인들은 거의 다른 곳으로 사라진 뒤였기에 우리 군의 앞길을 막는 적 따위는 없었다. 또한 내가 시킨 것도 있었지만 쫓겨난 시민들에 의해서 나와 내 군대에 대한 소문이 사방으로 퍼져 나갔는데, 그 내용이 아주 웃겼다. 나와 눈만 마주쳐도 피를 몽땅 빨려서 죽는다느니, 내 부하들은 인간이 아닌 악마의 화신들이라느니 하는 소문부터 화격단 병사들은 창칼에 찔려도 안 죽는다느니 하는 이야기와 시체를 식량으로 삼는다는 비위 상하는 소문까지 아주 부풀려

질 대로 부풀려져 아크레닌 국 전 국토로 퍼져 나갔다. 그나마 내가 지시한 명령 중 제대로 퍼진 소문이 있다면 '반항하면 죽이고 항복하면 목숨만은 살려준다' 정도일까? 나머진 모조리 인간들의 상상력이 덧붙여진 소문들일 뿐이었다. 어떻게 내가 하루에 피를 10리터씩 마셔대냐고. 내가 물고기냐?

그 소문 덕분인지 아니면 예츠나의 참상 덕인지는 알 수 없지만 도시를 떠난 뒤 내 부대가 만난 마을과 도시들은 모두 백기를 걸고 우리를 맞이했다. 도시의 치안병은 물론이고 조그마한 마을의 자경단 병사들까지 모두 사라진 뒤였지만 그놈들이 어디로 갔을지야 뻔하니 신경쓸 것 없고, 대대별로 혹은 중대별로 각 마을의 지안 유지를 명한 나는 바로바로 뒤에서 따라오는 남부 영주들에게 도시와 마을을 넘겨주면서 진격을 해나갔다.

그렇게 일주일 동안 주변 마을과 도시를 점령하면서 남진하다 보니 아크레닌의 수도 포트 로얄이 모습을 드러냈다. 항구 도시답게 포트 로얄 뒤로는 푸르른 녹해가 펼쳐져 있었고, 도시의 왼쪽으로는 높다랗게 솟아오른 암벽이 자리잡고 있었다. 그 옆으로 주욱 늘어선 긴 성벽은 회색 빛이 나는 벽돌로 차곡차곡 쌓아 올린 것이었다. 암벽보다는 무르긴 하지만 싸고 만들기 쉽고 무엇보다 높이 쌓을 수 있는 구운 벽돌로 근 10m 이상 되는 성벽이 우리 앞을 가로막았다. 그것도 대략 20m 떨어진 곳에 또 다른 성벽이 쌓여져 있는 이중 성벽 구조였다. 공성 병기가 없으면 함락하기가 힘들겠어.

"우선 휴식. 놈들도 성을 지키는 데 열중하고 있을 것이다. 주변에 수색대를 파견하고 경계병을 세운 뒤 나머지는 충분히 휴식을 취하도록 한다."

"옛!"

내 명령에 따라 긴 종대로 황야를 걸어왔던 병사들이 각 지휘자들의 지시에 따라 막사와 진지를 구축하기 시작했다. 곧 이어 진지 외각에 1m 남짓한 목책들이 줄지어 세워졌고 관측용 망루도 채 한 시간이 되지 않아 지어졌다. 넓은 황야 한 켠에 작은 도시 규모의 진지가 세워진 것이다.

명령을 내린 뒤 특별히 할 일이 없던 난 지휘관용 막사 안에 앉아서 포도주를 마셨다. 이전 예츠나를 점령하면서 획득한 샤토레를 들고 오길 잘했다는 생각이 마구 든다. 우후후.

"크렌입니다. 마마, 들어가도 되겠습니까?"

"응? 아, 들어와."

"예."

펄럭, 휘장이 젖혀지면서 익숙한 얼굴의 크렌이 불쑥 안으로 들어왔다. 응? 혼자가 아니네? 어라?

"카렌? 카렌이냐?"

"응."

카렌 녀석이다. 저 붉은 머리에 무표정한 꼬맹이 녀석. 이제 멀쩡해 보이는구나. 흠. 병문안도 못 가쳤는데… 그런 거로 삐치거나 실망할 녀석은 아니지만 말이야. 내가 그렇게 생각하고 있을 때 카렌의 뒤로 또 다른 사람들이 불쑥 안으로 들어왔다. 얼레? 헤쉬케린 노친네잖아? 거기다 못 보던 얼굴들도 있는걸?

"오랜만이군요, 헤쉬케린 공."

난 입가에 살짝 미소를 지으면서 노인네에게 말했다. 그런데 헤쉬케린 노친네는 내 인사를 무시―라기 보다는 외면―하더니 같이 온 다른 사람들과 작은 목소리로 쑥덕거렸다. 그와 함께 온 다른 이들도 대부분 헤쉬케린 늙은이처럼 나이가 든 모습들이었는데, 풍기는 분위기나 복장을 보니 아마도 마법사들인 듯했다.

"그러니까 저 예쁘장한 아이가 자네가 말한 그 '봉' 이란 말인가?"

"쉿! 목소리가 커. 하여간 잘 보이라고 우리가 만드는 마법 물품이 어디 한두 푼짜리인가? 그런 걸 넙죽넙죽 잘도 사주는 아이는 저 녀석뿐이야. 암."

다 들린다고! 이 망할 영감탱이! 누굴 봉으로 아는 거얏! 난 저절로 씽그려지는 미간을 펴면서 웃는 인상을 보여주기 위해 인내심이란 인내심을 모조리 쏟아 부어야 했다.

"크랜, 뭐야 저 사람들은? 응?"

"에… 수도에서 지원군과 같이 온 분들입니다. 방금 도착했습니다, 마마."

"응? 지원군? 로이드가 보냈어? 얼마나?"

"기병 일천 명에 보급 물자가 일부 도착했습니다. 그중 공성 병기류도 많이 왔더군요. 공성탑 자재와 캐터펄트 열두 문, 그리고 십만 발가량의 화살이 도착했습니다. 식량도 저희가 두 달은 버틸 정도의 양을 보내왔습니다. 병사들의 수는 얼마 안 되지만 이후 특별히 보급없이도 한두 달은 버틸 정도의 양입니다."

"뭐야, 병사는 없는 거야? 쳇. 빵과 화살로 저 성벽을 공략하라는 거야 뭐야."

"그쪽도 인력 부족이 심각할 겁니다, 마마."

"아아, 알고 있다고 알고 있어."

그쯤은 나도 잘 알고 있다고. 지금쯤 로이드는 끊임없이 밀려드는 서류에 파묻혀서 비명을 지르고 있을 거다. 아마 동부에 형성된 전선을 지원하느라 밤잠도 아껴가면서 일하고 있을 거다. 원래 전쟁이란 전장에서 싸우는 자는 칼에 맞아 죽고, 후방에서 일하는 자는 일에 치여 죽는 법이니까. 그래도 없는 시간 쪼개가면서 내 부대를 지원해 주다니 우리 낭군님도 귀여운 데가 있다니까. 후훗.

"그리고 국왕 폐하께서 전장을 확대시켰다며 화를 내셨다고 합니다. 아마 조만간 호된 질책이……."

"귀여운 거 취소."

"…예?"

"아니, 아무것도. 그보다 거기 뭐 하러 온 거예요? 토론하러 왔어요?"

의아한 얼굴로 되묻는 크렌을 외면한 나는 급히 말을 돌리면서 헤쉬케린 노친네에게 말을 건넸다. 그러자 자기들끼리 작은 소리로 쑥덕거리면서―귀를 기울이면 다 들린다―무언가에 대해 상의하던 노인들이 내 질문에 고개를 돌려 나를 바라보았다.

"소개는 시켜줘야죠?"

"응? 그렇군. 흠흠. 이쪽은 내 친우들이자 동료들이다. 왼쪽부터 그라덴, 위글, 웰링턴이지. 모두 나처럼 뛰어난 대마법사들이다. 물론 그중에서 내가 가장 뛰어나지만!"

"망할 늙은이가 못하는 소리가 없군 그래. 누가 가장 뛰어나다고? 한번 겨뤄볼까? 응?"

"방정 떨지 마라, 그라덴. 방금 저 녀석에게 소개받은 위글이라 하오."

"웰링턴."

흠… 대충 보니 위글이라는 노인만 빼고 모두 평범한 사람들 같지는 않다. 아, 물론 성격만 봤을 때 말이다. 난 자리에 앉은 채 내게 고개 숙여 인사하는 노인들에게 같이 고개를 숙여주면서 일일이 인사를 받았다. 그렇게 세 마법사에게 인사를 받은 뒤 그라덴이라는 노인에게 면박을 당하고 있는 헤쉬케린 늙은이를 쳐다보았다.

"오늘은 무슨 일인가요?"

"응? 아… 응. 뭐… 평소처럼 말이다. 이번에도 좋은 물건을……."

"안 사요."

"엥? 이 녀석아! 우선 이야기는 들어봐야 할 것 아니냐? 엉? 다짜고짜 어른의 말씀을 끊어먹다니! 어디서 배워먹은 버르장머리냐? 엉?"

"아~ 글쎄. 안 사요, 안 사. 아니, 못 사요. 땡전 한 푼 없어요. 거기 다 있어도 안 사요. 지금 병사들 사는 비용과 무기, 갑옷에 들어가는 돈만으로도 적자 해소가 불가능할 지경인데, 효과도 불확실하고 비싸기만 한 물건들을 어떻게 사겠어요?"

"큭."

헤쉬케린 늙은이가 내 말에 땀을 삐질삐질 흘리면서 같이 온 다른 동료 마법사들의 눈치를 살폈다. 아마도 사전에 무슨 호언장담이라도 해놓았던지 다른 마법사들의 눈초리도 심상치 않다. 훗. 감히 이몸을 '봉'이라 칭하다니 말이야. 누굴 바보로 아나? 흥~

"그… 그래도 내 말을 한번 들어봐라. 응? 아마 너도 내가 가져온 물건들을 보고 나면 바로 마음이 동할걸? 응? 들어봐. 응?"

"싫.어.요. 보나마나 또 수천에서 수만 골드씩 하는 마법 물품일 텐데 그거 살 돈이 있으면 용병들과 무기들을 더 사겠어요."

"헤쉬케리이인……."

"그러게 내가 뭐랬어? 저 허풍만 센 늙은이의 말 따윈 들을 가치도 없다고 했잖아? 안 그래?"

"헛걸음만 했군."

막사 안에 살벌한 기운이 감돈다. 잘하면 사람 하나쯤은 그냥 죽어 나가겠구나. 우후후. 찔끔한 표정이 된 헤쉬케린 늙은이는 다른 세 마법사를 곁눈질로 힐끔거리다가 안 되겠는지 내게 바짝 다가서더니 다급한 어조로 내 귀에 소곤거렸다.

"그러지 말고… 응? 나 좀 봐주라. 싸게 해줄게. 응? 너도 손해 볼 거 없잖냐? 나나 저 친구들이 제작한 마법 도구들이 어디 쉽게 구할 수 있는 것들이냐, 응?"

"안 돼요. 당장 내일이라도 공성전을 벌여야 한다고요. 한 푼이 아까운 시기란 말이에요."

"겨우 전쟁 따위를 벌이느라 이 귀한 마법 도구들을 잃겠다는 거냐, 으응? 무기 같은 싸구려 물건이야 언제든지 살 수 있는 거지만 우리가 가져온 물건들은 평범한 인간들이 평생에 한 번 볼까 말까한 진귀한 것들이란 말이다."

"그래도 안 되는 건 안 되는 거예요. 가뜩이나 병력과 무기, 물자도 부족한 판국에 지휘관이 개인의 이득을 위해서 국고를 낭비하다니, 있을 수 없는 일이에요. 그러니 그렇게 아시고 다른 용건이 없으면 이만 돌아가세요. 전 내일 있을 공성전 준비로 바쁘다고요."

난 딱 잘라 거절했다. 더 이상 질질 끄는 것도 성미에 안 맞고 또 맞이 괜찮은 포도주 샤토레를 더 마시고 싶어서였다. 후자의 이유가 더 컸지만… 이러다 술꾼 되는 거 아닌지 몰라.

"에잉! 고얀 녀석! 이 늙은이가 이렇게 고개를 숙이며 사정하는데 그걸 거절해? 하여간 귀여움이라고는 눈곱만큼도 없어요."

"바랄 걸 바라야죠! 그깟 마법 도구로 저 성벽이라도 뭉갤수 있어요? 네? 그런 거 한두 개로 지금의 전쟁에 도움이나 되냔 말이에요!"

"이 녀석, 마법을 물로 보는 게냐? 앙? 정말 버르장머리가 없구나! 어른에게 꼬박꼬박 대드는 그 성질머리 고치지 않으면 언젠가 큰코 다칠 게다!"

"시끄러워요! 되지도 않는 소리 그만 하고 나가요! 나가! 크렌!"

"예, 마마."

"손님들 가신다! 배웅해 드려!"

"잠깐! 잠깐만! 알았다. 알았다고. 망할 계집애 같으니라고."

내 강경한 태도에 헤쉬케린 노인네가 두 손을 들면서 고개를 절레절레 저었다. '저런 성질머리를 데리고 살다니 이 나라 왕도 참 대단하군' 이라고 중얼거리는 헤쉬케린 늙은이에게 주먹을 날릴 뻔한 나는 팔짱을 끼면서 고개를 돌렸다. 나 화났다고. 그러면서 슬쩍 그를 바라보니 헤쉬케린 노친네 뒤에서 눈을 부라리고 있던 다른 마법사들의 눈치를 보던 노인네는 길게 한숨을 내쉰 뒤 말을 이어갔다.

"네가 지금 우리에게 마법 도구를 못 사겠다고 하는 건 이 전쟁 때문이지?"

"그렇죠. 아무래도 돈이 많이 드니까……."

"좋다. 그럼 나와 내 친구들이 널 도와주마."

"헤쉬케린! 네 멋대로······."

"시끄러워! 다들 연구비가 없어서 이렇게 떼로 몰려 나온 거잖아! 그리고 내가 대표를 하기로 했으니까 내 결정에 토 달지 마!"

"어떻게 도와주실 건데요? 겨우 마법사 네 명이 참가한다고 뭐 변하는 게 있겠어요?"

"겨우 네 명이라니! 나야 제자를 키우는 게 귀찮아서 한 놈밖에 안 키우지만 저 녀석들의 제자들을 합하면 스물이 넘어! 거기다 탑에서 나오기도 민망한 애송이 녀석들까지 합치면 그 배는 되지! 마법사가 오십 명 가까이 된다면 모르긴 몰라도 산도 무너뜨리고 바다도 가를 거다!"

허풍은… 피식, 비웃음이 나올 뻔했지만 뭐, 한 명이라도 부족한 판국인데 도와준다고 하면 말릴 이유는 없겠지. 좋아, 어디 보자.

"크렌, 왕실 로얄 가드들이 연봉으로 얼마나 받지?"

"음… 아마 삼천 골드 정도일 겁니다, 마마."

"그렇다면 우선 이번 달은 오백 골드 드리죠. 한 달 동안 제값을 한다면 그때 가서 다시 계약하도록 하고요. 어때요? 물론 여기 계신 분들 외의 제자들은 그동안 무료 봉사."

"뭐야? 네 녀석! 감히 마법사를 물로 보는 게냐?"

"한 나라의 왕비를 '봉' 으로 보는 사람도 있는걸요 뭘. 훗. 안 그래요?"

"끄으으응. 조, 좋다! 하지만 전쟁이 끝나면 우리가 내놓은 물건들을 사는 거다! 알았냐?"

"네에~ 그러죠. 여유가 된다면 조금 사치를 부릴 수도 있으니까요."

"에잉~ 애들 모아야겠군. 가자, 가."

"아~ 아르케네스 경은 바쁘니까 부르지 마요. 아마 여기 올 정신도 없겠지만요."

로이드만큼이나 무리하고 있겠지만 그래도 체력이 받쳐 주니까 아르케네스는 아마 무사할 거야. 과로사로 묘비명을 새기는 일은 없겠지. 음음. 대충 결론이 나자 헤쉬케린 노인네는 세 마법사의 면박을 꿋꿋이 버티면서 막사 밖으로 나가 버렸다.

"크렌, 가서 저들이 쉴 거처를 만들어주도록 해. 그리고 호위겸 시중을 들 만한 병사들을 배치해 주고."

"알겠습니다, 마마."

별다른 보고 사항은 없는지 크렌은 내 말에 살짝 고개 숙여 답한 뒤 이내 밖으로 나가 버렸다. 자아~ 어디 다시 포도주나 맛볼까나. 응? 그런데 카렌 녀석 어디로 간 거지? 아까부터 안 보였는데.

"카렌? 어디 있어? 카렌?"

"…여기."

놀라라! 망할 꼬맹이 녀석! 갑자기 머리를 불쑥 들이밀지 말란 말이야! 심장이 콩당콩당거리잖아! 망할 카렌 녀석은 막사 중앙의 기둥에 매달려 있다가 내가 부르자 고개만 밑으로 내민 것이다. 덕분에 녀석의 붉은 기가 도는 눈동자를 정면으로 마주쳤다. 내가 놀란 얼굴을 하며 몸을 뒤로 빼자 카렌 녀석은 작게 한숨을 내쉬면서 기둥에서 내려오더니 막사 한구석에 있는 나무 침상 밑으로 기어들어 갔다.

"…뭐냐?"

"…경호."

"……."

로이드와 로렌의 이름으로 맹세컨데 언제 시간나면 저 녀석을 엉엉 울 때까지 엎어놓고 팰 테다! 기필코!

쏴아아.
바로 코앞까지 밀려들어 온 파도가 흰 거품을 부글거리면서 다시 뒤로 밀려 나갔다.
쿠르릉.
눈앞에 펼쳐진 넓은 바다의 한 켠에서 바위에 부딪친 파도가 커다란 소리를 내면서 부서지고 있다.
"암초네."
"암초군요."
"……."

실망, 실망. 휴우… 되는 일이 없다, 정말. 아크레닌의 동쪽에 자리잡은 포트 로얄. 이 항구 도시가 있는 곳의 해안가는 그야말도 절벽과 암초투성이다. 해안선을 따라 남쪽과 북쪽으로 몇 ㎞씩 따라가 보았지만 병사들을 실어 나를 선박은커녕 뗏목조차도 가다가 박살날 만큼 암초와 절벽이 가득했다. 거기다 이 주변에 사는 어부들을 붙잡아다가 물어보기도 했지만 대답은 신통치 않았다. 아니, 암울하다고 하는 편이 맞으려나?

"결국 정면 공격 외에는 저 도시를 함락할 방법이 없다는 거군."
"그렇겠죠, 마마. 이제 본대로 돌아가시는 게 어떻습니까? 너무 멀리 나왔습니다."
"그래, 돌아가자."

난 남쪽에 조그맣게 보이는 포트 로얄 쪽으로 말 머리를 돌렸다. 정말 누가 골랐는지 자리 하나는 잘 잡았다니까. 반달 모양의 만과 그 주변을 둘러싼 절벽, 그리고 깊은 수심. 포트 로얄에서 좌우로 1km만 나가면 고깃배도 다니기 힘들 정도로 암초와 절벽투성이인데 저곳만 예외적으로 배가 다닐 만한 해로가 존재한다. 저 멀리 모래 위에 지은 방파제가 우뚝 솟아 있어서 해상으로도 침투가 힘들긴 하지만 말이야. 으음… 어떻게 해야 할까? 뾰족한 수가 생각나지 않아. 더군다나 아크레닌의 해군은 아직도 건재하고 하루에도 서너 척씩 배가 들락날락거리니 육상을 포위해 봐야 물자가 부족해 항복할 리도 없고.

"흠. 크레센트의 해군을 이쪽으로 돌릴 수 없을까?"

"아마 힘들 겁니다. 해군이라 해봐야 대부분 무역선인데다 투석기를 장착한 대형 함정은 소수입니다. 그것도 여기서 수백 킬로미터 떨어진 크레센트 동부 지방에만 있으니 징발해서 전장에 투입할 때까지 한 달은 걸릴 겁니다, 마마."

"쳇. 여기서 이렇게 노닥거리고 있을 시간 따윈 없단 말이야. 어서 빨리 저놈들을 격파하고 북으로 올라가야 하는데……. 하여간 되는 일이 없다니까."

난 고개를 절레절레 저으면서 말 배를 걷어찼다. 내가 탄 말은 작게 푸르릉 거리면서 빠른 걸음으로 내달렸고, 그 뒤를 크렌과 십여 명의 기병들이 뒤따랐다. 오늘 정찰도 헛걸음이로구나.

성벽 공략을 위해서 전진 배치한 캐터펄트들도 별 도움이 못 되었고……. 자리잡고 쏘려고만 하면 성벽 너머에서 캐터펄트로 돌덩어리들을 마구 날려 버리니 어떻게 반격할 방법이 없잖아. 그렇다고 병사들에게 공격을 시켜봐야 수많은 시체만 양산할 게 뻔하고 말이야. 병력수라도 차이가 크면 피해가 크더라도 무작정 밀어붙여서 어떻게 해보겠는데, 저쪽이나 이쪽이나 가용 병력을 모조리 끌어 모은 터라 수적으로도 비슷할 게 뻔하고 말이야.

야전 진지로 돌아와 지휘관용 막사 안으로 들어가 보니 헤쉬케린 늙은이와 다른 세 마법사가 머리를 싸맨 채 무언가에 대해 토론하고 있는 게 보였다. 저 마법사들은 어제부터 계속 저러고 있었는데, 언제쯤이면 쓸 만한 작전이라도 보여줄지 알 수 없었다. 보기에는 내가 늙어 죽을 때쯤에도 불가능할 것 같지만 말이야.

"그러니까! 내가 이쪽을 맡겠다고 했잖아! 앙? 왜 내 말을 코로 듣는건데?"

"시끄럽다 망할 늙은이야! 네놈보다는 내 기술이 더 우위라는 걸 언제쯤 인정할 테냐?"

"확실히 헤쉬케린에게 이쪽 축을 맡게 하는 건 위험하지."

"음… 인첸터 외의 기술은 별 볼일 없으니까."

"끄아아악! 이놈들이! 정 그렇게 불만이면 한판 붙어볼 테냐? 힘으로 해볼래? 엉?"

헤쉬케린 늙은이가 발작적으로 악을 쓰며 분노했지만 다른 세 마법사는 오히려 그를 외면한 채 자기들끼리 쑥덕거린다. 쯧쯧. 저기서도 무시당하는군. 저 늙은이는……. 난 더 볼 것 없다는 생각이 들어 그냥 조용히 막사를 빠져나왔다. 이 시간에 잠이라도 한잠 더 자두는 게 나을 것 같은걸.

낮잠을 푹 잔 뒤 저녁 시간쯤 자리에서 일어나 전선 시찰이나 나갈까 하는 생각으로 카렌의 도움을 받아가며 갑옷을 갖춰 입었다. 그리고 막 밖으로 나가려고 할 때 헤쉬케린 늙은이와 그 일당(?)이 우르르 안으로 몰려들어 왔다.

"뭐예요? 갑자기?"

"전쟁에서 이길 수 있는 기발한 방법을 연구해 왔다."

"헤에~ 저 성벽을 무너뜨릴 수 있는 방법이라도 알아낸 거예요?"

"뭐, 부술 수는 없지만 쓸모없게 만든다고나 할까? 하여간 당장 준비해라. 우리는 여기서 이렇게 노닥거리고 있을 시간이 없으니까. 어서!"

"뭐요? 무슨 작전인지 말은 해야 할 거 아니에요? 갑자기 쳐들어와서 무작정 준비하라고 하면 어쩌라고요? 네?"

"시끄럽다! 계집아이야. 넌 저 도시를 점령하고 싶겠지?"

"물론이죠."

"그렇다면 말을 들어! 에잉~ 약속이나 지킬 준비해!"

그렇게 말한 헤쉬케린 늙은이는 투덜거리면서 밖으로 나가 버렸고 혼자 남은 난 멍하니 서 있다가 이내 밖으로 뛰쳐나갔다.

특별히 내가 명령을 내리지도 않았는데 이미 병사들은 대형을 갖춘 채 도열해 있었고 크렌이 그런 병사들을 시찰하면서 사기를 북돋아주고 있었다. 뭐야, 이거. 도대체 어떻게 돌아가는 거야? 자고 일어났더니 상황이 변해 있네. 쯧.

"크렌!"

"예, 마마."

난 내게 다가온 크렌을 올려다보면서 물었다.

"뭐야? 이건."

"헤쉬케린 경께서 요청하셔서 그에 따라 병사들을 모으고 있었습니다, 마마. 이길 수 있다고 하더군요."

"내 명령도 없이 멋대로 이래도 되는 거야, 응?"

"마마께서도 이렇게 하실 거라 생각되어서 우선 소집했습니다. 해산시킬까요?"

"됐어. 뭐, 저 노친네도 무슨 생각이 있는 거겠지. 그래도 기분 나빠."

진짜로 기분 나쁘다고. 흥. 내가 모르는 곳에서 자기들끼리 정하고 행동하다니 왠지 나만 소외당하는 기분이잖아!

"마음 상하셨다면 사과드리겠습니다, 마마. 하지만 요즘 자주 피곤해 하시는 것 같아서……."

"신경 써주는 건 고마운데, 그런 건 크렌의 재량을 넘어선 거야. 앞으로는 이런 일이 없었으면 좋겠군."

"명심하겠습니다, 마마."

흥. 언제부터 나에게 그렇게 신경 썼다고 그러는 거야. 그래봐야 덴의 부하인 주제에. 에이~ 요즘 왜 이렇게 신경이 날카로워진 거지. 별것도 아닌 일에 짜증이 나는 게 내 몸이 내 몸 같지 않아. 아아~ 모르겠다. 우선은 당장 벌어질 일부터 신경 쓰기로 하자.

진지를 나선 병사들은 횡대로 길게 늘어서면서 포트 로얄의 성벽에서 300m쯤 떨어진 곳에 멈춰 섰다. 이 이상 다가가면 화살 사정거리 안에 들기 때문에 난 병사들을 정지시켰다. 그런데 헤쉬케린 늙은이

외의 세 마법사는 자기들끼리 떠들면서 계속 걸어나가는 것이 아닌가?

"미친 거 아니야? 저 늙은이들."

"확실히… 잘못하면 고슴도치 같은 모습이 되겠군요, 마마. 병사들을……."

"됐어. 그 마법이라는 게 얼마나 쓸 만한지 한번 봐두기로 하자고. 자신이 있으니까 저렇게 아무 대책 없이 무식하게 나가는 거겠지."

"……."

나서려는 크렌을 말린 난 말에 틴 자세로 노을이 지고 있는 성벽을 바라보았다. 안장에 매어놓은 망원경을 꺼내 눈가에 댄 나는 우선 성벽 위를 바라보았는데, 적들은 우리가 이렇게 모이자 잔뜩 긴장한 모습이었다. 활을 든 자들이 곳곳에서 눈에 띄었고 이내 성벽 쪽으로 걸어가는 마법사들을 향해 활줄을 당기는 게 보였다.

투웅―

"…예?"

"아니, 아무것도."

소리는 들리지 않았지만 내가 보고 있던 적 궁수가 활줄을 놓는 게 보였고, 그의 활줄이 가늘게 떨리는 모습이 작게나마 눈에 들어왔다. 망원경에서 눈을 뗀 뒤 감았던 반대 쪽 눈을 뜨자 허공으로 날아오르는 화살의 비가 보였다. 마치 검은 빛줄기 같군. 그 화살들은 단 몇 초도 되지 않아 네 마법사를 향해 날아들었다. 시체 네 구 치우게 생겼잖아.

"…어?"

"으음."

내 옆에서 말 머리를 붙인 채 나와 같이 헤쉬케린 늙은이 등을 보고 있던 크렌의 입에서도 작은 신음 소리가 흘러나왔다. 이걸 뭐라고 설명해야 하지? 수백 발은 될 법한 수많은 화살들이 날아들었는데, 노마법사들의 몸에는 한 발도, 단 한 발도 명중된 게 없다. 운이 좋은 거라면 헤쉬케린 늙은이는 도박장을 쓸고 다닐 정도의 엄청난 강운이라는 건데… 그럴 리는 없을 테고… 저것이 바로 마법의 힘이라는 걸까? 신기하군. 첫 공격이 빗나가자 성벽 위에서 발작적으로 화살이 날아들기는 했지만 마법사들의 몸에 닿은 화살은 단 한 개도 없었다. 대부분의 화살들은 멀찌감치 빗나갔고 노마법사의 몸에 근접한 화살들도 역시 스치지도 못한 채 바닥에 꽂힐 뿐이었다. 그렇게 헤쉬케린 늙은이를 비롯한 마법사들이 성벽에서 30m쯤 떨어진 곳까지 다가가는 동안 간헐적으로 날아들던 화살이 완전히 멈췄다. 당황스러워하는 적의 지휘관 얼굴이 눈앞에 어른거리는 것 같은걸. 훗. 하지만……

"사기 진작에 도움이 될지는 몰라도 저런 걸로는 성벽을 공략하는데 별 도움이 안 되는데……."

"좀 더 기다려 보도록 하지요, 마마. 저분들도 그런 것쯤은 다 알고 계실 겁니다."

"으응."

그렇게 대답하기는 했지만 솔직히 좀 못 미덥단 말이야. 신기하기야 하지만……. 그렇게 생각하고 있을 때 갑자기 노마법사들이 지팡이를 머리 위로 들어 올렸다. 지팡이를 들어 올리는 행동이야 별것 아니었지만, 그 지팡이 끝 부분에서 작은 빛덩어리가 쏟아져 나와, 그것들이 허공을 날아다니며 뭉치는 모습은 장관이었다. 그리고…….

"아!"

"무슨……."

나뿐만 아니라 크렌도 놀란 듯했다. 아니, 아군이고 적군이고를 떠나 네 마법사가 만들어낸 놀라운 광경에 모두 입을 다물지 못했다.

회색 빛이 감도는 성벽이 나타났다. 물론 성벽이야 포트 로얄에 두 겹이나 둘러쳐져 있긴 하지만 난 그것을 말한 게 아니다. 마법사들이 서 있던 장소에서 겨우 몇 미터 떨어진 곳에 대충 보기에도 15m가 넘어 보이는 높다란 돌벽이 나타났다. 그것도 적의 성문에서 얼마 벌어지지 않은 곳에!

"마, 만들어낸 건가? 돌벽을? 아무것도 없이?"

"하하하! 과거 역사서에 공성전을 위해 높다란 토루를 쌓는다는 고문을 읽기는 했지만, 저렇게 성벽 앞에 대응하는 성벽을 쌓는 경우는 정말 처음 보는군요. 그것도 단 몇 분 만에…….."

"으응."

병사들이 술렁거린다. 당연하겠지만. 웬만한 일에는 흔들리지 않을 자신이 있는 나조차도 눈앞에 나타난 현상을 믿을 수 없는데 일반 병사들이야 오죽할까. 작은 웅성거림이 도열해 있는 병사들 사이에 퍼져나가더니 잠시 뒤에는 대놓고 떠들기 시작했고 단 몇 분도 되기 전에 엄청난 함성이 터져 나왔다.

"와아아아아아!!"

약간의 시간이 흐른 뒤에야 적 성벽 바로 앞에 나타난 돌벽이 어떠한 의미를 가지는지 깨달은 병사들은 마치 승리 후에 내지르는 함성처럼 커다랗게 소리쳤다. 그리고 그런 생각은 나 역시도 별다를 게 없었다.

"크렌."

"예! 마마!"

"4대대와 5대대를 저 성벽 뒤로 전진시켜. 아크레닌의 머저리들에게 화살비를 퍼부어주도록. 활줄이 끊어질 때까지 쏘라고 해. 보이는 건 모조리 날려 버려!"

"명하신 대로."

크렌은 즉시 고개를 숙이며 답한 뒤 화격단의 대대장을 찾아 뛰어다녔다. 잠시 뒤 군의 선두를 맡은 화격단의 1대대와 2대대가 어깨에 공성용 사다리를 짊어진 채 구보로 달리기 시작했다. 그리고 나도 다른 대대 병력을 이끌고 거의 100m에 가까운 긴 성벽을 향해 말을 몰아 나갔다.

원래대로라면 적들의 치열한 저항─화살, 돌, 투창, 끓는 기름 등─을 받으며 힘겹게 올라가야 할 공성용 사다리에 개미 떼처럼 달라붙은 화격단 병사들이 가벼운 걸음으로 뛰어올라 갔다. 고개를 뒤로 한껏 쳐들어야 간신히 그 끝이 보일 정도로 높은 성벽 위에는 먼저 올라간 병사들이 아크레닌 쪽을 향해 무차별로 화살을 난사하고 있었고, 그 뒤에서는 다른 병사들이 성벽 위에서 늘어뜨린 밧줄 끝에 화살이 가득 든 화살통을 묶어 올려주고 있었다. 그리고 그런 성벽 한 켠에 이 신기한 마법을 시전한 네 마법사가 모여서─주변의 시선을 잔뜩 받으며─토론을 하고 있었다. 난 그쪽으로 말을 몰았고 성벽 뒤에 빽빽하게 모여 있는 병사들을 헤치고 헤쉬케린 늙은이와 다른 세 마법사의 앞까지 나설 수 있었다.

"그러니까 여기에 돌계단을 만들면 더 편하지 않겠느냐 이 말이야! 앙? 굳이 사다리를 타고 올라가지 않아도 되잖아."

"쯧쯧. 네놈은 어릴 때부터 멀리 내다보는 법을 몰랐지. 이 녀석아, 나중을 생각해야지 나중을. 언제까지 그렇게 우둔하게 굴 테냐?"

"흠. 역시 미적 감각이 결여되어 있잖아. 좀 더 우아하고 부드러운 굴곡을 만들었어야 하는데. 거기다 성루도, 첨탑도 없는 밋밋한 돌벽이라니."

마법사라는 족속들의 머리 속이 어떻게 생겨먹은 건지 확인해 보고 싶다는 생각이 마구 떠올랐다. 뭐, 이 정도로도 충분하긴 하지만 말이야.

기세만으로 전쟁을 끝낼 수 있다면 이미 이번 전투는 끝난 것이나 다름없다. 아크레닌 군인들에게 육체적으로, 정신적으로 지대한 영향을 미치는 높다란 성벽이 무용지물이 된 시점에서 적들의 사기는 극도로 저하되었고 아군의 사기는 반대로 하늘 높은 줄 모르고 치솟았다. 믿었던 보호막이 아무런 도움이 되지 못한다는 것이 이 정도로 큰 타격이 될 줄은 나도 몰랐다.

마법사들이 만들어놓은 성벽 위로 올라간 난 투구의 바이져를 위로 올린 채 포트 로얄의 성벽을 굽어보았다. 적 쪽에서도 간간히 화살이 날아오기는 했지만 한 발의 화살이 날아오면 백배로 갚아주는 화격단식 연속 사격에 적들의 대부분은 성벽 위에서 머리조차 내밀지 못하고 있는 형편이었다. 그것도 지대가 낮은 곳에 위치한 자들은 거의 저격에 가까운 직사에 머리나 등에 화살이 꽂힌 채 쓰러지기 일쑤였다. 고지대라는 장점과 충분한 양의 화살은 성벽을 방어하는 적들에게 지속적인 피해를 강요했다.

포트 로얄의 서쪽 성벽을 맡고 있던 적병 중 일부가 등을 돌리고 성벽 아래로 뛰어 내려가는 게 보였다. 그리고 그 뒤를 장검을 든 장교—혹은 기사? 아마 기사일 듯—가 쫓아가는 게 보였다. 정위치를 벗어난 탈주자들은 저 장교의 검에 목숨을 잃겠지. 하지만 자리로 돌아와 봐야 반기는 건 하늘을 가득 메운 채 사방에 떨어져 내리는 화살비일 거다.

"크렌."

"예, 마마."

"공성 준비해. 단숨에 제압한다. 외각 성벽을 장악하고 나면 곧바로 제2성벽도 같이 공략하도록. 도시에 진입한 뒤 저항하는 자는 남녀노소 지위고하를 막론하고 몰살시켜. 포트 로얄은 큰 도시다. 최대한 빨리 점령하라고 각 지휘관들에게 명해두도록."

"명하신 대로."

내 뒤를 따라 성벽 위에 올랐던 크렌은 내 말에 고개를 숙여 보인 뒤 다시 사다리를 타고 밑으로 내려갔다. 그리고 잠시 후 성벽 밑에 대기하고 있던 화격단 소속 병사들이 대대별 혹은 중대별로 도열해서는 사다리와 갈퀴가 달린 밧줄 등을 어깨에 들어 올린 뒤 성벽의 양쪽 끝 부분을 향해 뛰어가는 게 보였다. 그리고 그 뒤에 대기하고 있던 경무장의 기병들이 50명 혹은 100명 단위로 잘게 나누어진 채 포트 로얄 외각의 언덕과 평야 지대를 향해 말을 몰아 나갔다. 혹시나 있을 지원군과 적의 탈영병들을 잡기 위해서겠지.

"여기 대대장은 누구지?"

"소신 게링 드 레바돈입니다. 미력하나마 화격단의 제4대대 대대장 직을 맡고 있습니다, 각하."

내가 주변을 둘러보면서 묻자마자 곧바로 답변이 들려오면서 병사들 사이를 헤치고 장교 복장의 군인이 중대장들을 이끌고 뛰어왔다. 갈색의 긴 콧수염을 기른 사내답게 생긴 장교였다. 난 턱짓으로 포트 로얄의 성벽을 가리키면서 말했다.

"일제 사격 준비시켜. 불 화살이 없는 게 좀 아쉽군. 그쪽이 좀 더 효과가 클 텐데."

"준비하는데 약간 시간이 걸리지만 불가능하지는 않습니다. 각하, 준비시킬까요?"

"아니, 됐다. 아래 다른 대대가 이동 중이니 지금 당장 병사들에게 일제 사격 준비를 하라고 명령해."

"옛! 각하."

씩씩하게 대답한 게링 대대장이 등 뒤에 있는 중대장들을 보면서 고개를 끄덕이자 각 중대장들이 알았다는 듯 즉시 좁은 성벽을 따라 뛰어다니기 시작했다.

"각 사수 사격 중지! 사격 중지!"

"상관의 명령이 있기 전까지는 사격을 중지하라!"

"사수 정위치에! 사수 정위치에!"

"사수들은 자리를 벗어나지 마라! 보급병들은 바로 사수들에게 화살을 지급하라!"

퉁퉁거리며 귓가를 시끄럽게 했던 활줄 소리가 점점 사라졌고, 정신없이 하늘을 날아다니던 엄청난 숫자의 화살들도 이내 그 자취를 감췄다. 그 때문에 성벽 아래 고개를 처박은 채 꿈쩍도 못하고 있던 적들이 얼굴을 빼꼼히 내밀며 우리 쪽을 바라보는 게 눈에 들어왔다. 저들은 지금의 정적이 폭풍이 불기 전에 잠시 찾아오는 고요라는 걸

알까?

"사격은 제1성벽에 집중한다."

"예! 각하. 들었냐? 제1성벽에 집중 사격을 가한다! 명심해라! 네놈들이 날리는 화살 한 발, 한 발에 동료들이 죽고 사는 게 정해진다! 한 발이라도 낭비하지 마!"

그때였다. 내 옆에 있던 한 병사가 적 쪽을 가리키면서 소리치는 게 내 귀에 들려왔다.

"투석기다! 돌이다아!!"

고개를 돌려 하늘을 바라보니 정말로 그 병사의 말대로 허공에 뜬 커다란 투석용 돌이 허공을 가르며 내 쪽으로 날아왔다. 하지만 그 둥근 돌덩어리는 내 머리 위에서 한참이나 올라간 장소를 통과한 뒤 등 뒤에 펼쳐진 벌판에 떨어졌다.

쿠우우웅.

작은 흙먼지와 함께 땅이 작게 흔들렸지만 그것뿐이었다.

"겁먹지 마라! 가까워서 안 맞는다!"

"고개를 들어! 자세를 잡아! 어서!"

"이 새끼들아! 쫄지 말라고! 대대장님의 말씀 못 들었냐? 안 맞으니까 일어서!"

"끅."

퍼억, 소리와 함께 고개를 성벽 위에 처박고 있던 한 병사가 작은 신음 소리를 내면서 풀썩 엎어졌다가 언제 쓰러졌냐는 듯이 곧바로 일어서서 저쪽 포트 로얄의 성벽 쪽을 향해 활을 내밀었다. 흠, 투석기라……. 저쪽에도 정신머리가 제대로 박힌 지휘관이 있긴 한가 보군. 하지만 늦었어.

"와아아아아아아!!"

두두두두두.

지면이 울리는 소리와 함께 커다란 함성 소리가 좌우에서 들려왔다. 헤쉬케린 늙은이 등이 모여서 만든 성벽에는 성문이 없기에 각 성벽의 좌우를 돌아간 화격단 병사들이 커다란 함성을 내지르며 적의 성벽 쪽을 향해 달려가기 시작했다. 그것을 보고 있던 난 작게 중얼거렸다.

"발사."

"발사아! 발사아!"

"사격 개시! 빌어먹을 아크레닌의 쓰레기들에게 쓴맛을 보여주자!"

"우와아아아아아!!"

투두두둥, 투두두둥.

순식간에 천여 발의 화살이 거의 동시에 활줄을 떠나면서 적의 제1성벽 쪽을 향해 날아갔다. 아군 병사들이 내지르는 함성 소리 사이로 적들의 비명 소리와 신음 소리가 작게 들려왔지만 그런 것을 신경 쓰는 사람은 최소한 이곳에는 없었다.

두두두둥.

하프 현의 중저음과 같은 소리가 사방에서 동시에 울려 퍼지면서 또다시 세기 힘들 정도로 많은 화살들이 날아갔고 포트 로얄의 제1성벽 위를 강하게 두들겼다. 쇳조각이 돌에 부딪칠 때 나는 작은 불똥이 사방에서 튀는 게 눈에 들어왔다. 세 번째 일제 사격이 가해질 때쯤 지상을 달리던 다른 대대의 병사들이 성벽 위에 사다리를 걸치기 시작했고, 그 병사들이 줄줄이 성벽 위로 올라가는 동안 연달아 날아간 화살은 용기를 내어 조금이라도 저항해 보려는 적들의 의지를 완전히 꺾어버렸다. 순식간에 몇몇 사다리를 타고 올라간 화격단 병사들이 싸울 의지를 잃고 도주하는 적들을 쫓아 성벽 위를 뛰어다니거나 돌계단을 따라 내려가는 게―그렇게 짐작될 뿐이지만―눈에 들어왔다. 그리고 병사들이 성벽 위로 올라간 지 채 5분도 되기 전에 굳건하게 닫혀 있던 포트 로얄 제1성벽의 중앙 성문이 기기긱 하는 커다란 소리를 내면서 열리는 게 보였다.

"제5대대는 여기서 적을 견제하고 제4대대는 다른 화격단 대대와 합류해서 제2성벽을 공략한다."

"옛! 각하! 이동한다! 굼벵이 자식들아 어서 움직여!"

"조심해서 내려가! 사다리 타고 내려가다 떨어지는 병신새끼는 내가 죽여줄 테다!"

흠. 이 높이에서 떨어지면 죽는다고 보는 게……. 음음. 쓸데없는 생각 말고 나도 그만 내려가기로 할까.

조심스럽게―이놈의 갑옷은 이런 데서 문제를 일으킨다니까. 너무 무겁다!―사다리를 타고 내려와 말 위에 오른 뒤 소수의 호위병을 거느리고 성벽을 빙돌아 포트 로얄의 제1성문 앞에 섰다. 완전히 열린 성문 너머로 아직도 치열하게 싸우는 병사들과 즐비하게 바닥에 깔린 시체들이 눈에 들어왔다.

"흐음."

"지금 당장 길을 만들겠습니다, 각하. 각 중대장들은 병사들을 인솔하여……."

"됐어. 부상자 수습과 시체 처리는 나중으로 미룬다. 그보다 다른 대대 병력에 대한 지원이 우선이야."

막 나서려는 대대장을 제지한 나는 말 배를 걷어찼다. 푸르릉거리면서 거칠게 투레질을 한 말은 곧 이어 바닥에 빽빽하게 깔린 시체들 사이로 들어갔다.

빠각.

둥근 말발굽에 바닥에 놓여 있던 시체의 팔 한쪽이 으스러지는 소리가 들려왔다. 이놈의 말도 험한 지면―이라기보다는 끔찍한이라는 표현이 맞겠지만―때문인지 꽤 신경질이 난 듯하다. 그렇게 등 뒤로 천여 명의 병사들을 이끌고 제1성문 안으로 들어가 보니 한창 전투 중인 화격단 병사들이 눈에 들어왔다.

쿠우웅… 쿠우웅…….

조금의 손상도 없이 제2성문 앞까지 진격한 배틀렘이 커다란 소리를 내면서 두터운 목재 성문을 힘껏 두들기고 있었다. 그리고 성벽 아래 개미 떼처럼 몰려 있는 화격단 병사들이 성벽 위로 화살을 날리고 있었고, 그에 대한 보답으로 끓는 물이나 돌덩어리, 창, 화살 등이 성벽 아래로 떨어져 내렸다.

"돌격하라! 물러서지 마라! 돌격하라!"

"이리로 내려와! 개새끼들아! 내려와서 한판 붙자!"

"우아아아아!!"

"위로 올라가! 물러서는 자는 베겠다!"

거친 고함 소리와 비명 소리가 사방에서 합주를 하듯 울려 퍼졌다. 후방에서 공수된 이십여 개의 긴 사다리들이 성벽 곳곳에 걸쳐졌고 장교들을 필두로 한 병사들이 하나둘씩 사다리 위로 기어올라 가기 시작했다. 그리고 때 맞춰서 우리 등 뒤에서 시커먼 빛줄기 같은 화살들이 커다란 포물선을 그리며 적들 머리 위로 떨어져 내렸다.

타다닥. 타다닥.

성벽 위에 떨어져 내린 화살들이 시끄러운 소음을 내면서 튕겨 올랐고 아군과 적군을 가릴 것 없이 부서진 화살 파편들이 사방으로 떨어져 내렸다. 사다리를 기어올라 가던 몇몇 아군 병사들이 등 뒤에서 날아온 화살에 맞은 채 바닥으로 추락하기도 했지만 이곳에 있는 그 누구도 그에 대해 이의를 제기하는 자는 없었다. 전쟁이란 원래 다 그런 법이니까 말이야.

콰아아앙!

"성문이 열렸다! 성문이 열렸다!"

"들어가! 어서 들어가! 우물쭈물거리다간 다 죽는다!"

"와아아아아!!"

저수지에 고여 있던 물이 터진 둑의 균열을 타고 단번에 빠져나가는 것과 같은 모습이었다. 성벽 아래 몰려 있던 병사들은 지휘관들과 장교들의 명령에 함성을 지르면서 무기를 한껏 치켜든 채 성문 쪽으로 달려가기 시작했고 부서진 성문 사이에 틀어박힌 배틀램을 타 넘으며 성문 안쪽으로 뛰어들어 갔다.

수천 명이나 되는 병사들이 그 좁은 성벽을 뚫고 안으로 들어가는 데는 적잖은 시간이 걸렸지만 그것도 대략 10여 분쯤 지나자 거의 대부분의 화격단 병사들이 성문 안쪽으로 진입했다. 남은 건 내 주변에 있는 소수의 호위병들과 대대장의 판단에 따라 제1성문 안쪽으로 진입한 화격단 5대대 병력뿐이었다. 난 5대대 대대장에게 방금 점령한 두 개의 성문을 지킬 것을 명령한 뒤, 이제는 크레센트의 깃발이 펄럭이는 제2성문을 통해 포트 로얄 도시 내로 진입했다.

넓은 대로 곳곳에는 피를 흘리며 쓰러져 있는 적병의 시체가 가득

했고, 사방으로 넓게 퍼진 화격단 병사들이 적들을 쫓아가 죽이는 모습이 눈에 들어왔다. 그리고 갓 점령한 성벽 주변에 모여 주변을 경계하고 있는 한무리의 화격단 병력이 눈에 들어왔다. 내가 그쪽으로 말을 몰아가자 병사들 무리에서 익숙한 얼굴의 사내가 불쑥 튀어나왔다.

"밀러 대대장, 상당히 자주 보는군."

"예, 각하."

피와 살점이 그대로 묻어 있는 갑옷을 입은 밀러 대대장은 한쪽 끝이 조금 파인 투구를 살짝 숙여 보이면서 내게 답변했다. 저 밀러 대대장의 성격으로 봤을 때 보나마나 또 선두에서 치열한 격전을 벌이면서 싸웠을 거다. 그렇기에 저런 몰골이겠지.

"저항 의지가 있는 적들은 성 쪽으로 후퇴했습니다. 그리고 나머지 적병들은 이 도시 곳곳으로 흩어졌습니다, 각하."

"흐음. 그대는 근처에 있는 다른 대대와 함께 항구를 점령해. 여기는 제5대대에 맡기고."

"예. 알겠습니다, 각하. 이동한다. 주변 경계를 철저히 하고 대열에서 이탈하지 마라! 그럼……."

"수고하도록."

난 그 자리에서 서서 대로를 따라 진군해 나가는 화격단 제3대대를 물끄러미 바라보다가 아크레닌의 왕성 쪽으로 말 머리를 돌렸다. 이미 주변의 적들은 대부분 도망친 상태였고 미약하게나마 저항을 하려던 적들은 악과 독기가 오른 화격단 병사들에게 포위당한 채 조직적인 사냥을 당하는 형세였다. 사냥이라… 훗. 사냥이지, 인간 사냥.

아크레닌의 왕성에 도착하고 나서 보니 이미 도개교는 내려진 상태였고 성벽 위에도 크레센트의 깃발이 펄럭이고 있었다. 말을 몰아 성 안으로 들어서자 왕성의 정원 곳곳에 검과 창을 들고 있는 화격단 병사들이 왕성을 포위하고 있는 것이 보였다. 그리고 내가 말을 몰아 도개교를 넘어서자 플레이트 메일 곳곳에 붉은 피를 묻히고 있는 크렌이 내게로 뛰어왔다.

"마마, 오셨군요."

"그래. 저 안의 상황은?"

"아크레닌의 보병기사 한 무리와 다수의 귀족들, 그리고 국왕인 세필 1세가 숨어 있는 상태입니다. 조금 전에도 항구 쪽으로 도주하려는 시도가 있었지만 어렵지 않게 격퇴하고 다시 성안으로 몰아넣었습니다."

"그래? 흠."

"이대로 포위만 하고 있어도 알아서 항복할 것 같습니다만……."

"도주로를 찾는 데 만전을 기해. 이런 왕성이라면 왕족만이 아는 비밀 통로 한두 개쯤은 있을 테니까."

"예, 마마."

"그리고 여기서 시간을 끌고 있을 틈이 없다. 돌입할 테니까 왕성을 포위하고 있는 병사들을 제외한 다른 병사들을 모으도록."

"예? 하지만……."

"내가 선두에 선다. 당장 병사들을 모아와!"

"…알겠습니다."

크렌은 어쩔 수 없다는 듯이 고개를 두어 번 좌우로 흔든 뒤에 곧바로 병사들 사이로 뛰어들어 갔다. 그런 크렌의 뒷모습을 바라보다가 말에서 내린 난 투구의 바이져를 밑으로 내린 뒤 클레이모어를 검집에서 뽑아 들었다.

〈제5권 끝〉

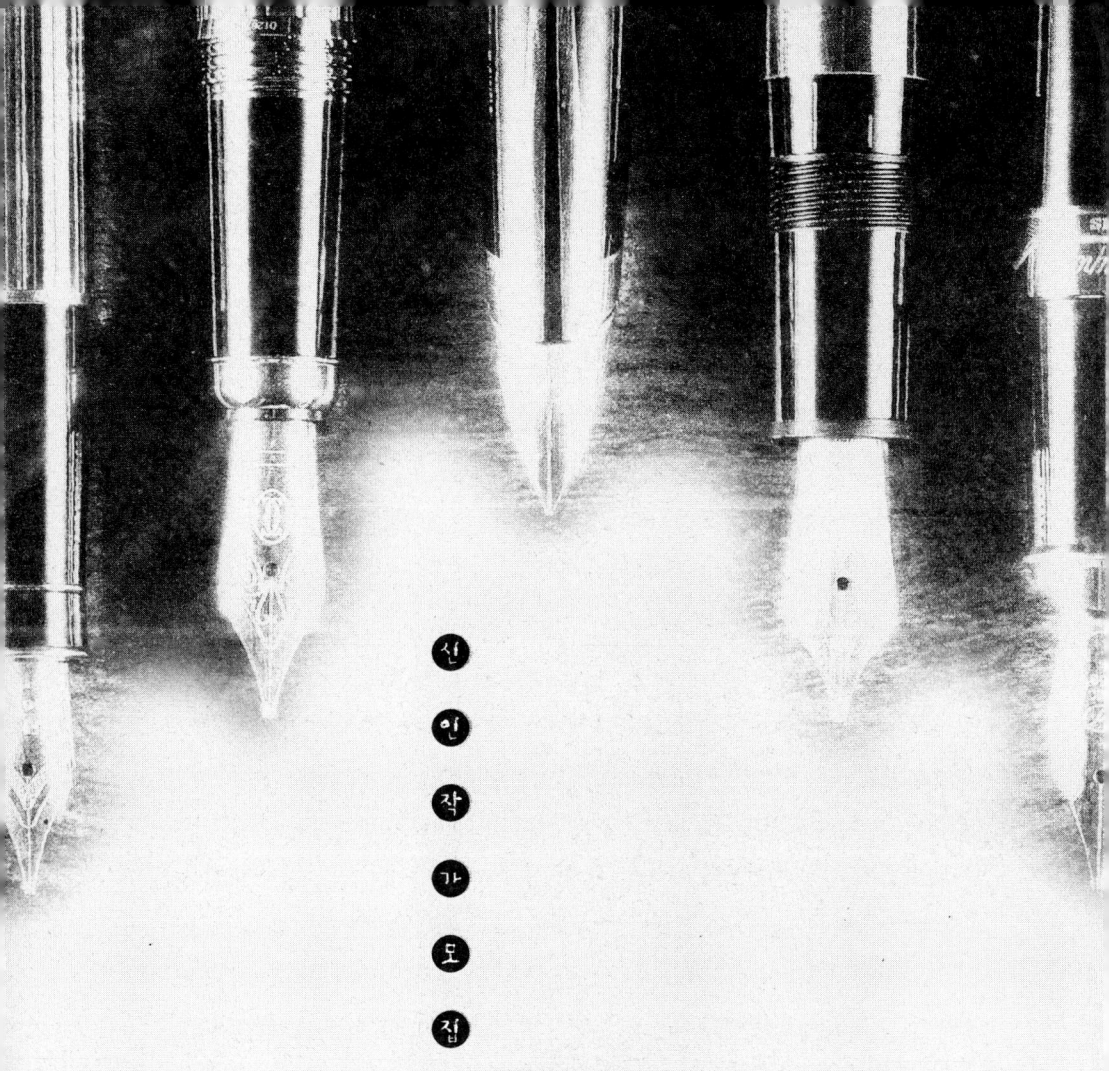